La hija italiana

Novela

Biografía

De joven, Soraya Lane soñaba con convertirse en novelista mientras devoraba libros día y noche. Años más tarde, está viviendo su sueño y, en palabras suyas, ser autora es «la mejor carrera del mundo» y espera seguir escribiendo durante muchos años. Vive con su esposo y sus dos hijos en una pequeña granja en Nueva Zelanda, rodeada de animales y con un despacho con vistas a un prado donde pastan sus caballos.

Soraya Lane

La hija italiana

Traducción de Milo J. Krmpotić

ESPASA

PEFC Certificado

Este libro procede de bosques gestionados de forma sostenible

PEFC

PEFC/14-38-00305 www.pefc.es

Título original: *The Italian Daughter*

Espasa, un sello editorial de Editorial Planeta, S. A.
Avda. Diagonal, 662-664, 08034 Barcelona (España)
www.espasa.com
www.planetadelibros.com

Adaptación de la cubierta: Booket / Área editorial Grupo Planeta
Imagen de la cubierta: © Drunaa y © Magdalena Russocka / Trevillion Images
Primera edición en Colección Booket: abril de 2024

Depósito legal: B. 4.300-2024
ISBN: 978-84-670-7313-3
Impresión y encuadernación: Liberdúplex, S. L.
Printed in Spain - Impreso en España

A mi editora, Laura Deacon. Gracias por creer en esta serie desde el momento mismo en que te presenté la idea. Te estaré siempre agradecida por esta oportunidad

Prólogo

Lago de Como, 1946

Estee

Felix se llevó la mano al interior de la chaqueta y a Estee se le cortó la respiración.

—Estee, compré este anillo el día después de verte sobre el escenario de La Scala, hace tantos años —dijo él con una cajita de terciopelo rojo en la mano—. Eres la única mujer a la que he amado.

Ella se moría de ganas de verlo, quería empaparse de la imagen del diamante que él había escogido para ella, pero en su lugar estiró la mano e hizo que la de Felix se cerrara con suavidad sobre la caja. «Sigue comprometido con otra mujer.»

—No —dijo Estee en un susurro—. No es el momento adecuado. Quiero que me pidas matrimonio cuando de verdad tengas la libertad para hacerlo.

Él no apartó la mirada de sus ojos mientras se guardaba de nuevo la cajita en el bolsillo.

—¿Puedo preguntarte algo?

Ella asintió con la cabeza.

—Por supuesto.

—Si te lo hubiera pedido primero a ti, ¿me habrías dicho que sí?

Sus ojos se llenaron de repente con las lágrimas que no habían aparecido antes.

—Sí, Felix. Mil veces sí. Eres lo que siempre he deseado.

1

Londres, en la actualidad

Lily empujó la puerta de su apartamento y entró en él tirando de la maleta y el petate.

—¿Hola? —preguntó en voz alta mientras cerraba la puerta acompañándola con el pie y lo dejaba caer todo al suelo.

Al no recibir respuesta, avanzó algunos pasos más, mirando a su alrededor, y constató que durante los cuatro años que había pasado fuera de casa allí no había cambiado nada. Ni las paredes de color blanco cálido, ni los cojines mullidos del sofá, ni el espejo dorado que colgaba sobre la repisa de la chimenea, en la que se amontonaban innumerables marcos.

Lily se detuvo a mirar las fotografías, que en su mayoría le devolvieron su propia amplia sonrisa. Estiró la mano para tocar la de su padre, resiguió su rostro con el pulgar, antes de pasar a la de su madre y darse cuenta de lo mucho que la había echado de menos.

Se paseó por la cocina y supo de manera instintiva, sin tener que buscar más, que su madre no estaba en casa.

Vio una nota sobre el banco y la cogió, se apoyó en la encimera mientras su mirada se desplazaba veloz sobre aquellas palabras.

Me muero de ganas de verte, cariño, pero he decidido pasar unas semanas en Italia, aprovechando que hace tan buen tiempo ahora mismo. ¿Nos vemos allí?

Con amor,

M.

Lily se rio y dejó caer la nota. «¡Aquí estoy yo, anticipando el encuentro que tanto anhelaba, y resulta que se ha ido a Italia!» Pero no podía culparla; había tenido que buscarse la vida sin su única hija cuando esta se había ido a vivir al extranjero, y a Lily le encantaba que fuera feliz.

Vio una pila de sobres sin abrir, abandonados al lado de la tostadora, y los cogió con la esperanza de que fueran para ella. Encontró varios dirigidos a su madre, pero el que llamó su atención fue el que había abajo del todo.

A los herederos de Patricia Rhodes.

Lily hizo girar el sobre entre los dedos, preguntándose por qué su madre había dejado de abrir una carta dirigida a los herederos de su abuela. Reparó en el sello oficial de un bufete de abogados y pasó la uña por debajo, decidida a echarle un vistazo, mientras bostezaba porque el jet-lag de su vuelo de veinticuatro horas de duración estaba comenzando a afectarle. En el lugar donde había estado viviendo debía de ser casi medianoche, así que no era extraño que estuviera cansada.

A quien corresponda, en relación con la herencia de Patricia Rhodes.

Se solicita su presencia en las oficinas de Williamson, Clark & Duncan en Paddington, Londres, el viernes 26 de agosto a las 9 de la mañana para que se le haga entrega de un objeto que se ha legado a los herederos. Por favor, póngase en contacto con nuestro despacho para confirmar la recepción de esta carta.

Saludos cordiales,

John Williamson

Lily se frotó los ojos y volvió a leer la carta. Su abuela había fallecido cuando ella era una adolescente, más de diez años atrás, y ver su nombre le provocó un escalofrío extraño. Lily adoraba a su abuela; se trataba de la mujer más cariñosa y gentil que había conocido, y se dio cuenta, con sensación de culpa, de que llevaba mucho tiempo sin pensar de verdad en ella, en comparación con lo mucho que pensaba en su padre. Sonrió al recordar las visitas que le hacía, cuando a menudo se sentaban las dos a tomar el té bajo el sol mientras Lily le contaba todos sus problemas de adolescente.

Cogió el móvil y se apresuró a mandar un correo electrónico al abogado, pidiéndole más información. «Deben de haberse equivocado de persona. Me habría enterado si quedara algún asunto de la herencia por solucionar, ¿no?», pensó.

2

Lily abrió los ojos. Tardó unos instantes en descubrir dónde estaba; en un primer momento, al mirar hacia arriba, antes de incorporarse y apoyarse sobre los codos, el techo blanco y alto le había parecido desconocido.

Acabó por sentarse con las piernas fuera de la cama y se pasó los dedos por el pelo en un intento por desenredarlo. La habitación estaba a oscuras, la única luminosidad que se filtraba en ella procedía del pasillo, donde era evidente que se había dejado la luz encendida, y, mientras le echaba una ojeada al reloj que tenía al lado de la cama, vio que había dormido varias horas. Eran casi las cuatro de la mañana, lo cual quería decir que se había pasado durmiendo la mayor parte del día y de la noche, pero eso no había hecho que se sintiera mejor, se notaba tan aturdida como en el momento en que se acostó.

Se dirigió al baño y se echó agua en la cara mientras contemplaba su reflejo en el espejo circular que colgaba por encima del mueble del lavabo. Sin maquillaje, vio que tenía el puente de la nariz y el centro de las mejillas salpicados de pecas, una oda a la feroz luz solar de Nueva Zelanda, donde había estado viviendo y trabajando. Se tocó la piel con la yema de los dedos y sonrió, satisfecha con aquella nueva apariencia ligeramente bronceada. En combinación con su cabellera larga, oscura e indómita, parecía más una chica de playa que de ciudad, y eso también le gustó. Era una versión de sí misma más relajada; una versión que había tardado años en encontrar, y no quería renunciar a ella solo por haber regresado a casa, a Londres.

Lily se apartó la melena larga y oscura y se la recogió en un moño. Se dirigió con lentitud hacia la cocina en busca del móvil, que encontró sobre la encimera, allí donde lo había dejado. Revisó con rapidez su correo electrónico y vio un mensaje de un antiguo compañero, que venía acompañado de una foto del viñedo en el que ella había trabajado, los racimos de uvas cubiertos por una malla y la hierba teñida de blanco a causa del clima helado. Sonrió al imaginarse de nuevo allí, yendo a buscar su café diario al restaurante cuando este abriera, contemplando las filas y más filas de viñas que se extendían hasta donde llegaba la vista. Suspiró. Quizá debería haberse quedado en Nueva Zelanda en vez de aceptar aquel empleo de verano en Italia, pero siempre se había prometido a sí misma que obtendría toda la experiencia posible en países diferentes antes de establecerse en algún sitio.

Volvió a la bandeja de entrada, ojeándola en busca de algo interesante, y vio que el bufete de abogados le había contestado.

> Estimada señorita Mackenzie:
>
> Gracias por ponerse en contacto con nosotros. Somos cons-

cientes de que el mensaje que le enviamos puede parecer misterioso, pero en nuestra opinión lo mejor sería discutir este tema en persona con usted o con otro miembro de su familia. Por favor, confírmenos que podrá asistir a la cita del viernes; si no es así, concertaremos otro encuentro a fin de poder reunirnos con usted.

Saludos cordiales,

John Williamson,

en nombre de los herederos de Hope Berenson

«¿Hope Berenson?» Lily frunció el ceño mientras le daba vueltas a aquel nombre en la cabeza, intentando descubrir si lo había oído antes o no. No le resultó familiar, y deseó que su madre estuviera allí para poder preguntárselo. Quizá se tratara de alguien procedente del pasado de su abuela, alguien que le había legado algo en su testamento, ignorando que ella había muerto mucho tiempo atrás. Esperó que no se tratara de algún artefacto antiguo que tuviera que arrastrar de vuelta a casa después de la cita.

Lily dejó el móvil y decidió prepararse un café. Necesitaba desesperadamente algo de cafeína que la ayudara a despertarse.

—¡Cariño! ¡Me alegro mucho de oír tu voz!

Lily se rio y apretó el móvil contra la oreja en un intento por oír mejor la voz rasposa de su madre, aquel mismo día más tarde.

—¡No me puedo creer que hayas decidido irte a Italia! —dijo—. Estaba medio esperando una fiesta de bienvenida.

Intentó no sonar demasiado alicaída ante el hecho de

haber regresado a un apartamento vacío: si su madre era feliz, ella era feliz. Aún no había conocido a su nueva pareja, pero sin duda parecían llevar un estilo de vida maravilloso.

—Cariño, tú odias ser el centro de atención. Cómo iba a organizarte una fiesta...

Tenía razón. Lily lo odiaba, mientras que su madre se crecía en esas situaciones. Siempre se había preguntado si la extravagancia de su madre no habría influido en su naturaleza, más tímida e introvertida.

—¿Cuándo vienes? ¿Te veremos en el lago de Como?

—Llegaré dentro de un par de semanas. Será genial verte, aunque solo sea por una noche o dos.

—¡Maravilloso! Ahora tengo que dejarte, cariño, estamos a punto de subir a un hermoso yate para pasar el día en él, pero... ¿estás segura de que no puedes cambiar el vuelo y venir antes para pasar más tiempo con nosotros?

Pese a que su madre no podía verla, Lily negó con la cabeza. Tenía muchas ganas de viajar por Italia, era un lugar que siempre había deseado visitar, pero no quería estar allí rodeada de tantos turistas. No veía el momento de empaparse de su cultura y caminar por sus viñedos, inhalando el aire fresco y conociendo a los responsables de la vendimia y de hacer el vino. Quería descubrir pequeños restaurantes y codearse con la gente del lugar en mercados pintorescos, no sumarse a la muchedumbre de fans que acudían al lago de Como para intentar entrever a George Clooney. Que, por extraño que pudiera parecer, era exactamente la intención de su madre.

—Tengo algunas cosas que hacer en Londres antes, así que no podré cambiarlo, pero tengo muchas ganas de verte —contestó Lily—. Ah, antes de que te vayas, el nombre de Hope Berenson, ¿te dice algo?

—No, ¿por qué?

—Es solo que había una carta aquí, de un abogado, dirigida a los herederos de la abuela.

—Ya sabes cómo soy con el correo, querida. Debí de olvidar abrirla.

—No pasa nada. Voy a averiguar de qué va todo esto y ya te contaré.

—*Ciao, bella!* —dijo su madre con una cantinela antes de que se cortara la comunicación.

Lily permaneció un instante con el móvil en la mano, imaginándose a su madre con uno de sus caftanes de colores brillantes, repleta de joyería, mientras se subía a algún barco bonito. Se sentía feliz de veras por ella. Siempre había sido una madre maravillosa; de pequeña, en todo momento pensó primero en Lily y mantuvo las cosas en pie tras la muerte de su padre, se centró en su pequeña familia hasta que Lily se marchó a la universidad. Y, por muy agradecida que ella se sintiera por el hecho de que su madre hubiera conocido a alguien, también estaba nerviosa ante la idea de encontrarse con el primer hombre que había apresado su corazón desde la muerte de su padre.

—Diviértete —le dijo al móvil mientras lo dejaba y decidía darse una ducha.

Abrió el grifo del baño y esperó a que el agua se calentara y el vapor llenara la estancia mientras no dejaba de darle vueltas en la cabeza al nombre de Hope Berenson. Cerró los ojos y permitió que el agua le corriera por la cara y descendiera por su cuerpo.

Tendría que esperar dos días hasta la cita y la curiosidad la estaba matando.

3

Lily permanecía sentada en la sala de espera de Williamson, Clark & Duncan, con la revista que fingía estar leyendo plantada sobre los muslos. Levantó la vista cuando entró una mujer joven; la observó detenerse a hablar con la recepcionista en susurros.

Antes de que la mujer se volviera, Lily se apresuró a bajar los ojos hacia la revista, ya que no deseaba que la pillara mirándola fijamente. Pero era extrañísimo: había un solo hombre allí sentado, esperando. El resto eran mujeres de edad parecida a la suya que hojeaban sus revistas en silencio.

Lily consultó el reloj y se removió en el asiento a la vez que una voz llamaba su atención.

—Discúlpenme todas, y pido perdón por dirigirme a ustedes como grupo, pero, por favor, ¿podrían acompañarme Lily, Georgia, Claudia, Ella, Blake y Rose?

Lily intercambió una mirada con algunas de las otras mujeres, preguntándose qué demonios estaba pasando.

—¿Tienes alguna idea de qué va todo esto? —le preguntó en un susurro a una guapa mujer rubia que avanzaba a su lado.

La rubia negó con la cabeza.

—Ni idea. De hecho, estoy comenzando a preguntarme para qué he venido.

—Somos demasiado curiosas como para no hacerlo, supongo —dijo otra mujer, y Lily sonrió mirándola a los ojos—. Quizá estamos aquí para heredar una millonada, o están a punto de secuestrarnos. En un caso u otro, en el fondo estoy convencida de que se trata de una estafa.

Lily se rio. Estaba bastante segura de que no iban a encontrar un final espeluznante en un despacho de abogados cuya fachada de cristal daba a Paddington, pero sin duda compartía su escepticismo.

Al fin entraron en una amplia sala de conferencias y las guiaron a sus asientos. En la cabecera de la mesa las esperaba un hombre bien vestido, con un traje de color gris. A su izquierda había una mujer en la treintena de vestuario impecable, con una blusa de seda y unos pantalones negros de cintura alta, el pelo recogido en una cola de caballo tirante. No obstante, pese a su aspecto pulcro, parecía nerviosa, tenía los ojos muy abiertos.

Lily se sentó mientras el asistente que las había llevado hasta aquella sala repartía unas hojas de papel. Nadie tocó las pastas y el café que habían colocado en el centro de la mesa, ni siquiera cuando el asistente las invitó a hacerlo.

—Quiero darles la bienvenida a todas y agradecerles que hayan venido —dijo el hombre tras ponerse en pie, sonriéndoles. Tenía el cabello canoso, de un tono más claro que el color gris de su traje, y pareció más joven al dirigirse al grupo—. Se habrán dado cuenta de que son ustedes seis personas, y, aunque soy consciente de que es muy poco habitual que a uno lo inviten de manera inesperada a una reunión de grupo, en este caso tenía sentido que estuvieran todas juntas.

Lily lo examinó, sin tener aún la menor idea de lo que estaba pasando. Se aclaró la garganta, tentada de ponerse en pie y marcharse de allí sin más, pero la curiosidad pudo de nuevo con ella.

—Me llamo John Williamson, y esta es mi clienta, Mia Jones. Fue ella quien tuvo la idea de reunirlas a todas hoy aquí, ya que está siguiendo los deseos de su tía, Hope Berenson, a quien nuestro bufete también representó hace muchos años.

Lily cogió el papel que tenía frente a ella y se puso a juguetear con las esquinas mientras escuchaba.

—Mia, ¿quieres tomar el relevo y explicarte un poco más?

La mujer asintió con la cabeza y se puso en pie con aspecto nervioso. Lily se recostó en la silla para escucharla.

—Yo también quiero daros las gracias por haber venido hoy, y os pido perdón por el rubor en mis mejillas. No estoy acostumbrada a hablar con tanta gente a la vez. —Les dirigió una sonrisita ansiosa—. Debo confesar que llevo toda la mañana nerviosa.

Lily sonrió y fue casi como si todo el mundo hubiera exhalado a la vez. Tras aquella admisión, la sala se relajó de inmediato.

—Como acabáis de saber, mi tía se llamaba Hope Berenson, y durante muchos años dirigió una residencia privada aquí, en Londres, llamada Hope's House, para madres solteras y sus bebés. Era muy conocida por su discreción, así como por su bondad, pese a la época —dijo Mia con una risita, y paseó una mirada nerviosa por la sala—. Estoy segura de que os estaréis preguntando por qué demonios os cuento todo esto, pero confiad en mí, muy pronto tendrá sentido.

Lily se inclinó hacia delante. ¿Cuál podría haber sido la relación de su abuela con esa tal Hope's House? Hasta donde ella sabía, solo había tenido un hijo: su padre. ¿Había otro niño ahí fuera, dando vueltas por el mundo, nacido en los años de juventud de su abuela? ¿O la conexión se remontaba aún más atrás en el tiempo?

—La casa lleva muchos años abandonada, pero dentro de poco la demolerán para dejar sitio a un nuevo complejo residencial, así que fui a echarle un último vistazo al lugar antes de que lo tiraran abajo.

Lily miró al resto de las mujeres alrededor de la mesa. Todas observaban a Mia, la mayor parte con el ceño fruncido o las cejas enarcadas, como si ellas también estuvieran intentando entender su conexión personal con esa casa de la que les estaban hablando.

—Exactamente, ¿qué tiene que ver esa vieja casa con nosotras? —preguntó una joven de cabello castaño que estaba sentada justo delante de Lily.

—Perdón, ¡debería haber comenzado por ahí! —dijo Mia con aspecto avergonzado mientras se alejaba de su silla y cruzaba la estancia—. Mi tía tenía allí un despacho de gran tamaño donde guardaba sus documentos y demás, y recordé lo mucho que le gustaba a mi madre la alfombra de aquella habitación. Así que decidí enrollarla y ver si podía usarla en algún sitio en vez de dejar que la tiraran, pero al hacerlo vi algo entre dos de los tablones del suelo. Y, porque soy como soy..., bueno, tuve que regresar con algo con lo que levantarlos para ver lo que había debajo.

Un escalofrío recorrió a Lily, que tragó saliva con dificultad a la espera de oír el resto de la historia, mientras observaba a Mia coger una cajita de la mesa situada al fondo de la sala.

—Tras levantar el primer tablón vi dos cajas pequeñas y polvorientas, y cuando quité el segundo encontré más, todas alineadas y con etiquetas manuscritas a juego. No podía creer lo que había descubierto, pero en cuanto vi que cada cajita llevaba escrito un nombre supe que no me correspondía a mí abrirlas, por mucho que me muriera de ganas de averiguar lo que contenían. —Mia sonrió mientras levantaba la vista y la paseaba por cada una de las presentes antes de proseguir—: Hoy he traído esas cajas conmigo, para mostrároslas. No me puedo creer que mi curiosidad os haya reunido a todas.

Mia fue colocando con cuidado una caja tras otra sobre la mesa, y Lily estiró el cuello para mirarlas. En ese momento lo vio, claro como el agua: «Patricia Rhodes». Miró a Mia, incrédula, mientras el abogado volvía a tomar la palabra. «¿Por qué aparece el nombre de mi abuela en una de esas cajas?», se preguntó.

—Después de encontrarlas, Mia me trajo las cajas y repasamos todos los viejos registros del despacho de su tía. Estaban meticulosamente documentados y, aunque esos registros deberían haber seguido siendo privados, en este caso decidimos buscar los nombres que aparecían en las cajas, para ver si podíamos entregárselas a sus legítimos propietarios. Me sentí obligado a hacer todo lo posible.

—¿Has abierto alguna? —preguntó Lily, mirando a Mia a los ojos.

—No —dijo la mujer en voz baja, más suave que antes—. Ese es el motivo por el que os he pedido que vinierais hoy aquí, para que podáis decidir si queréis abrirlas o no. —Se le llenaron los ojos de lágrimas, y Lily vio que se las secaba con rapidez—. Debieron de tener una gran importancia para mi tía si las mantuvo ocultas durante todo ese tiempo, pero lo que no entiendo es por qué no llegó a dárselas a sus legítimas propietarias en vida. Sentí que mi deber consistía al menos en intentarlo, y ahora cada una de vosotras debe decidir si permanecen cerradas o no.

Lily sintió un deseo abrumador de ponerse en pie y abrazar a Mia, pero, mientras la observaba, vio que la mujer enderezaba la espalda y que aquel momento de vulnerabilidad había quedado atrás.

—Lo que no sabemos —dijo el abogado, que plantó las manos sobre la mesa mientras se levantaba con lentitud de la silla— es si hubo otras cajas que sí se entregaron con el paso de los años. O si Hope decidió quedarse estas siete por algún motivo, o si no las reclamaron.

—O si decidió, de nuevo por sus propias razones, que era mejor que siguieran escondidas —terminó Mia la frase por él—. En tal caso, habré revelado algo que debía permanecer enterrado.

El abogado se aclaró la garganta.

—Sí. Pero, sea cual sea el motivo, mi deber consiste en entregárselas a sus legítimas propietarias o, para el caso, a los herederos de estas.

—¿Y no tienen ni idea de lo que hay en su interior? —preguntó otra mujer al otro lado de la sala.

—No, no lo sabemos —contestó Mia.

—Bueno, por interesante que suene todo esto, yo tengo que volver al trabajo —dijo una hermosa mujer morena, que ocupaba el asiento más apartado del resto—. Si me pueden pasar la caja con la etiqueta de Cara Montano, me iré.

A Lily la sorprendió la falta de interés que aparentaba, ya que ella misma ansiaba abrir la caja de su abuela para ver su contenido.

—Gracias por venir —dijo el abogado—. Si tiene alguna pregunta, no dude en ponerse en contacto conmigo.

La mujer asintió con la cabeza, pero, a juzgar por la expresión de su rostro, Lily dudó que tuviera la menor intención de mantener el contacto. Nadie más se movió mientras ella firmaba un papel y mostraba un documento de identificación con su foto. Acto seguido, dejó caer la cajita en su bolso extragrande y salió dando zancadas de la sala. Lily vio que se llamaba Georgia.

El abogado se aclaró la garganta.

—Si son tan amables de ir diciendo su nombre de una en una y firmar la documentación que tienen delante, les entregaré las cajas que quedan. Soy consciente de que algunas tienen otras cuestiones que atender.

Lily permaneció sentada mientras le echaba un vistazo al papel que tenía enfrente, le dirigió una sonrisa a Mia cuando esta le pasó un bolígrafo.

—Gracias. —Firmó y levantó la mirada—. Todo esto resulta bastante misterioso, ¿no?

Mia sonrió y Lily se dio cuenta de lo bonita que era cuando sus rasgos se relajaban. Era como si una máscara los hubiera estado comprimiendo; quizá había fingido confianza para dirigirse a todas ellas.

—Sé que toda esta situación es extraña, pero, cuando vi el cuidado con el que mi tía había etiquetado cada caja, me sentí obligada a buscar a sus legítimas propietarias. No podría haber vivido conmigo misma si hubieran seguido en el edificio cuando lo demolieran.

Lily asintió con la cabeza.

—Es una lástima que pasaran tantos años escondidas.

Mia cogió los papeles de Lily y se los pasó al abogado antes de entregarle la cajita, que estaba hecha de madera. La rodeaba un cordel atado con firmeza y tenía una etiqueta de cartón que identificaba con claridad a su dueña. Lily resiguió con la mirada el nombre de su abuela, aquellas letras enlazadas entre sí con una caligrafía perfecta, igual que en el resto de las etiquetas. Era evidente que una misma persona se había encargado de etiquetar todas las cajas.

Sintió la tentación de tirar del cordel y desatarlo allí mismo, en aquel momento, pero en su lugar deslizó el pulgar por la superficie de la caja y dejó que se disparara su imaginación mientras se preguntaba qué podía haber allí dentro.

—No tengo nada más que añadir, así que, a menos que tengan alguna pregunta... —La voz del abogado se fue apagando.

Lily negó con la cabeza, acabó por levantar la vista y mirar de nuevo a los ojos de Mia. Había algo en ella que la impresionaba, quizá su soledad, y, mientras se ponía fin a la reunión, se descubrió inclinándose hacia la mujer para decirle:

—Estoy tentada de abrir la mía ahora mismo. Nunca se me han dado bien las sorpresas.

—Antes de abrirla, asegúrate de que de verdad quieres revelar el pasado. Conocerlo podría hacer que algunas cosas cambien, tanto en relación con tu familia como sobre lo que creías saber acerca de tu abuela. Hay secretos que deben permanecer ocultos, y ese ha sido mi único temor mientras os buscaba a todas.

Lily asintió con la cabeza.

—Lo comprendo. Si te soy sincera, me sorprende un poco saber que mi abuela está relacionada de algún modo con todo esto.

Mia asintió con la cabeza.

—Lo sé, créeme. Hasta hace muy poco no supe casi nada sobre este asunto, pero mi tía llevaba un diario y lo encontré escondido con las cajas. Lo he estado leyendo durante las últimas semanas. Por esa casa pasaron decenas de mujeres; algunas querían deshacerse de sus bebés y a otras les partió el corazón tener que renunciar a ellos. —Hizo una pausa.

—Pero, si tantas mujeres dieron a luz allí, ¿no debería haber más cajas? —preguntó Lily.

—Es posible —contestó Mia—. Pero quizá esas ya fueron reclamadas. Quizá vuestras abuelas fueron las que nunca volvieron por allí en busca de respuestas...

—Oh, ¿alguien ha olvidado esa? —preguntó Lily, haciendo un gesto hacia la caja que había quedado sobre la mesa mientras se guardaba la suya en el bolso.

—No, esta séptima está sin reclamar —contestó Mia—. Para serte sincera, ni siquiera sé por qué la he traído, ya que no hemos encontrado ningún dato de contacto, pero no me parecía bien dejarla de lado.

Lily se quedó mirándola, leyendo aquel nombre desconocido en su etiqueta y preguntándose a quién podría pertenecer. El hecho de que el resto de las mujeres hubieran acudido a reclamar sus cajas era increíble de por sí, pero supuso que todas habían sentido la misma curiosidad que ella.

—Gracias de nuevo por haber hecho todo esto —dijo Lily.

—Espero que la caja no contenga demasiadas sorpresas —contestó Mia, que levantó la mano a modo de despedida.

Lily le devolvió el saludo y abandonó la sala dirigiéndole una sonrisa a la mujer que salía al mismo tiempo que ella. Unas horas antes había estado echando de menos un país que no era su hogar de verdad, a la gente con la que había pasado los últimos cuatro años y medio, tentada de subirse a un avión y regresar. Pero, de repente, sentía que Londres era exactamente el lugar en el que debía estar. Y de no haber vuelto a casa, nunca habría recibido aquella extraña cajita que llevaba el nombre de su abuela.

En el pasado nunca había creído en la idea del destino, pero quizá, después de todo, hubiera algo de cierto en ella.

4

Italia, 1937

Nunca olvidaría la primera vez que lo vio.

Estee se encontraba sobre el escenario, el corazón le latía con tanta fuerza que temió de verdad que fuera a salírsele del pecho. La multitud aplaudía y sonreía delante de la muchacha, que hizo una reverencia profunda antes de volver a ponerse de puntillas y abandonar el escenario con cuidado. Mantuvo la espalda recta y los brazos extendidos, apretando los dientes detrás de la sonrisa a causa del dolor que sentía en la espalda, en los brazos y en los pies.

—Bien hecho —murmuró su madre al verla aparecer, los brazos abiertos para envolverla con ellos, y la besó teatralmente en cada mejilla, aún delante del gentío allí reunido—. Te adoran.

Estee era consciente de lo que aquello significaba. Su madre quería que todo el mundo la viera —es decir, todo el mundo que representaba algo—, y aquel día había tenido como objetivo mostrar ante las familias pudientes del Piamonte y más allá el talento de aquella muchacha que vivía en su seno. Antes también había visto a alguien darle dinero a su madre en mano, así que sabía que su familia había cobrado por la representación. Y el único motivo por el que ella le estaba demostrando afecto era que aún se encontraban a la vista de todos. Intentó no mantener el cuerpo tan rígido, fingir que era normal recibir aquella calidez de su parte.

Estee adoraba la danza. Su madre solía contar la historia de la niñita que ya bailaba antes de aprender a caminar, pero ella era consciente de que se trataba de un relato bastante embellecido. La verdad era que había empezado a bailar de pequeña y que, en cuanto empezó a asistir a clases de ballet, no tardaron en reconocer su talento.

Mientras su madre comenzaba a saludar a las familias que se ponían en pie para marcharse, Estee se quedó a un lado, con una postura impecable, moviendo rápidamente los dedos en una olita perfecta. Con una sonrisa fija, la cabeza un tanto inclinada, intentó mostrarse tímida, no fuera a cometer algún error por el que más tarde sería reprendida.

Ella debía ser quien cambiara la suerte de la familia. El peso del mundo familiar reposaba sobre sus hombros y a veces hacía que se le revolviera el estómago con un dolor tan agudo como el que experimentaba cada noche, cuando su cuerpo reclamaba, desesperado, algo más de comida. Aunque se pasaba todo el día practicando, no recibía más que migas en comparación con lo que les daban a sus hermanas.

«Tienes que ser diminuta, como un pajarillo, Estee. A nadie le gusta que las bailarinas estén gorditas, ¿verdad?»

Bajó la vista hacia sus piernas, consciente de lo mucho que se preocupaba su madre por cada gramo de peso que ganaba, aunque apenas tenía doce años. De resultas de la danza, los músculos de sus pantorrillas crecían de tamaño con cada mes que pasaba, y su profesora de ballet le había dicho que era algo de lo que debía sentirse orgullosa. Pero a veces se preguntaba si su madre no confundía el músculo con la grasa, y cuantas más horas bailaba cada día, más desarrollados tenía los músculos. «Y menos me dejan comer.»

En aquel momento se acercó un muchacho, que se quedó ligeramente apartado de sus padres y sus hermanos. Cuando la miró a los ojos, Estee se olvidó de golpe de las molestias en el estómago. Aquel chico tenía los ojos brillantes, y había algo diferente en su sonrisa; allí, donde todo el mundo parecía forzarla solo por educación, a él le iluminaba la cara. Así que el chico le sonrió y ella se descubrió devolviéndole la sonrisa, y aquella compostura que había mantenido a la perfección comenzó a resquebrajarse con sus atenciones.

Mientras su familia hablaba con la gente que los rodeaba y su madre se encontraba enfrascada en una charla con otra mujer, Estee se acercó un poco más al muchacho, preguntándose quién sería. Ella ya no iba a clase, y no llevaban mucho tiempo viviendo en el Piamonte; se habían mudado hacía poco a causa del trabajo de su padre, así que no conocía a ninguno de los niños del lugar. Tampoco es que su madre le hubiera permitido mezclarse con ellos, de todos modos. No la dejaban hacer nada que pudiera distraerla del ballet.

Cuando el muchacho ladeó la cabeza y le hizo un gesto con la mano para que lo acompañara, Estee descubrió que no podía resistirse y siguió con la mirada su cabeza morena mientras desaparecía entre la multitud. ¿Adónde se dirigía? ¿Y por qué quería que ella fuera con él?

Le echó un nuevo vistazo a su madre y la descubrió tan inmersa aún en la conversación que dudó que fuera a reparar en la ausencia de su pequeña bailarina. Comenzó a avanzar con lentitud entre la gente, sonriendo cortés a todos aquellos con quienes se cruzaba. Y cuantos más pasos daba, más valiente se sentía, hasta que al final se las arregló para abandonar el lugar. La recorrió un escalofrío, provocado por el frescor del aire otoñal sobre los hombros desnudos cuando salió a la calle, y se puso a buscar a aquel muchacho al que de ninguna manera podía ignorar.

«Ahí está.»

Miró por encima del hombro antes de acercarse a él, anticipando a medias la posibilidad de que su madre hubiera reparado de repente en su ausencia para salir tras ella. Pero no había nadie a su espalda. Tragó saliva vacilante, cuestionando su propia decisión de seguir al muchacho. No se podía ni imaginar lo que llegarían a decir si la veían a solas con un chico. A veces tenía la sensación de que cada centímetro de su cuerpo seguía perteneciendo a una niña pequeña, pero era consciente de su aspecto; en el umbral de la feminidad, ya era capaz de hacer que los hombres volvieran la cabeza cuando pasaba por su lado, lo cual quería decir que no debía quedarse a solas con nadie, ni hombre ni muchacho. Sin embargo, se descubrió dirigiéndose hacia él.

—Hola —dijo el chico, sentado sobre la hierba, mientras lanzaba piedras a un pequeño estanque.

—Hola —contestó ella, y con cuidado se dejó caer de

rodillas, ya que no quería sentarse demasiado cerca de él y a la vez intentaba desesperadamente preservar la modestia con su tutú.

Guardaron silencio durante un minuto. Ella miró mientras él arrancaba distraído la hierba con los dedos, y entonces se sacó algo del bolsillo. Descubrió que sentía curiosidad por lo que buscaba y lo vio ponerse un cigarrillo entre los labios, prender una cerilla, encenderlo y darle una calada. Tosió un poco, lo cual hizo que ambos se rieran, y le ofreció el cigarrillo. Por un instante le había parecido muy adulto, pero se dio cuenta de que se trataba tan solo de un niño que fingía ser mayor, del mismo modo que ella era solo una niña que jugaba a ser una mujer. Entendió que él procuraba impresionarla y se preguntó si le habría robado el cigarrillo a su padre.

Estee vaciló, tensó los dedos mientras se enfrentaba al sentido común. «Cógelo y ya está.»

Podía oír la voz de su madre en el interior de la cabeza, sabía que no debía hacerlo, pero aquel chico tenía algo tan especial, y estaba tan cansada de hacer siempre lo que su madre le decía que hiciera... Él le sonreía, pero de algún modo era diferente. Estee estaba acostumbrada a que los hombres cuchichearan y se dieran codazos, a que la hicieran sentir incómoda con sus halagos e insinuaciones, y lo sabía todo acerca de las bravuconadas de aquellos chicos que no dejaban de hablar, como si les gustara el sonido de su propia voz. Pero él no. Había algo peculiar en él, una calma por la que se sentía atraída.

Estee alargó la mano y él se acercó un poco a ella y le pasó el cigarrillo con cuidado; sus dedos se rozaron mientras Estee intentaba sostenerlo tal y como lo había hecho él. Había visto a las estrellas de cine en la pantalla, fumando y logrando que pareciera una actividad muy elegante, y a las mujeres ricas y a sus amigas en los recitales de ballet y en las fiestas, usando boquillas sofisticadas que les daban un aspecto aún más glamuroso, y trató de fumar igual que ellas. Pero con la primera calada el humo se enroscó y quedó atrapado en su garganta, lo cual le provocó un ataque de tos; no dio del todo la apariencia glamurosa que pretendía conseguir.

El muchacho sonrió, pero no se burló de su ingenuidad, sino que se sentó un poco más cerca de ella, se quitó el abrigo, se lo pasó por los hombros y le dio un par de golpecitos en la espalda. Estee se acurrucó dentro de la chaqueta, agradecida por haber dejado de sentir el mordisco frío del viento, avergonzada por la facilidad con que él se había inclinado para tocarla.

—¿Por qué a todo el mundo le gustan tanto? —preguntó devolviéndole el cigarrillo—. Son espantosos.

Él se encogió de hombros, dio otra calada y expulsó el humo.

—Al principio tienes que echar caladas pequeñas. Luego te acostumbras.

Pero ella no tenía tan claro que a él le gustara, ni que fuera algo que hiciera a menudo, porque, en cuanto Estee mostró su desaprobación, él dejó caer el cigarrillo y lo aplastó con el zapato. Eso, o estaba siendo educado. En cualquier caso, el cigarrillo desapareció.

—Me llamo Felix —dijo él tendiéndole la mano.

—Estee —contestó ella, aceptándola y estrechándosela ligeramente.

Los dos rieron avergonzados mientras dejaban caer las manos y se pusieron a mirar el estanque. De haber sido adultos, se habrían besado las mejillas, pero se encontraban atrapados en algún punto intermedio, y daba la sensación de que a ninguno de los dos se le daban demasiado bien las simulaciones.

—¿Te gusta bailar? —preguntó él con una mirada de reojo acompañada de una sonrisa tímida.

—Adoro bailar —dijo ella, consciente de que aquella respuesta era profundamente cierta pero también una mentira. En su momento había adorado bailar, pero no estaba tan segura de que siguiera gustándole tanto.

—Entonces, ¿por qué antes parecías triste?

Estee notó que la sorpresa la llevaba a enarcar las cejas.

—¿Cuándo? No estaba triste.

—Creo que solo se te da bien fingir que eres feliz —dijo él—. Por mucho que sonrieras, tus ojos estaban tristes.

Estee tomó nota mentalmente de cambiar la forma en que guardaba la compostura, en que controlaba su aspecto, en que parpadeaba. Tenía que parecer feliz en todo momento, no solo cuando bailaba, sino también cuando se relacionaba con la gente. Hundió las uñas en las palmas de sus manos mientras la rabia crecía en su interior. Si un muchacho se había percatado, ¿cómo esperaba engañar al resto del mundo?

«Si no soy perfecta, nunca lo conseguiré. No tengo tiempo para fumar cigarrillos y hablar con chicos. En realidad, ¿qué estoy haciendo aquí?»

—¿Por qué haces eso? —le preguntó él, cogiéndole la mano mientras ella se clavaba las uñas con tanta fuerza en la piel que tuvo que hacer acopio de toda su fuerza de voluntad para no gritar—. ¿Por qué quieres hacerte daño?

Ella apartó la mano, muerta de vergüenza al verse descubierta.

—No estoy haciendo nada.

Estee sacudió los hombros con rapidez para desprenderse de su chaqueta, pero él la atrapó antes de que cayera sobre la hierba. Debería haberse quedado dentro..., ¿en qué estaba pensando?

—No debería estar aquí —dijo mirándolo mientras sus dedos jugueteaban con el borde del tutú.

—¿Es que no te dejan divertirte? —preguntó él, que no se puso la chaqueta, sino que se la tendió como si pensara que ella querría ponérsela de nuevo.

—No —contestó Estee, esta vez incapaz de disfrazar la tristeza de su mirada, por mucho que lo intentara—. No me dejan divertirme nunca. Solo me dejan bailar.

—Dime dónde vives —pidió Felix—. A veces me escabullo de noche y voy corriendo hasta el río. Podrías venir conmigo si quisieras...

Ella negó con la cabeza, no pensaba darle su dirección a un chico cualquiera. Sabía bien que no le convenía escaparse de noche con nadie, y aquel muchacho tendría..., ¿qué, trece años? ¿Quizá incluso catorce? No estaría bien. Si alguien los veía, su reputación quedaría manchada para siempre. Debía ser más lista que eso.

—Tengo que irme —dijo tentada de volver a sentarse pese a sus palabras. Conocía todos los motivos por los que debía marcharse, pero su cabeza seguía intentando convencerla para que se quedara allí un poco más.

Felix se puso en pie y volvió a ponerle la chaqueta sobre los hombros.

—Si cambias de idea, ven a buscarme —dijo—. Conmigo estarás a salvo, te lo prometo. A veces salgo yo solo de noche, y a veces voy con mis amigos.

Ella lo miró a los ojos, tan cálidos y oscuros e inocentes, y en ese mismo instante supo que le estaba diciendo la verdad. En su mirada no relucía nada perverso, y se sintió atraída hacia el muchacho de una manera que no había experimentado nunca. Su vida entera había girado en torno al baile, hasta el punto de que solía pasar sola la mayor parte del tiempo. Cuando no estaba en clase estaba bailando, y no había tenido tiempo para amigas ni para chicos. Antes bailaba por amor al baile, pero esa época había quedado muy atrás. Y en aquel momento le habían arrebatado hasta la posibilidad de ir a la escuela.

Felix se acercó a ella y algo cambió entre los dos. Estee percibió la manera en que sus ojos caían hacia sus labios, la manera en que esos ojos bondadosos volvían a posarse con rapidez en los suyos como preguntándole si todo iba bien. Cuando él volvió a bajar la mirada, ella lo cogió de la camisa, sujetó la tela en una bola en su puño, mientras tiraba de él con suavidad, y pegó sus labios a los del muchacho, tal y como imaginaba que habría hecho una versión adulta de sí misma. Sus dientes entrechocaron y sus bocas se movieron con torpeza, pero durante un segundo, tan solo un segundo dichoso, sus labios se separaron y se movieron en perfecta sincronía. Y, por primera vez, algo que no era el baile hizo que una descarga de anticipación recorriera su cuerpo.

—¡Estee! —la llamaron a lo lejos.

—Tengo que irme —dijo en un susurro mientras soltaba a Felix, las mejillas sonrojadas, y le sonreía.

—Espera, tira una piedrecita —le dijo él, tropezando

con las palabras, mientras ella retrocedía—. Si algún día quieres volver a verme, tira una piedrecita contra mi ventana. Vivimos en la mansión grande con el techo de terracota que hay a la salida del pueblo. Yo estoy en la habitación del piso de arriba más cercana al melocotonero.

Estee conocía aquella mansión, había pasado por delante de ella muchísimas veces camino de las clases de danza, y se trataba con facilidad de la casa de mayor tamaño de la zona, así que era imposible equivocarse. Pero, pese a lo mucho que deseaba besarlo de nuevo, no pensaba hacer ninguna promesa.

Dio media vuelta con una sonrisa, estrechando la chaqueta contra los hombros, y corrió al encuentro de su madre. Debería habérsela devuelto al muchacho, pero al quedársela tenía un motivo para acudir a su encuentro.

—¡Estee! —la llamó él.

Ella se volvió, se miraron a los ojos.

—Espero poder verte bailar otra vez.

Ella le sonrió y lo saludó rápidamente con la mano antes de dar media vuelta y salir corriendo, con cuidado de no resbalar para no lastimarse los tobillos.

Y aunque su cabeza era un batiburrillo de ideas, tenía algo tan claro como el agua: sin duda tiraría aquella piedra..., solo debía averiguar la manera de escaparse de su habitación primero.

—¡Estee!

—¡Ya voy, mamá! —gritó ella.

Llegó sin aliento al encuentro de su madre.

—¿Qué sucede? —le preguntó ella en el momento en que la tuvo enfrente.

Estee bajó la mirada con la esperanza de que su madre

no le viera la cara. Casi temía que ella pudiera saber con solo mirarla que la habían besado, como si fuera a tener los labios hinchados o las mejillas demasiado sonrosadas.

Su madre la cogió de la barbilla y le hizo girar la cabeza a un lado y a otro mientras entornaba los ojos.

—Te has sonrojado. ¿Estás enferma? —Puso una mano sobre la frente de Estee—. Estás caliente. ¿Dónde te habías metido? No te he visto por ninguna parte.

Y en aquel momento Estee se acordó de la chaqueta, y sintió que la bilis le subía a la garganta mientras miraba a su madre. Debería habérsela quitado antes de volver a entrar. Su madre iba a descubrirlo todo.

—¿De quién es esto? —preguntó ella, golpeando con una uña el hombro de la chaqueta.

Con gesto posesivo, Estee se envolvió con más fuerza en la prenda de abrigo.

—He salido a tomar el aire, no me encontraba bien, y un muchacho muy amable me la ha prestado. Ha visto que tenía frío.

Su madre hizo chasquear la lengua, un sonido que Estee conocía demasiado bien.

—¿Qué muchacho?

—Se llama Felix —contestó Estee, que no estaba dispuesta a mentirle a su madre.

—¿Felix Barbieri? —preguntó ella.

Estee se encogió de hombros, sorprendida por el hecho de que su madre supiera de quién se trataba, y recibió un fuerte cachete en la mano por su insolencia. Su madre no toleraba ningún tipo de comportamiento que no demostrara el respeto más absoluto. Le picaba la piel, pero mantuvo el mentón elevado, negándose a dejarle saber lo mucho que le había dolido.

—¿Estabas sola con él?

Entonces, Estee sí bajó la vista y la mantuvo gacha mientras asentía con la cabeza, consciente de que no debía desafiar a su madre. Si hubiera mantenido la barbilla levantada, habría recibido una bofetada en la cara en vez de en la mano.

—¿Tienes idea de lo que diría la gente de nosotros si te vieran con un chico sin alguien que te acompañe? —preguntó entre dientes—. Los chicos solo quieren una cosa de las chicas como tú, Estee. ¿Me oyes? ¿Qué futuro crees que te espera si alguien comienza a decir que la hermosa bailarina de ballet pasa el rato con chicos? ¿Si dicen que vas por el mal camino?

A Estee se le hizo un nudo en la garganta mientras comenzaban a temblarle los hombros, las manos, las rodillas.

—¿Entiendes lo que te digo?

—Sí, mamá —contestó mientras ella le arrancaba la chaqueta de los hombros.

Sintió frío en cuanto su piel quedó desnuda de nuevo. No tenía ni idea de lo que los chicos podrían querer de ella, en realidad no, pero, si se trataba de un beso, la culpable era ella y no Felix.

—Cuando se vaya todo el mundo quiero verte ahí arriba otra vez, practicando. Quiero que tu ritmo sea perfecto. —Su madre lanzó un suspiro—. Hoy podrías haberlo hecho mejor, Estee. Siempre puedes mejorar.

El baile de Estee había sido perfecto. Conocía aquella rutina como la palma de su mano; podría haberla bailado dormida y, de hecho, lo hacía. Pero para su madre nada era nunca lo bastante bueno.

—Sí, mamá —contestó, pues sabía que era mejor no

discutir sobre su interpretación. Era más sencillo hacer lo que le pedía.

Sin embargo, cuando su madre se dio media vuelta y se alejó dando zancadas, Estee se inclinó con rapidez hacia delante, recuperó la chaqueta de Felix, hizo una pelota con ella y corrió hacia donde tenía la bolsa. Se llevó la prenda a la nariz e inspiró su olor, se vio recompensada con el aroma a cigarrillo reciente de las pequeñas caladas que habían dado y a algo más, quizá el jabón que utilizaba Felix, cítrico y fresco. «El mismo olor que llenó mis fosas nasales cuando lo atraje hacia mí.»

Metió la chaqueta a presión dentro de la bolsa y cerró la cremallera. Acto seguido, subió de nuevo al escenario para volver a comenzar con el baile. Solo que en aquella ocasión no había nadie para verla.

«Quiero volver a besar a ese chico, y nada me va a detener.»

5

En la actualidad

Después de la reunión con el abogado, Lily corrió los últimos metros que la separaban de su apartamento mientras unos goterones pesados caían del cielo.

Subió los escalones de dos en dos, sin aliento; abrió la puerta de golpe y la cerró a su espalda. La cajita de madera parecía quemarle dentro del bolso, como si fuera a agujerearlo; le rogaba que la abriera, así que puso el bolso sobre la mesa y de inmediato comenzó a rebuscar en su interior.

Sostuvo la caja en la mano y se quedó contemplándola, preguntándose por su contenido. Mia había comentado que con toda probabilidad habría en ella algún tipo de indicio procedente del pasado, pero el problema era que Lily ni siquiera sabía que hubiera un pasado que descubrir, y no podía dejar de pensar en lo que le había dicho. «¿Me arrepentiré de abrirla y descubrir algo sobre mi pasado que ha permanecido en secreto durante todos estos años?»

Pasó los dedos por encima de la tarjetita que llevaba el nombre de su abuela y tiró del cordel que mantenía la caja bien cerrada. No obstante, el nudo estaba demasiado apretado y, cuando le fallaron las uñas, acabó teniendo que buscar unas tijeras. Cortó el cordel y lo dejó caer mientras se preguntaba cuánto tiempo habría permanecido este en su lugar, e imaginó a aquella misteriosa mujer llamada Hope poniendo a buen recaudo lo que hubiera en el interior de la caja y cortando un trozo de cuerda para envolverla.

«Quizá la tal Hope nunca vio lo que había dentro. Quizá lo único que hizo fue escribir el nombre y esconder la caja para mantenerla a salvo...»

Lily levantó la tapa, anticipando que se encontraría con una carta doblada en forma de cuadrado, o quizá con un certificado de nacimiento, pero en su lugar encontró un trozo de papel con unas palabras impresas. Se dio cuenta de que era un pedazo rasgado de una hoja más grande, quizá de algo oficial, y tan solo pudo identificar las palabras «Teatro alla Scala» en una esquina. El resto se encontraba en un idioma extranjero. Buscó a tientas el móvil y abrió Google, introdujo aquel nombre y vio los resultados de manera inmediata. La Scala parecía ser un teatro importante de Italia, famoso en Milán.

Más tarde intentaría traducir el texto online, pero dejó el papel de lado para seguir mirando en la caja. Allí había otro trozo de papel, pero este era más suave, como si procediera de un juego de escritorio, con una tinta manuscrita y mucho más desvaída que en el texto impreso.

Se quedó mirando aquellas palabras, de nuevo sin saber bien lo que tenía ante los ojos, aunque, hasta donde sabía, aquello parecía ser una receta de cocina. También dejó aquel papel de lado, molesta al descubrir que ni siquiera podía leer el contenido de la caja, cuando había tenido tantas ganas de descubrirlo.

Lily levantó la caja y la examinó con cuidado, le dio la vuelta como si esperara encontrar algo oculto, un compartimento inferior vacío quizá, pero allí no había nada más.

—En italiano, ¿eh? —murmuró para sí mientras cogía los pedazos de papel y los doblaba de nuevo.

¿Significaba aquello que su abuela era italiana? ¿De allí venían su propio cabello negro azabache y los rasgos atractivos de su padre? ¿Tenía su familia unos antepasados italianos cuya existencia desconocía? Intentó hacer memoria, recordar si su abuela había dicho o hecho algo, si podía haber alguna cosa que le hubiera pasado por alto. ¿Lo sabía su abuela y lo había mantenido en secreto, avergonzada por algún motivo del pasado?

De repente, Lily se rio, devolvió los papeles al interior de la caja y la metió de nuevo en el bolso. «¡Papá, y tú que siempre te preguntaste por qué tu madre tenía un carácter tan fiero!»

Le sonó el móvil y Lily lo cogió, se desplazó por sus correos para ver quién le había enviado un mensaje. Abrió mucho los ojos al ver el nombre de Roberto Martinelli, el dueño de los viñedos de la región de Como a los que debía dirigirse al cabo de poco más de una semana.

> Lily:
>
> *Ciao, bella!* Espero que en el momento de recibir este correo estés bien. Esta temporada, las uvas están madurando más rápido de lo que esperábamos, así que te necesito aquí antes de lo que habíamos planeado. Si puedes organizarte, por favor, cambia tu vuelo para llegar este lunes, yo te rembolsaré el dinero. Lamento avisarte con tan poca antelación.
>
> R. M.

Lily sonrió. Quizá, después de todo, no necesitaría el traductor de Google. Si iba a estar el lunes en Italia, simplemente podría pedirle a uno de sus nuevos compañeros de trabajo que se lo tradujera.

Se apresuró a contestarle a Roberto y se dirigió con rapidez a su habitación, donde le echó una ojeada a la montaña enorme de ropa para lavar que había en el suelo. Tenía menos de cuarenta y ocho horas para prepararse y hacer la maleta. Si todo iba bien, iba a pasar en Italia algunos meses al menos, así que debía planear cuidadosamente lo que se llevaría.

Sin embargo, la ropa era lo último que tenía en la cabeza. No podía dejar de pensar en Milán y el teatro de La Scala, y en la relación que su abuela podría haber tenido con un lugar tan famoso.

6

Al salir a la luz del sol, Lily inspiró hondo el aire cálido y húmedo. «Italia, al fin.» El viaje se le había hecho corto tras el anterior, de larga distancia; habían sido poco más de dos horas entre Londres y el aeropuerto de Malpensa, cerca de Milán, aunque a continuación tendría que viajar en tren hasta Como. Paseó la mirada a su alrededor, pensando que le habría encantado tener la oportunidad de explorar Milán, una ciudad que siempre había soñado con visitar.

Se detuvo un instante en el exterior del aeropuerto para conectar el móvil y comprobar en qué terminal se suponía que debía coger el tren. Esperó a ver si llegaba algún mensaje y miró a su alrededor, satisfecha de haberse puesto aquel vestido largo y holgado mientras la envolvía la calidez del día. Tenía la nuca un tanto húmeda y se apartó el pelo con una mano, pensando que debería habérselo recogido.

El móvil lanzó un pitido y se soltó el pelo, se desplazó con rapidez por los mensajes. Había uno de su madre y pulsó sobre él, sorprendida por el mero hecho de que se lo hubiera enviado. Iban a comer juntas, y Lily pasaría la noche con ella antes de dirigirse al viñedo, a la mañana siguiente. Consultó la hora y se dio cuenta de que era casi imposible que llegara allí a tiempo.

Vio pasar un taxi no muy lejos de donde estaba parada y gimió. Dudaba que hubiera más de cuarenta y cinco minutos en coche hasta Como, pero el viaje sería ridículamente caro.

Se guardó el móvil en el bolso y le dirigió una mirada a la caja, que había colocado con cuidado junto al monedero. Desde el momento en que la había abierto le costaba no pensar en ella, pero aún no había conseguido averiguar nada útil, más allá de algunas entradas de Google sobre el teatro de La Scala.

«Podría saltarme la comida e ir a echarle una ojeada, para verla por mí misma.» Sacudió la cabeza y se amonestó por haberlo pensado siquiera; llevaba siglos sin ver a su madre. Además, ¿en qué la ayudaría ir hasta allí en persona? Lo único que tenía era un trozo de un programa viejo, y no es que pudiera abordar a cualquier persona del lugar y pedirle ayuda... ¡Ni siquiera sabía con qué necesitaba que la ayudaran, y tampoco hablaba italiano!

Volvió a colgarse el bolso del hombro y avanzó en sentido opuesto a la estación de tren. De repente le pareció que la idea de hacer un viaje rápido con todo el asiento trasero para ella era exactamente lo que necesitaba, pese a que fuera a costarle una pequeña fortuna.

Lily le hizo señas con el brazo a un taxi, que no se detuvo a recogerla, pero otro sí lo hizo, y ella se agachó para dirigirse al conductor a través de la ventanilla.

—¿Al lago de Como? —preguntó.

—*Sì* —dijo el hombre con una amplia sonrisa, mientras sus ojos oscuros le daban un repaso rápido que la hizo sonrojarse.

En cualquier otro lugar del mundo, los hombres se llevarían una bofetada por desnudar a una mujer con la mirada tal y como hacían los italianos, pero allí, por algún motivo, la sensación era fantástica.

En escasos segundos, el conductor ya había salido del coche y estaba cogiéndole las maletas. Lily se subió al asiento de atrás y observó a la gente que cruzaba la calle, el ajetreo de los coches que traían gente al aeropuerto o la llevaban a la ciudad. Cuando el conductor volvió a sentarse al volante, Lily vio que la contemplaba por el retrovisor y le devolvió la sonrisa.

—¿Habla inglés? —le preguntó.

Él asintió con la cabeza.

—Un poco.

—Más que yo italiano, estoy segura.

Miró por la ventanilla, preguntándose dónde estaría exactamente el teatro respecto al lugar donde ella se encontraba en aquel momento.

—¿Cuánto tiempo lleva viviendo en Milán? —le preguntó.

—Toda la vida —contestó él, desplazando la vista con rapidez entre la carretera y el espejo retrovisor.

—¿Sabe algo sobre el teatro de La Scala? —inquirió, dándose cuenta al instante de la estupidez de su pregunta. ¡Sin duda llevaba pasajeros a aquel emblemático lugar a diario!

—Es precioso, ¿quiere que la lleve hasta allí primero?

Ella negó con la cabeza.

—No, no quiero ir hasta allí. Solo quiero averiguar más cosas sobre él. —Ni siquiera sabía lo que intentaba preguntarle—. Creo que mi abuela, o quizá mi bisabuela, tuvo alguna relación con ese teatro. Pero no estoy segura de cuál pudo ser ni cuándo, aunque quizá fuera después de la guerra.

El conductor le sonrió y Lily supuso que se había perdido, que quizá su inglés no fuera lo bastante bueno como para seguir sus divagaciones.

—A lo mejor actuó allí, ¿era bailarina o cantante? —le preguntó él de repente.

Lily levantó la mirada sorprendida.

—Es posible —coincidió.

—¿Su madre era italiana? —preguntó él—. Es usted muy hermosa. Tiene sangre italiana, ¿verdad?

Lily se rio.

—No lo creo, pero gracias. Es muy halagador.

«¡Italiana! ¡Ja!» Se rio para sí de sus palabras. Pues claro que no era italiana, aunque se le hubiera pasado por la cabeza más de una vez durante los últimos días. «Porque, si lo fuera, me habría enterado, ¿verdad?»

Lily enderezó la espalda mientras el coche reducía la marcha y miró por la ventanilla para absorberlo todo. Como no se parecía a lo que ella esperaba, era más bullicioso que pintoresco.

—Está lleno de gente —señaló.

—Sí —dijo el conductor del taxi con un suspiro y voz triste—. Necesitamos a los turistas por su dinero, pero los odiamos también por ello.

Entendió a la perfección lo que le decía, porque podía verlo por sí misma. El lugar estaba a reventar, y eso que ni siquiera habían llegado a la mitad del verano.

—Comenzaron a comprarse casas aquí y ya nunca han dejado de hacerlo.

Lily no pudo ni imaginar lo que debió de significar para la gente de la zona aquella lluvia de dinero sobre su pequeño rincón paradisiaco. Como para certificar sus pensamientos, vio que en el río tenía lugar una carrera de lanchas, y al abrir la puerta oyó el ruido ensordecedor de sus motores.

—*Santa Maria* —blasfemó el conductor del taxi, y ella lo acompañó con un gemido, sintiendo su dolor.

Lily le pagó antes de salir del coche y, mientras el conductor sacaba sus maletas, pensó que el día estaba algo más húmedo que una hora antes. No obstante, la temperatura era perfecta, y disfrutó unos instantes de aquella calidez y de los rayos de sol sobre los hombros. Estaba a punto de probar los mejores platos de su vida, de beber unos vinos increíbles y de rodearse de gente hermosa. Nueva Zelanda había sido genial, pero Italia iba a ser otra cosa.

—*Grazie* —dijo saludando al conductor con la mano mientras él le lanzaba un beso.

Simuló que lo atrapaba y se llevó la palma de la mano a la mejilla, lo cual hizo reír al hombre.

Resultó que Italia también la había convertido en una ligona. ¿Quién habría pensado que un país podría transformar su conducta, por lo general tímida, con tanta facilidad?

A los pocos minutos estaba plantada ante la entrada de Villa d'Este, el hotel en el que se alojaba su madre, y donde esta le había insistido en que se encontraran. Lily agradecía que su madre fuera a pagar por él, ya que el precio era de los que te hacen llorar, pero el sitio era tan hermoso como había imaginado. Había leído sobre él en el avión y sabía que era uno de esos negocios familiares discretos que rezumaban el encanto de lo antiguo y una riqueza anterior incluso, y no se sorprendió cuando, al entrar, vio que de los techos altos colgaban recargadas lámparas de araña.

Era sencillamente un lugar mágico.

—¡Cariño!

Antes de que el botones hubiera tenido tiempo de coger sus maletas, un abrazo colorido se llevó a Lily por delante. El caftán brillante de su madre la engulló y notó su perfume, tan avasallador como su presencia.

—Yo también me alegro de verte —dijo Lily sonriendo mientras su madre retrocedía un paso para, a continuación, darle otro fuerte abrazo.

—¡Pero mírate! ¡Tienes un aspecto fabuloso!

Lily bajó la vista para mirarse.

—¿En serio? Creo que estás exagerando.

—Tu ropa no, sino tú, es que mírate... —Su madre sacudió la cabeza—. Tu cutis tiene un aspecto fantástico, tu cabello... —Levantó el brazo y le atusó el pelo—. Prométeme que no te lo vas a cortar. Está increíble, así de largo. Tú estás increíble.

De manera instintiva, Lily se llevó una mano al cabello, sintiéndose como una niña pequeña de nuevo mientras aceptaba con entusiasmo los elogios de su madre. Pero su atención se centró con rapidez en el hombre al que esta convocaba con gestos de la mano, quien hasta aquel momento había estado observando la reunión desde un sillón, con un periódico doblado sobre la rodilla. Lo reconoció de inmediato, ya que Alan había aparecido para saludar a menudo durante las videollamadas que le servían para conversar con su madre desde el extranjero.

—¡Alan! ¡Ven a conocer a Lily! —gritó su madre con una gran sonrisa.

—Es un placer conocerte como corresponde, Lily —dijo Alan al acercarse a ellas.

—Lo mismo digo, es un placer conocerte también —contestó, y experimentó una simpatía inmediata hacia el hombre mientras este le pasaba un brazo a su madre por la cintura.

Los dos parecían felices, y por mucho que Lily hubiera querido pasar un tiempo a solas con su madre, lo único que siempre había deseado de veras para ella era que encontrara a alguien con quien disfrutar durante el resto de su vida.

—Subamos esas maletas a la habitación, ¿qué te parece? —le preguntó su madre—. Luego podemos salir a comer y disfrutar de este fantástico clima. Me encanta sentirme como si fuera una lugareña.

Lily reprimió una carcajada. «¿Una lugareña?» Pensó que las mujeres italianas no se dejarían ver ni muertas con el atuendo de colores chillones de su madre, pero no iba a ser ella quien se lo comunicara.

—¿Tienes algún lugar favorito para comer? —le preguntó mientras su madre la asía por el brazo y Alan le indicaba al botones que cogiera su equipaje.

—Bueno —dijo su madre, inclinándose hacia ella—. Hay un sitio pequeño que al parecer le encanta a Leonardo DiCaprio y he pensado que, si vamos allí, en fin, quizá acabemos codeándonos con parte de la realeza de Hollywood.

Lily se rio. Su madre le había susurrado aquello con

un tono tan conspirativo que fue como si le estuviera revelando secretos nacionales.

—Estoy segura de que será fabuloso —contestó.

—Ahora cuéntame, ¿hay algún jovencito en tu vida? ¿Has roto algún corazón en Nueva Zelanda?

Lily suspiró.

—No, no hay ningún hombre, mamá. Te prometo que, de ser así, te lo habría contado.

—Sé que te ha costado acercarte a la gente desde la muerte de tu padre, pero es que no quiero que te despiertes un día y te arrepientas de no haber estado abierta a la posibilidad del amor, eso es todo.

Lo que no le había contado a su madre era que, durante aquellos últimos años, su vida había estado llena de hombres encantadores, pero que había acabado sumando amigos, no amantes. La mayor parte de las veces era por su culpa: por mucho que le hubiera gustado tener a alguien que diera calidez a su lecho por las noches, Lily era su peor enemiga a la hora de mantener a los hombres a raya. En honor al recuerdo de su padre, el trabajo había sido siempre el aspecto más importante de su vida, y no estaba dispuesta a considerar la idea de enamorarse y dejar de seguir sus sueños por tener una relación. Lo cual implicaba que, a la que las cosas tenían pinta de ponerse serias o sus sentimientos de volverse demasiado intensos, Lily recurriera a una frase de eficacia comprobada: «Creo que es mejor que seamos amigos».

—Solo prométeme algo, Lily.

Se volvió cuando su madre se detuvo, preocupada por la expresión seria de su rostro.

—Pues claro. ¿De qué se trata?

—Prométeme que, mientras estés en Italia, encontrarás a alguien con quien practicar sexo del bueno, ¿vale? Lamentarás no haber usado ese hermoso cuerpo joven cuando tuviste la oportunidad. Confía en mí.

—¡Mamá!

—¡Oh, no seas mojigata, sabes que tengo razón! Si no quieres sentar la cabeza, al menos diviértete un poco.

Lily se quedó allí plantada, boquiabierta y con las mejillas sonrojadas, mientras su madre se alejaba dando zancadas y dejando a su espalda un rastro de perfume y de seda.

«¿Por qué no habré ido directamente a los viñedos?» Lily observó a través de una pintoresca ventana el paisaje, aún más pintoresco, e imaginó aquellas hectáreas de tierra cubiertas de uvas en vez de hierba.

—¡Vamos, cariño, que llegaremos tarde a comer!

Apartó con lentitud la vista del paisaje y se dirigió hacia la majestuosa escalera, que no habría desentonado en algún palacio.

Lily tardó varias horas en arreglárselas para quedarse a solas con su madre. Habían ido a sentarse juntas mientras el sol comenzaba a descender y las actividades del río iban decayendo para ser remplazadas por el rumor de la gente que entraba y salía de los restaurantes. Estaban en una mesa exterior, tomando unos negronis y viendo el mundo pasar. Lily se sentía tan relajada tras aquella comida tardía y las bebidas que se abandonó sobre la silla mientras hablaba con su madre, y dudó que fuera capaz de moverse de allí por mucho que quisiera hacerlo.

En aquel momento se dio cuenta de que no había mencionado las pistas.

—Mamá, ¿papá te dijo alguna vez que la abuela hubiera sido adoptada? —preguntó—. ¿Comentó algo?

—¡Nunca! ¿Lo dices por la carta que mandaron a sus herederos? —Su madre negó con la cabeza—. Si tu abuela hubiera sido adoptada, tu padre me lo habría dicho.

—Es solo que, bueno, el abogado tenía su certificado de nacimiento y algunos registros de adopción. Su bufete solía llevar las adopciones y el papeleo de un lugar llamado Hope's House. Parece que acogían a madres solteras hasta que daban a luz y a continuación organizaban la adopción de los niños en Londres.

Su madre tomó un trago de la bebida antes de recostarse de nuevo en la silla.

—No me lo puedo creer. ¿De verdad crees que la abuela pudo nacer allí?

—Sí. Y hay más —dijo Lily, que metió la mano en el bolso y sacó la cajita de madera—. Al parecer, animaron a algunas madres a que dejaran algo atrás, por si sus hijos volvían algún día buscando respuestas, supongo. Y a la abuela, su madre biológica le dejó esto.

Lily nunca había visto a su madre boquiabierta, pero así le había dejado la noticia.

—¿Y estás segura de que esto es real? De que no es algún tipo de...

—¿Timo? —Lily sonrió—. Créeme, es exactamente lo que yo pensé al principio, pero no lo es. De hecho, la sobrina de Hope, la mujer que dirigía el lugar, vino a reunirse con todas nosotras. Fue ella la que descubrió las cajas, y solo ha querido devolvérselas a sus propietarias legítimas, o, mejor dicho, a sus descendientes.

—Bueno, no podrías haberme sorprendido más ni haciéndolo aposta. —Esa vez, su madre tomó un trago más largo de su bebida—. ¿Y qué hay en la caja?

Lily suspiró.

—Ese es el problema, que en realidad no he podido sacar nada en claro —contestó, extrayendo con cuidado los dos pedazos de papel—. Hay un trozo de un programa del teatro de La Scala en Milán y lo que parece una receta de cocina escrita a mano por alguien.

Observó a su madre mientras ella pasaba los papeles entre sus manos y los estudiaba. Sin dejar de fruncir el ceño, su mirada iba del uno al otro y del otro al uno.

—Es fascinante. Completamente fascinante. —Suspiró—. Ojalá tu padre estuviera aquí para ver todo esto.

Aunque Lily notaba un cosquilleo en los dedos por el deseo de coger los papeles, doblarlos y devolverlos a la caja, se descubrió preguntando:

—¿Te gustaría quedártelos?

Recibió una firme sacudida de cabeza a modo de respuesta.

—No, quédatelos tú, Lily, son tuyos. Quizá puedas preguntarle a alguien mientras estés aquí, ver si hay algo que cobra sentido cuando lleves un tiempo en Italia. Me encantaría saber más, pero me gusta la idea de que seas tú la que intente recomponer el puzle. Y creo que a la abuela también le habría gustado.

Las dos se miraron.

—Y a tu padre —añadió su madre—. Creo que le encantaría que hicieses esto.

—Es una coincidencia extraña, ¿no te parece? —preguntó Lily, parpadeando para deshacerse de las lágrimas que siempre le llenaban los ojos cuando hablaba de su padre.

Su madre enarcó las cejas en un gesto inquisitivo.

—Que esté aquí, a menos de una hora en coche del famoso teatro que aparece en el programa —dijo—. ¿Qué probabilidades había de que pasara eso?

Su madre le tocó la mano, entrelazaron los dedos.

—Pues más motivo aún para que sigas el camino por el que te lleven esas pistas —repuso—. Quizá haya una razón para que te las hayan dado ahora.

Lily le apretó los dedos como respuesta.

—¿De verdad lo crees? —preguntó.

Su madre se inclinó hacia delante y la miró a los ojos.

—Sí —contestó con una sonrisa—. Y Lily..., tu padre estaría muy orgulloso de la mujer en la que te has convertido. Yo estoy muy orgullosa de ti.

Lily le devolvió la sonrisa con los ojos llenos de lágrimas y cogió la mano de su madre con fuerza mientras se recostaban en las sillas para admirar el paisaje.

7

Italia, 1937

Estee nunca había desobedecido a su madre. No había encontrado ningún motivo que valiera la pena. «Hasta ahora.»

Se quedó parada a la sombra del árbol de gran tamaño, consciente de que, en el momento en que abandonara la protección de su dosel, quedaría iluminada por la luna. Llevaba una capa oscura, con una capucha amplia, y se la puso sobre la cabeza para ocultarse cuando al fin encontró el valor para avanzar.

Pasó los dedos por las piedrecitas que tenía en la palma de la mano, que estaba húmeda y pegajosa pese al frescor del aire nocturno. Sin embargo, sabía que, si no se atrevía a hacerlo aquella noche, no regresaría nunca. Y si su madre descubría que había salido, tampoco tendría la opción de regresar.

Con valentía, se dirigió hacia el frondoso arbusto de lavanda y esperó haber entendido bien a Felix mientras lanzaba un guijarro lo más alto que fue capaz. La piedra golpeó contra la parte inferior del tejado y Estee tuvo la sensación de que sonaba como un trueno en el silencio de la noche mientras el guijarro caía al suelo. Se miró la mano y vio que tenía tres piedras más.

«Debo lanzarla más alto.»

La segunda piedrecita estuvo a punto de alcanzar la ventana, pero volvió a dar en el tejado. Estee se acercó un paso más, lanzó la siguiente con todas sus fuerzas y contuvo el aliento cuando impactó en la ventana. Nada. No hubo ningún sonido, ningún movimiento, nada.

Probó otra vez, diciéndose que quizá Felix no la había oído, y la piedra golpeó de nuevo el cristal. Se quedó allí plantada un momento con la esperanza de ver algo, lo que fuera, que le demostrara que él estaba arriba, en su habitación, pero no pasó nada.

Estee se volvió, sintiéndose ridícula bajo aquella capa con su capucha, plantada en el césped bien cuidado de la casa de los Barbieri. Quizá él no hablaba en serio cuando le había dicho que tirara una piedra si se decidía a ir a su encuentro... Pero cuando comenzaba a escabullirse en busca de la protección de los árboles, oyó un ruido que la llevó a dar media vuelta, y a continuación alguien pronunció su nombre en un susurro.

—¿Estee? ¿Estee, eres tú?

Se quitó la capucha cuando Felix apareció en la ventana. Él había levantado el cristal lo suficiente como para poder asomarse. De repente, la sensación de ridiculez desapareció y notó que la recorría un escalofrío al darse cuenta del problema en que iba a meterse si alguien la descubría, si su madre se enteraba, y lo que ello podría implicar. Pero ver a Felix con el cabello revuelto por haber estado en la cama, sonriéndole desde el segundo piso de aquella casa, le hizo saber que volvería a arriesgarlo todo de nuevo si surgía la oportunidad.

Él no añadió nada más, desapareció de la vista mientras ella seguía plantada allí, esperándolo, sintiendo un calor cada vez mayor bajo la capa. Se alejó algunos pasos nerviosa, como si alguien fuera a verla allí y pudiera pensar que era una intrusa, pero, cuando comenzaba a inquietarse de nuevo, Felix apareció de nuevo; salió por la ventana y se puso a gatear. Estee se descubrió conteniendo el aliento mientras él llegaba a la parte inferior del tejado, se ponía en cuclillas y, de algún modo, lograba alcanzar el árbol con los brazos. Se balanceó peligrosamente antes de aterrizar sobre una rama gruesa que le permitió descender por él. Mientras lo observaba, a Estee se le hizo un nudo en la garganta y, de pronto, al verlo correr a su encuentro, su corazón volvió a dispararse.

—Menuda huida —dijo.

—Tengo mucha práctica —contestó él mientras se pasaba los dedos por el cabello alborotado—. Si mis padres se enteraran, el castigo llegaría veloz.

Ella se lo quedó mirando con los ojos muy abiertos, y él le devolvió la mirada.

—¿Te castigarían físicamente?

—¡Pues claro que no!

—Oh, por supuesto, solo bromeaba. —Estee intentó sonreír a la vez que reprimía las palabras, pues no iba a confesar lo que le pasaría a ella si la descubrían.

—Es lo que harían los tuyos, ¿no? —preguntó él—. Regañarte, digo. No hacerte daño de verdad...

Ella asintió con la cabeza, esperando que él no hubiera notado que se le dilataban las fosas nasales, que no hubiera oído que se le aceleraba el corazón ante la mención de su madre. Sus hermanas parecían evitar la rabia de la mujer, pero ella no tenía la misma suerte. Era la que trabajaba más duro, practicaba como si le fuera la vida en ello, pero seguía siendo la única que sufría la ira de su madre.

—¿Adónde vamos? —le preguntó.

—¿Qué te parece si te llevo a mi lugar favorito? —sugirió él—. Cuando estoy con mis amigos vamos al lago, pero tengo la sensación de que no querrás ir tan lejos. Sin nadie que nos acompañe, quiero decir.

Ella asintió con la cabeza. No tenía ni idea de adónde quería ir; tan solo había sentido una atracción sorprendente hacia el muchacho y sabía que tenía que verlo de nuevo.

—Creo que te encantará —dijo él.

Anduvieron en silencio durante un rato, y Estee se preguntó si Felix, al igual que ella, no sabría qué decir. Le dirigió una mirada, agradecida de que la luna les proporcionara la luz suficiente como para que pudieran verse. Deseaba preguntarle por sus amigos, por el motivo que lo había llevado a querer verla la vez anterior, después de su actuación, por su familia, pero en su lugar se mordió la lengua, con la esperanza de que fuera él quien iniciara la conversación.

No obstante, cuando la mano de él golpeó la suya, Estee estiró los dedos un poco, apenas lo suficiente como para que mantuvieran el contacto un rato, hasta que Felix se los cogió con el meñique. Y siguieron caminando así, en silencio, sin que ninguno de los dos pareciera saber qué decir, con los dedos entrelazados en la más inocente de las uniones.

Podrían haber sido niños, tan solo unos amigos que

se daban la mano, pero Estee sabía que no era así. Había algo diferente en Felix, y cuando la miraba, ella era consciente de que él sentía lo mismo. Aquello hacía que se le acelerara el aliento, que se le parara brevemente el corazón, que sus pies se movieran un poco más rápido... Era algo que no había experimentado nunca, y no estaba del todo segura de su significado.

—Es aquí —dijo él rompiendo el momento de silencio entre ambos, mientras tiraba de ella por una pequeña colina hacia un cobertizo de gran tamaño.

Estee vio que en su exterior colgaban macetas con flores, que el patio estaba perfectamente barrido y que un sendero de adoquines inmaculados conducía hacia la construcción, pero tardó un instante en darse cuenta del lugar en el que se encontraban. Hasta que un hocico oscuro apareció por encima de una media puerta. Eran unas caballerizas.

Vaciló al ver que aparecía una nueva cabeza, esta de color gris claro. Felix la soltó y se dirigió confiado hacia los animales, levantó la mano para acariciar el primero de los rostros equinos y luego el otro, que se restregó contra ella como si fueran un par de amigos perdidos mucho tiempo atrás.

—No tengas miedo, acércate —dijo.

Estee se acercó poco a poco, pegó un salto cuando el caballo resopló. Le pareció absurdamente ruidoso en el silencio absoluto de la noche. Felix pareció notar su nerviosismo y volvió a estirar el brazo en busca de su mano. Estee debería haberse sentido rara solo de pensar en darle la mano a un chico al que no conocía, pero por algún motivo no había nada extraño en estar con Felix. O quizá fuera tan sencillo como que estaba desesperada por tener contacto con alguien de su edad y habría sentido lo mismo con cualquier otro.

«Eso no es cierto. Nunca he sentido tanto interés por estar con alguien.»

—Los estás poniendo nerviosos —dijo Felix—. Cuando tu corazón se acelera, el suyo también lo hace.

Estee abrió mucho los ojos y dio otro paso vacilante, intentando calmar la respiración y también su corazón acelerado. Entonces fue ella la que le dio la mano, y los dedos de él se cerraron sobre los suyos cuando avanzó con valentía. Y en cuanto estuvo lo bastante cerca como para tocar al animal, levantó la mano y la puso sobre la mejilla del caballo; la mantuvo allí, la palma pegada a su suave pelaje.

Y, en un abrir y cerrar de ojos, el corazón dejó de latirle con tanta fuerza. Nada le había hecho sentir una calma parecida, tan en paz, y Estee supo que había acertado al escaparse para ir a ver a Felix.

—Es precioso —dijo en un susurro.

—Preciosa —la corrigió él.

Estee se rio.

—La verdad es que nunca había estado cerca de un caballo —admitió—. Siempre les había tenido miedo.

—Son los animales más pacíficos del planeta —dijo él—. Cada vez que quiero estar solo, vengo y me escondo aquí.

Estee entendió que le gustara; de haber tenido un lugar así, ella también lo habría utilizado para esconderse y escapar del mundo.

—Felix, ¿por qué quisiste conocerme aquel día? —preguntó.

Él se encogió de hombros, le soltó la mano mientras

arrastraba la bota sobre los adoquines. Cuando al fin levantó la mirada, Estee fue consciente de lo que no podía decirle, y casi deseó no haberle hecho aquella pregunta. Casi.

Pero era agradable saber que le gustaba a alguien.

—¿Alguna vez has tenido la sensación de que han decidido cómo será toda tu vida por ti? —le preguntó.

—Sí —contestó ella, y de repente se le llenaron los ojos de lágrimas. Se apresuró a parpadear, con la esperanza de que él no las hubiera visto.

Felix echó a andar y ella lo siguió. Él se agachó para entrar en un establo abierto, donde había dos cajas de madera volcadas en el suelo. Felix se sentó en una y ella ocupó la que quedaba frente a él. No estaba acostumbrada al olor del lugar, que supuso sería una combinación de excrementos de caballo y quizá de la paja que tenía entre los pies y que le hacía cosquillas en los tobillos.

—Creo que tú y yo nos parecemos mucho —afirmó Felix—. Mis padres han planeado toda mi vida, incluyendo con quién debo casarme. Se supone que tendré que hacerme cargo del negocio de mi padre, casarme con la chica adecuada de la familia correcta, y tú...

—Yo voy a ser la mejor bailarina que se haya visto en Italia —contestó ella en un susurro—. Tengo que vivir y respirar por el baile, tanto si quiero como si no.

—Pero ¿es que no te gusta bailar? ¿No quieres ser la mejor bailarina que se haya visto en Italia?

—Sí que quiero —comenzó a decir Estee, aclarándose la garganta y apretando los puños.

Felix lo vio y estiró las manos hacia ella, como si supiera que era la única manera de evitar que se hiciera daño a sí misma, como si recordara lo que se había hecho la vez anterior. Estee respiró hondo y dejó que le abriera los dedos e impidiera que se clavara las uñas en las palmas. Le sostuvo las manos con suavidad. Era la primera persona que se daba cuenta, o a la que quizá le importaba lo que Estee se hacía a sí misma.

—Quiero bailar, pero también quiero reír y tener amigos y... —Cogió mucho aire. Era la primera vez que decía todo aquello en voz alta—. A veces tan solo deseo ser una chica.

Se quedaron unos instantes en silencio, y de repente Felix se echó a reír.

—Te das cuenta de que ya eres una chica, ¿verdad? Esa parte no debería ser muy difícil de conseguir.

Ella se rio también, porque sus palabras sonaron absurdas cuando él las repitió. Pero, por la manera en que le sonrió, pese a la burla, supo que la había entendido.

—¿Con quién vas a casarte? —le preguntó de repente.

Aquello no debería haberla sorprendido. No es que los matrimonios concertados fueran algo poco común, sobre todo entre las familias prominentes, pero aun así la había cogido desprevenida.

—Se llama Emilie —contestó él—. Éramos amigos de pequeños, pero no la veo muy a menudo.

—Estoy segura de que es muy agradable —dijo Estee, pese a que la llama de los celos crecía en su interior.

—Nuestra familia no siempre ha tenido dinero —explicó Felix bajando la voz, como si le preocupara que alguien pudiera oírlo—. Creo que ese es el motivo por el que mis padres están tan decididos a que me case con la persona adecuada, a que vivamos en la casa adecuada. Quieren hacer todo lo posible para asegurarse de que encajan con la gente a la que admiran.

—Es el mismo motivo por el que mi madre me presiona —dijo Estee—. Quieren que las cosas sean diferentes para nosotros. Quieren que nuestras vidas cambien a mejor.

No tenía sentido discutirlo, ambos eran conscientes de ello. Sus familias ya habían decidido su destino, su futuro, y había poco que cualquiera de los dos pudiera hacer para alterar la situación.

A Estee le rugió el estómago, como si se estuviera creando una tormenta en su interior, y eso hizo que la comisura de los labios de Felix se disparara hacia arriba en forma de sonrisa.

—Tienes hambre.

—Siempre tengo hambre. —No tenía sentido mentirle.

—¿Por qué?

Ella contuvo el aliento un instante, consciente de que no podía retirar aquella verdad una vez expresada. Pero él se quedó esperando y Estee se dio cuenta de lo mucho que le gustaba su paciencia.

—Porque tengo que seguir siendo pequeñita —dijo—. Mi madre cuenta cada bocado que como.

—¿Sabes a qué se dedica mi familia? —preguntó Felix.

Ella asintió con la cabeza.

—Tenéis pastelerías —dijo.

—La próxima vez que te vea te traeré comida. —Le sonrió y ella se descubrió devolviéndole la sonrisa—. Hacemos los mejores *saccottini al cioccolato* que hayas probado nunca.

Estee se sonrojó y apartó la mirada, avergonzada por el hecho de que él se hubiera dado cuenta de lo famélica que estaba y porque no se podía ni imaginar lo rica que estaría la comida de su familia.

—Ya los has probado antes, ¿verdad, Estee? —le preguntó Felix.

Al no obtener respuesta, se inclinó un poco más hacia ella.

—¿Qué me dices del *cornetto*?

Ella sacudió la cabeza con lentitud.

—No me dejan comer nada de todo eso. Mis hermanas seguro que los habrán probado, pero...

—¿Puedes volver mañana por la noche? —le preguntó—. ¿O la otra?

—No lo sé. Si mi *mamma* se entera...

Él asintió con la cabeza; al parecer entendía el riesgo que había corrido. Con solo hablar de su madre, Estee se había puesto ya nerviosa, y sabía que cada momento que pasara de más con Felix haría crecer la probabilidad de que su madre descubriera el engaño. Ya llevaba mucho rato allí, se estaba arriesgando demasiado al quedarse hasta tan tarde.

—Tengo que irme —dijo.

Se puso en pie y se alejó. De repente sintió el deseo de no haber acudido a aquel encuentro que solo le había revelado lo que no tenía, aquello que se estaba perdiendo.

El mismo caballo al que había acariciado antes seguía en pie, sacando la cabeza por la puerta del establo, y Estee levantó la mano y tuvo el valor de dejar que el animal se la hocicara. Cerró los ojos y se acercó un poco más, se inclinó ligeramente hacia delante hasta que su cara estuvo a punto de tocar la del caballo.

Felix permaneció en silencio a su espalda, hasta que al final ella se puso en marcha. Regresaron caminando hasta el árbol junto a la casa de él y se quedaron allí parados, nerviosos, hasta que ella se volvió sin saber qué decirle a aquel chico con el que había pasado apenas una hora, pero a quien creía conocer desde siempre.

—Estee —murmuró él.

Ella se volvió esperanzada, expectante.

Él le cogió la mano, se la sostuvo un instante y la dejó ir con lentitud. Y lo único que ella pudo pensar fue que Felix no iba a besarla porque no valía la pena, porque ya estaba prometido a otra persona aunque apenas tenía catorce años.

Se alejó decepcionada, helada pese a la capa, y regresó con rapidez a su casa. Debía colarse sin que nadie la oyera, y se pasó todo el camino de vuelta nerviosa, pues no tenía el valor necesario para arriesgarse a trepar hasta su ventana, por si se caía y no podía volver a bailar.

Estee puso la mano sobre la manija, la bajó con suavidad, empujó la puerta y se deslizó hacia el interior, cuidando de no hacer ningún ruido. Casi esperaba encontrarse a su madre sentada a la mesa del comedor, con los ojos entornados y una cuchara de madera, aguardándola para golpearla en lugares donde nadie vería los moretones, pero en su lugar la recibió la oscuridad. Y el silencio.

Fue de puntillas hasta su habitación, grácil como la bailarina que era; se desvistió con rapidez y se metió en la cama. Se subió la manta hasta la barbilla, intentando detener el ritmo acelerado de su corazón y obligarse a conciliar el sueño, consciente de lo cansada que estaría cuando llegara la mañana.

Pero a la tarde siguiente supo que el engaño y el cansancio habían valido la pena porque, por algún motivo, casi de manera milagrosa, sobre su cama descansaba una bolsa de papel de color marrón. Y cuando la abrió, después de asegurarse de que estaba sola, encontró en su interior algo que le llenó el corazón de dicha.

Era el *saccottino al cioccolato* que le había prometido Felix, y su olor bastó para que ella se enamorara.

No solo de la pasta, sino del muchacho, que de algún modo se había colado en su habitación sin que lo descubrieran y le había dejado algo que no podía provenir de nadie más.

Su único deseo fue poder comerse uno cada día.

Estee se tumbó en la cama y saboreó cada bocado de hojaldre y se relamió los dedos hasta que de la pasta no quedó ni el sabor. Cerró los ojos, llevaba años sin sentir la barriga tan llena, y se puso a pensar en él.

¿Se las había arreglado para acercarse por el tejado y entrar por la ventana o se había colado con todo el descaro por la puerta?

Sonrió al pensar en él, en el cabello que se apartaba de la frente con gesto despreocupado, en sus ojos claros, en la curva torcida de sus labios cuando le sonreía. Estee suspiró y, con cuidado, hizo una bola con el papel que contenía la pasta, que escondió debajo de la cama. Se puso en pie y se paró junto a la ventana para mirar por ella mientras esperaba que la habitación no oliera al regalo prohibido que acababa de ingerir.

—¡Estee! —gritó su madre.

Cerró los ojos y respiró hondo mientras otro grito resonaba por la escalera y se colaba en su habitación.

—¡Estee!

—Ya voy, *mamma* —le devolvió el grito.

Se pasó los brazos por el torso durante un instante mientras imaginaba una vida diferente, una familia diferente, una serie de expectativas diferentes.

Pero sabía bien que desear aquello que no podía tener resultaba peligroso. Felix era su amigo, pero no tenía sentido que soñara con algo más. Un día, ella sería una bailarina famosa y él estaría casado con Emilie, y una prole de críos llenaría su enorme casa.

La vida los llevaba por derroteros distintos, pero se sentía feliz de tenerlo como amigo. Sonrió para sí mientras bajaba con rapidez la escalera, resiguiendo con los dedos la estrecha barandilla.

«Mi amigo, que me deja regalos dignos de los dioses sobre la cama.»

8

En la actualidad

Lily salió del hotel y volvió la mirada con nostalgia, casi esperando ver a su madre plantada al pie de la escalinata ornamentada, diciéndole adiós con la mano. Pero, ay, la escalinata estaba vacía, y Lily sonrió al imaginársela arriba, en la habitación, preparándose para la jornada.

—¿Lily?

Giró sobre sus talones para encontrarse con que quien la había llamado era un hombre de ojos oscuros como el cacao y piel bronceada.

—Sí —contestó—. Tú debes de ser...

—Antonio —dijo él estirando el brazo.

Lily pensó que debía estrecharle la mano, pero en su lugar él la usó para atraerla hacia sí y darle dos besos, uno en cada mejilla.

—Bienvenida.

Sus ojos eran cálidos, su sonrisa aún más, y Lily descubrió que se estaba sonrojando bajo su mirada. Al parecer, no le costaba sucumbir a los encantos de los italianos.

—¿Puedo coger tus maletas?

Lily asintió y levantó ella misma la pequeña mientras él se ocupaba de la grande. Cargó con ella unos pocos pasos antes de hacer un gesto con la cabeza en dirección a su coche.

—Ahí —dijo indicando un vehículo todoterreno que sin duda había conocido tiempos mejores.

A Lily le encantó. Era muy diferente de los coches europeos caros que había visto desde su llegada. Y, con aquel atractivo hombre italiano plantado a su lado, la camisa arremangada por los codos y los vaqueros desvaídos por los años de uso, supo que iba en la dirección correcta.

Dejó el bolso en el asiento trasero mientras él subía la maleta al coche y montó en el asiento del pasajero a la vez que él abría la puerta del conductor.

—¿Cuánto dura el viaje? —preguntó.

Él intentó arrancar el motor y murmuró algo entre dientes al tener que hacer girar la llave dos veces para que se pusiera en marcha.

—Algo menos de una hora —contestó—. El tiempo justo para llegar a conocerte.

Le guiñó un ojo y ella soltó una carcajada. Ojalá su madre hubiera podido ver a Antonio, porque le habría dado un aprobado efusivo.

—Bueno, cuéntame —dijo Lily mientras abandonaban el hotel y salían a la carretera—. ¿Qué es lo que haces en los viñedos?

—¿Qué no hago? —contestó él, echándole un vistazo mientras conducía.

En cuanto sus ojos regresaron a la carretera, Lily recorrió con la mirada su mandíbula masculina, el cabello moreno apartado de la cara.

—¿Llevas mucho tiempo trabajando allí?

—Mis padres son Roberto y Francesca Martinelli —dijo él, ya con una sola mano sobre el volante, mientras se recostaba en el asiento—. Comencé a trabajar para ellos de pequeño y hago de todo, desde arreglar la maquinaria hasta recoger la uva. Así son las cosas en un viñedo familiar, aunque técnicamente soy el viticultor.

Ella se aclaró la garganta, avergonzada por no haberse dado cuenta de que se trataba del hijo de Roberto.

—Lo siento, no pensé que...

—¿Que me fueran a enviar a recogerte? —Su sonrisa era contagiosa.

—Esperaba a un simple empleado —admitió Lily.

—Ah, *bella*, pero es exactamente a quien han enviado.

Se rieron los dos. El ambiente entre ellos era agradable, pese a que Lily se sentía algo intimidada al tener a un hombre tan atractivo sentado a su lado.

—He oído que estuviste trabajando en el extranjero —comentó él.

Ella asintió con la cabeza, giró un poco el cuerpo sobre el asiento para quedar de cara a él.

—Sí. Pasé un tiempo en California y luego me fui a Nueva Zelanda para comprender mejor la producción de su vino espumoso.

—Aaah, y ahora deseas conocer el secreto de nuestra producción de franciacorta.

—Exacto. Y me han dicho..., no, sé que tu familia hace algunos de los mejores espumosos de la región.

—Eso según mi padre —dijo él en broma.

—Eso según algunos de los mejores enólogos del mundo, en realidad —contestó ella—. Aunque no se lo contaré a tu padre si prefieres que no lo haga.

—*Penso già che tu mi piaccia.*

—¿Eso qué significa? —preguntó ella.

—He dicho que creo que ya me caes bien —dijo él, riéndose—. Y tengo la sensación de que a mi padre le vas a encantar.

Viajaron un rato en un silencio amigable. Lily miraba por la ventanilla el paisaje cambiante, intentando absorberlo al máximo. Lo que más le gustaba de su trabajo como enóloga era viajar a diferentes países. Le encantaba sentir la tierra de otros lugares en las manos, conocer gente, observar la manera en que trabajaban. Y sus viñedos favoritos eran siempre los de carácter familiar, porque seguían tradiciones que habían pasado de generación en generación. No había mejor lugar para aprender, ni mejor lugar para ella, por mucho que la llevara a pensar a menudo en su padre y en lo que había perdido.

Tras la muerte de su padre, Lily se centró en perseguir sus sueños, en llevar a cabo aquellas cosas sobre las que siempre habían hablado, cosas que él mismo quería realizar algún día, pero no pudo porque un ataque al corazón se lo impidió. Lily quiso ser enóloga desde el momento en que, siendo una niña, lo siguió por la viña mientras él le explicaba cómo saber si la uva estaba lista, cómo debía tocarla, cómo recogerla a mano. De adolescente lo veía tomar un sorbo de vino y él pasaba a describirle los toques que notaba en el líquido antes de escupirlo, y ella hacía lo mismo, procurando no arrugar la nariz ante aquel sabor mientras buscaba desesperada los indicios de roble o de cítricos que él le había descrito.

Y entonces, un día, simplemente se fue, sin el menor aviso previo a aquel momento fatal. Lily se pasó varios días llorando; decidió que no quería volver a pisar ningún viñedo, pero acabó cediendo y siguiendo su corazón de vuelta a lo que amaba. Hasta la fecha continuaba oyendo su voz, calma y grave, cuando probaba algún vino. Era casi como si lo estuviera compartiendo con ella, indicándole sus notas o coincidiendo con sus apreciaciones sobre si se trataba de una buena añada o no.

—¿Siempre quisiste trabajar en el viñedo? —le preguntó a Antonio, apartando los pensamientos sobre su padre y concentrándose en el hombre que tenía al lado.

—Es nuestra forma de vida —contestó él encogiéndose de hombros—. Se esperaba de mí que trabajara con la familia, y por suerte nunca deseé ninguna otra cosa. Mi hermano piensa lo mismo, y mi hermana también.

Lily no le contó que había leído mucho sobre su familia; era uno de los motivos por los que debería haber sabido de quién se trataba. Se estrujó el cerebro; se acordaba de Marco, de Vittoria y de... *Ant*. Por eso no lo había reconocido de inmediato.

—¿Prefieres Antonio o Ant? —le preguntó.

Él pareció sorprenderse.

—Ah, así que la señorita se ha documentado —dijo con una sonrisa—. Todos los que me conocen desde niño me llaman Ant, pero la verdad es que lo odio. Fui el niño más pequeño de la escuela, tenía las piernas finísimas y mi hermano parecía un gigante a mi lado. Así que se burlaban de mí y me llamaban «*Ant*», uno de los gajes de aprender inglés desde tan pequeño.*

Ella se apresuró a recorrer su cuerpo con la mirada. Desde luego, ya no era ninguna hormiga. Supuso que

* *Ant* parece un diminutivo de Antonio, pero en inglés significa «hormiga». *(N. del t.)*

mediría metro ochenta y cinco, quizá más, y no tenía problema para llenar la camisa y los vaqueros.

—Me parece que ya no tienes que preocuparte por ese apodo —dijo, y se sonrojó cuando él la pilló mirándolo.

—No crecí hasta los dieciséis, pero ahora soy el más alto de la familia. Con respecto al apodo... —se encogió de hombros—, nunca lo he perdido.

Redujo la velocidad y Lily se volvió para mirar por la ventanilla, constató que el paisaje había cambiado de nuevo. La vista era hermosa, con aquellas viñas que se extendían sobre la ladera hasta donde llegaba la vista, bajo el dosel azul del cielo.

—Bienvenida a casa —dijo él mientras giraba hacia un camino de acceso flanqueado por sendas hileras de árboles cuyas hojas se movían indolentes con la brisa—. Te prometo que esto es el paraíso.

Mientras subían con lentitud por el camino de acceso, Lily vio a una mujer a caballo, de pelo moreno largo que flotaba a su espalda, y esta los saludó con la mano.

—Esa es mi madre —informó Antonio.

Lily no debería haberse sorprendido tanto, pero la idea de que aquella hermosa jinete pudiera tener tres hijos adultos le pareció imposible. Pensaba que la foto de la web familiar era antigua, pero al parecer no eran solo los hombres de la familia quienes estaban espléndidos.

—Tengo la sensación de que me va a encantar este sitio —dijo en un susurro.

De manera inesperada, la mano de Antonio rozó la suya mientras el camino ascendía por una suave colina en dirección a una casa más ancha que alta, con tejado de terracota y paredes enyesadas en las que se abrían algunos ventanales.

—Yo también —señaló.

Lily intuyó que no se refería solo a las viñas y, pese a que siempre se había negado a mezclar los negocios con el placer, las palabras con que su madre se había despedido de ella seguían resonando en sus oídos.

«Diviértete, Lily. Solo tendrás treinta años una vez en la vida, y tienes que soltarte el pelo, dejarte llevar por el amor. O, al menos, dejarte llevar a la cama por un hombre guapo.»

Resultó que Antonio la había llevado directamente a la casa familiar, que estaba asentada sobre una colina que presidía las hectáreas de viñedos de las que eran dueños, con una vista que de hecho se extendía mucho más allá de sus posesiones. Al parecer, sus padres habían insistido en que la familia debía ofrecerle una bienvenida informal antes de pasar a los negocios.

—*Ciao, Lily!* —La voz, sonora y amigable, le llegó procedente de una mesa de exterior que estaba enmarcada por una pérgola cubierta de viñas, y le pareció que se trataba de una versión más adulta de la de Antonio.

El hombre a quien pertenecía también parecía una versión más señorial y madura de su hijo, aunque con el cabello canoso.

—Señor Martinelli, es un placer conocerlo.

—El placer es, cómo se dice, todo mío —contestó el hombre, que se puso en pie para acudir a saludarla con las manos extendidas. Tomó las suyas y le dio un beso en cada mejilla—. Por favor, únete a nosotros, y llámame Roberto. ¿Has desayunado?

—No, en realidad no he tenido tiempo de comer nada antes de que llegara tu hijo.

—Espero que se haya comportado, *sì?*

Hablaba inglés con un acento mucho más marcado que el de Antonio, y Lily se sintió atraída de inmediato por su cordialidad. Cuando la postuló para aquel empleo, su jefe de Nueva Zelanda le prometió que le encantaría estar con la familia Martinelli, y Lily tenía la sensación de que aquella intuición había sido acertada.

—*Sì* —contestó, y miró a Antonio, que le devolvió un guiño del ojo—. Se ha portado muy bien.

—¿Un café? —preguntó Roberto, que tenía una jarra en la mano—. Y tenemos panecillos recién salidos del horno.

Antonio se sentó a la mesa y cogió uno de los panecillos, que no tardó en untar con mantequilla y mermelada. A Lily le rugió el estómago a modo de respuesta pero, en el momento en que estaba a punto de sentarse y aceptar el ofrecimiento que le había hecho Roberto, se les unió la mujer a la que habían visto cabalgando: Francesca, la madre de Antonio. De cerca se la veía igual de bella que de lejos. Unas arrugas tenues que salían de sus ojos eran el único indicio de su edad.

—*Ciao, Lily!* Me alegro mucho de tenerte aquí. —Vestía pantalones de montar, botas altas de color negro y una camisa sin mangas ajustada; la imagen misma de la elegancia se acercó a grandes zancadas y besó a la joven en las mejillas.

—Gracias, yo también me alegro mucho de conocerte —contestó Lily—. Tienes una casa preciosa, pero no esperaba que me invitarais a visitarla.

—¿Por qué no? Mientras estés con nosotros serás parte de la familia. Solo invitamos a un asistente de enólogo por temporada, a veces ni eso, así que eres muy especial para nosotros.

La mujer pasó junto a Lily y esta vio que Roberto ya tenía preparada en la mano una taza de café para su esposa.

—¿Lily? —dijo Antonio, señalándole la taza vacía que había sobre la mesa.

—Por favor, me encantaría un café —respondió ella, y tomó asiento mientras la familia comenzaba a disfrutar de aquel desayuno tardío.

Antonio y su padre se lanzaron de inmediato a hablar en un italiano tan veloz que Lily no tuvo la menor esperanza de descifrarlo.

—Discúlpalos —le pidió Francesca inclinándose hacia ella—. Cada mañana tienen que estar en desacuerdo al menos sobre un tema, es agotador. —Se rio—. También es el motivo por el que suelo salir temprano con el caballo..., para, al volver a casa, poder sentarme aquí fuera en paz. *Sola.*

Las dos sonrieron, y Lily miró a su alrededor mientras le daba un mordisco a su panecillo, que mantenía el calor del horno, tal y como le había prometido Roberto.

—Es incluso peor cuando los dos chicos están aquí. Y contigo... —suspiró la mujer—, serán como un par de gallitos, intentando superarse el uno al otro.

Vio que Antonio levantaba los brazos y acto seguido se pasaba los dedos por el pelo. Era evidente que la conversación que mantenía con su padre era acalorada.

—¿De qué están hablando, si no te importa que te lo pregunte?

—De lo mismo de cada mañana —contestó Francesca

con un suspiro—. Antonio tiene ideas novedosas, hay cosas que quiere modificar, y mi marido quiere hacer lo mismo que hizo su padre antes que él. A las generaciones mayores no les gustan los cambios.

—Creo que, de hecho, ese es el motivo por el que me siento tan atraída por esta región —dijo Lily—. Me fascina la historia y las normas con generaciones de antigüedad por las que se rige la producción del franciacorta. En lo que respecta a la producción de uva y sus métodos, en el mundo han cambiado muchas cosas. Pero aquí estáis vosotros, tan puros, dedicados a preservarla tal y como ha sido siempre.

Antonio gimió y Lily se dio cuenta de que Francesca no era la única persona que la había estado escuchando.

—Me temo que no vas a ser el soplo de aire fresco que esperaba —refunfuñó.

—Y yo tengo la sensación de que es exactamente lo que necesitábamos —lo contradijo su padre—. Para recordarnos el motivo por el que tenemos que mantener la tradición.

—Lo siento, no tenía intención de entrometerme en una discusión familiar.

—No has hecho nada de eso. Ahora acábate el desayuno, puedes llevarte el café contigo para el paseo —dijo Francesca—. Quiero mostrarte parte de la propiedad, antes de que vayas a caminar por las viñas. Nos encontramos en un momento muy especial del año y querrás examinar la uva. La estamos vigilando muy de cerca. Las condiciones tienen que ser perfectas, como bien sabes.

—¿Y seguís vendimiando a mano? —preguntó.

Los hombres dejaron de hablar, y fue Antonio quien le contestó:

—Esa es una parte de la tradición que no ha de cambiar nunca —dijo mientras volvía a relajarse sobre la silla, acunando la taza de café en una mano—. Cada racimo se recoge a mano, es la única forma que hay de vendimiar. No hay maquinaria, no está permitida, y transportamos cuidadosamente cada capazo cuando se llena. Seguimos de manera estricta el método tradicional.

—Me parece a mí que seguiríais el método tradicional aunque no fuera necesario.

—Un día en Italia y ya conoce todos nuestros secretos —se burló Antonio.

—Con cada producción, con cada uva concreta, honramos el pasado y rendimos homenaje a nuestros antepasados —explicó Roberto—. Para mí, no hay nada más importante que manipular con ternura cada uva y ver a mi familia trabajando hombro con hombro.

—Ya hemos hablado suficiente de trabajo. Ven —indicó Francesca, desestimando a los hombres—. ¿Sabes montar?

A Lily, el último bocado de pan se le quedó atascado en la garganta, y se apresuró a tomar un trago de café para bajarlo.

—Sí, pero ha pasado mucho tiempo.

Había pasado tanto tiempo, de hecho, que experimentó un cosquilleo poco familiar en el estómago e intentó que no se le notara el miedo que sentía.

—Bien, pues iremos a caballo y te mostraré cada palmo de esta propiedad antes de que te pongas a trabajar. ¿Ant?

El aludido asintió con la cabeza.

—Sí, *mamma*, ensillaré un caballo para Lily.

Lily se recostó sobre la silla y se acabó el café mientras veía a Antonio levantarse, darle un beso a su madre en la mejilla y entrar en la casa por una puerta que estaba abierta. Se trataba del tipo de hogar tradicional y elegante, impregnado de historia pero moderno a la vez, que solía aparecer solo en las páginas de las revistas. Parecía ser fresco, como si fuera a resultar cómodo incluso durante el día más caluroso del verano, y a Lily le encantó la manera en que se abría a la amplia zona al aire libre en la que estaban sentados.

—Es un buen chico, mi Antonio —dijo Francesca—. Puede mostrarse impaciente a veces, pero tiene el corazón de un león.

Lily pensó en la buena disposición con la que había obedecido y besado a su madre, con una actitud que le pareció muy diferente de la de los hombres ingleses. Se dio cuenta de que, indudablemente, Francesca llevaba el timón de la familia.

—Debe de ser agradable tenerlo cerca. ¿También vive aquí? —Lily esperaba no mostrarse indiscreta, pero estaba intentando que encajaran todas las piezas del puzle.

—Tiene una casa a pocos minutos en coche, en los terrenos familiares, pero siempre viene a comer con nosotros. Antes era una solución perfecta para él, cuando...

Lily se inclinó hacia delante, deseosa de saber lo que Francesca había estado a punto de decirle.

—En cualquier caso, le gusta estar cerca tanto como a nosotros nos gusta tenerlo aquí —prosiguió Francesca—. Su hermano es radicalmente opuesto a él. Prefiere tener un apartamento en Milán y llevar el aspecto comercial de nuestros asuntos desde allí.

Lily asintió con la cabeza. Seguía sintiendo curiosidad hacia Antonio y se preguntó cuánto tiempo tendría que pasar antes de poder averiguar algo más. Pero sabía que todo el mundo acaba hablando, la rapidez con que se relacionaría con los demás empleados, sobre todo allí, donde se animaba a la gente a que trabajara codo con codo. Las lenguas comenzarían a soltarse después de la primera semana o así.

—Ven, vamos a buscarte unas botas e iremos hacia los establos. Hay mucho por ver.

Lily siguió a Francesca y, con el sol rozándole los hombros y el viento bailando contra sus mejillas, pensó, y no era la primera vez aquel día, que no había ningún otro sitio en el que preferiría estar.

Italia era buena para el alma: era una consigna que había leído en el avión y que se le había quedado en la cabeza, y debía decir que estaba por completo de acuerdo con ella.

9

—La verdad es que has elegido la mejor época del año para visitarnos —dijo Francesca mientras montaban con calma entre las hileras de vides. Lily estaba tan absorta en lo que veía que casi había olvidado que se encontraba a lomos de un caballo—. Según mi marido, falta una, quizá dos semanas para la vendimia.

—Esto es de una belleza perfecta —comentó Lily, que habría deseado ir a pie para poder detenerse en las diferentes hileras de viñedos y examinar la uva, pese a que era consciente de que más tarde habría tiempo de sobra para hacerlo.

—Puedo ver la pasión en tus ojos —dijo Francesca con una carcajada—. Es como si estuvieras mirando a un amante.

Lily le sonrió.

—La única relación amorosa que he tenido en varios años ha sido con la uva, así que no te equivocas.

Siguieron avanzando en silencio un rato más, hasta que Francesca hizo parar a su caballo y se quedó contemplando el horizonte.

—El padre de mi marido sentía la misma pasión por la

uva que la mayoría de los hombres suelen sentir por los coches veloces y las mujeres hermosas —dijo—. Tenía todo lo que podía desear al alcance de la mano, y aun así quería algo más. Y ese algo era un viñedo que produjera un vino espumoso capaz de rivalizar con el mejor champán francés.

—Bueno, sin duda lo consiguió —replicó Lily, admirando el paisaje de uvas que se extendía hasta donde llegaba la vista.

—Pero, en estos últimos tiempos, un pleito ha dividido a la familia. Ese es el motivo por el que mi marido se frustra tanto cuando Antonio quiere hacer cambios. Lleva años sin hablarse con su hermano por ello.

—He leído mucho sobre la familia de tu marido, en especial sobre su padre —admitió Lily—. Él fue la inspiración de todo el movimiento para que los enólogos de la región adoptaran el método tradicional, ¿no?

—Sí. Ayudó a que nuestro franciacorta se volviera tan famoso como el prosecco.

Lily se preguntó por qué se habría peleado la familia, recordando que el hermano de Roberto había estado ligado en el pasado al viñedo, pero no quiso preguntar más.

Francesca alentó a su caballo para que se pusiera en marcha y Lily la siguió, sorprendida por lo bien que se sentía subida de nuevo a la silla de montar. Había aprendido a cabalgar de pequeña, durante las vacaciones que pasaba en la casa de campo de su tía, pero la última vez había salido despedida de la silla para caer sobre un arbusto espinoso, y desde entonces no había vuelto a subirse a un caballo.

—Dime, ¿cómo es el vino espumoso de Nueva Zelanda en comparación?

—El viñedo en el que pasé la mayor parte del tiempo era una empresa familiar, los hermanos dirigían toda la producción. Tenían ideas frescas, pero también sentían esa pasión por mantenerse fieles al pasado, y ese es mi tipo favorito de viñedo para trabajar —explicó Lily—. Me encantaba que siguieran vendimiando parte de la uva a mano en homenaje a su padre, que había desarrollado aquel vino espumoso para su esposa fallecida, y que insistía en recoger toda la uva él mismo en las etapas iniciales. Era, igual que vosotros, un apasionado de la implicación familiar.

—Ah, es una historia hermosa y me gustaría oír más, pero aquí está mi hijo, que ha venido a separarte de mí.

Antonio apareció a lomos de un bayo castrado, que situó entre ambas, transmitiendo toda la naturalidad posible sobre la silla. Lily pensó que debía de haber montado a caballo desde pequeño, por no mencionar que habría dado sus primeros pasos entre las viñas, perdiéndose entre aquel verdor. La idea la hizo sonreír.

—Lamento interrumpiros, pero es hora de ponerse a trabajar.

Lily asintió con la cabeza en dirección a Francesca.

—Gracias por mostrarme la propiedad de manera tan maravillosa.

—Nos veremos pronto —contestó la mujer—. Tengo la sensación de que las dos vamos a disfrutar juntas.

Dicho eso, se alejó al trote, pasó a un medio galope grácil y se perdió en la dirección opuesta. Lily sujetó las riendas con firmeza y se puso rígida de pánico al pensar que su caballo podría intentar seguir a Francesca, pero el animal parecía más interesado en sestear bajo los cálidos rayos del sol que en escapar al galope.

—Pareces tensa —dijo Antonio—. No te va a tirar. Mi madre te ha dado la más pacífica de nuestras yeguas.

Lily lo ignoró, realizó un esfuerzo consciente por bajar los hombros y parecer más relajada. Sabía que él tenía razón, pero aun así no le gustaba que le dijeran que estaba haciendo algo mal.

—¿Cuál es el primer asunto del orden del día? —preguntó.

Antonio espoleó a su caballo para que echara a andar y Lily hizo lo mismo.

—Te voy a presentar a todo el mundo e iremos a examinar la uva. A mi padre le gusta que caminemos por las viñas a diario cuando se acerca la vendimia, que llevemos un registro meticuloso, y yo lo hago.

Ella asintió con la cabeza.

—Claro.

—Luego te mostraré la zona de producción y te llevaré al lugar donde estarás alojada.

—Fantástico. Pero, por favor, ponme a trabajar ya mismo. Me gusta realizar la jornada completa, estoy acostumbrada a trabajar muchas horas.

—Te olvidas de que estás en Italia. —Antonio soltó una risita profunda—. Aquí la comida se alarga y tenemos el *riposo*, el descanso de primera hora de la tarde.

—Ya veo. —Los italianos debían de hacer lo mismo que la mayoría de las culturas mediterráneas: descansar durante las horas más cálidas del día. En Nueva Zelanda apenas hacían una pausa para comer—. Pero cuando se trata de la vendimia...

—No paramos —dijo él—. Hasta haber recogido la última uva.

Un escalofrío recorrió la espalda de Lily. Aquello era

exactamente lo que quería oír. Había sido una adicta al trabajo durante toda su vida, y ese había sido el motivo por el que había decidido regresar a Europa y participar en dos vendimias seguidas.

En aquel momento se acordó de su madre y se preguntó qué estaría haciendo; sonrió al imaginársela con Alan, paseando alrededor del lago o disfrutando juntos de otra comida prolongada y tardía. Deseó haberle organizado un viaje a su madre al viñedo familiar de los Martinelli antes de que volviera a Londres.

«Quizá debería hacerlo, le encantaría este lugar.»

—Escuchadme todos, esta es Lily —la presentó Antonio una hora más tarde—. La nueva asistente de enólogo.

Todo el mundo levantó la mirada y se sumaron a las pequeñas palmadas de Antonio mientras la observaban con curiosidad. Ella levantó la mano a modo de saludo, les devolvió la sonrisa y esperó que al menos un puñado de los empleados hablara inglés.

—*Ciao!* —exclamó—. Tengo muchas ganas de llegar a conoceros a todos.

Antonio le dio un toque en el brazo y la guio lejos de la gente, hacia lo que, según no tardó en constatar, era el restaurante del viñedo. Entraron en una sala que parecía un túnel, con su techo curvo. Un mostrador recorría uno de sus laterales y el resto del espacio estaba ocupado por mesas bajas. Era sencillo pero elegante, con elementos de piedra y unas puertas de cristal que enmarcaban su extremo y que daban a los terrenos del viñedo.

Pero no se detuvieron allí. Atravesaron el restaurante y entraron en la cocina, que era un trajín de cuerpos en movimiento y sartenes que chisporroteaban, de humo que se elevaba por los aires. Sin duda, Antonio le estaba ofreciendo una visita relámpago.

—¡Vittoria! —llamó él, agitando la mano en el aire mientras el humo se enroscaba a su alrededor—. ¡Ven a conocer a Lily!

Hacia la mitad de la cocina, una chef dejó la sartén en la que estaba friendo y se dirigió hacia ellos. Tenía los ojos del mismo tono oscuro que Antonio, y su sonrisa era más amplia incluso.

—Aah, así que eres la persona que hará cambiar de opinión a *papà*, según mi hermano.

Se estrecharon la mano y Lily se volvió con lentitud para encarar a Antonio con las cejas enarcadas.

—¿Crees que ese es el motivo por el que estoy aquí?

Él se encogió de hombros.

—Digamos que esperaba que me ayudaras a convencerlo para que haga algunos cambios —contestó él—. A fin de cuentas, has trabajado por todo el mundo, debes de tener algunas ideas nuevas que puedas ofrecernos.

Lily se rio, sacudiendo la cabeza.

—Ni por asomo. Estoy aquí porque quiero conocer los usos tradicionales y trabajar junto a uno de los mejores.

Vittoria levantó las manos como exclamando: «No sé lo que me digo». Los saludó con un gesto y se apresuró a regresar a su puesto mientras añadía:

—Tengo que preparar la comida. Te veo luego, Lily. —Pero entonces se rio y regresó sobre sus pasos—. Aunque te advierto que no querrás saber lo que le pasó al último asistente de enólogo.

—¿Qué le pasó al último asistente de enólogo? —preguntó Lily.

Antonio se volvió y comenzó a alejarse de la cocina mientras murmuraba algo entre dientes, y Lily no supo si debía sentirse molesta o halagada por lo que había dicho su hermana, aunque intentó convencerse de lo segundo. A la vez, estaba tan obsesionada con el motivo por el que la habían contratado que se olvidó por completo de aquel último comentario.

—Antonio, ¿por qué ibas a pensar que yo...?

El aludido se volvió hacia ella.

—Mi amigo en el viñedo de Nueva Zelanda me dijo que eras una de las mejores enólogas jóvenes que había conocido. —Resopló—. Pensé que quizá, si te traía aquí, existía la posibilidad de que...

—¿De que yo convenciera a tu padre para que cambie sus costumbres? —Aquello resultaba casi cómico—. Tu padre es famoso por su trabajo, es..., bueno, no creo que tenga que explicártelo. Él es la razón por la que quise venir aquí, la razón por la que pensé que no tendría opciones de conseguir el trabajo, dada la cantidad de jóvenes enólogos que se pelean por estar con él.

—Mi padre es famoso, pero me temo que nuestros competidores nos están sacando ventaja —dijo Antonio—. Él mira hacia el pasado, pero yo quiero asegurarme de que tengamos un futuro, y un futuro muy extenso, ya que estamos.

No es que Lily dejara de comprender lo que le estaba diciendo, porque lo comprendía, pero simplemente no podía creer que ella pudiera enseñarle nada a Roberto Martinelli. Si estaba allí para aprender de él...

—Tú eres el motivo por el que me ofrecieron el puesto, ¿verdad? —preguntó en un susurro—. Pensé que había sido por tu padre. Cuando me dijeron que el señor

Martinelli quería ofrecerme un empleo temporal como asistente de enólogo, pensé que...

—Invitamos a un enólogo de otra región para que se una a nosotros cada pocos años, pero sí, fui yo. —Antonio se encogió de hombros—. Me aseguré de que supiera de ti, porque con mi padre es mucho mejor que piense que la idea ha sido suya. Yo solo hice que apuntara en la dirección adecuada.

Lily debería haberse sentido halagada, pero por algún motivo se sentía engañada. O quizá fuera su ego el que había recibido el golpe.

—Bueno, gracias —dijo—. Es un honor estar aquí, independientemente de qué señor Martinelli me escogiera en realidad.

Siguieron caminando, en esa ocasión entre las filas de unas enormes cubas de acero inoxidable que presentaban un aspecto de lo más contemporáneo respecto al aroma a clásico del resto de la propiedad. De repente, Lily se acordó de la cajita que le habían dado y de las pistas que contenía. Y no fue la primera vez que se preguntó cómo era posible que hubiera acabado en el mismo país con el que su abuela tenía unos lazos tan misteriosos.

—Ven, quiero mostrarte las bodegas —dijo Antonio, alejándose a grandes zancadas—. Tenemos una reunión dentro de media hora, pero hay tiempo suficiente para que hagamos la parte final de la visita.

Lily agachó la cabeza para pasar por una puerta arqueada y volvió a retroceder en el tiempo. Las cubas de acero inoxidable pasaron a pertenecer a otro momento y lugar mientras se dirigían hacia las bodegas. Cada vez estaba más oscuro, pero sus ojos se fueron acostumbrando poco a poco y al cabo de unos minutos pudo ver una fila tras otra de las cosechas de los años anteriores.

—Dios mío —susurró mientras levantaba la mano para reseguir aquellas preciosas botellas.

—Tres años —murmuró él—. Es el tiempo que esperamos para que madure el franciacorta.

—¿Tanto? Pensaba que serían dos.

Las lámparas que colgaban sobre sus cabezas apenas iluminaban el espacio por el que se movían, pero Lily descubrió que podía ver bien, y que no tenía problema para distinguir los rasgos de Antonio cuando él se inclinó hacia ella.

—Lo bueno lleva su tiempo —dijo sonriéndole—. Y nuestro franciacorta lleva más tiempo que el resto. Es uno de nuestros secretos. Aquí no nos apuramos con nada.

Lily contuvo el aliento mientras él la miraba desde arriba, antes de ponerse en marcha de nuevo. La calidez que le transmitían sus ojos rayaba en el acoso laboral; su cuerpo estaba demasiado cerca como para que se sintiera cómoda, pero descubrió que no había nada en el comportamiento de Antonio que la llevara a desear quejarse.

Se aclaró la garganta y se recordó el motivo por el que siempre guardaba las distancias, por el que nunca mezclaba negocios y placer. Había pasado mucho tiempo desde que le rompieron el corazón, cuando estuvo a punto de sacrificar sus propios sueños para seguir a otra persona y se prometió que nunca volvería a cometer ese error. Era una de las razones por las que se fue de Londres y comenzó a viajar.

Tenía que asegurarse de que, en caso de cruzar esa línea, lo haría por placer y nada más. Nada de enamorarse, solo disfrutar de un rollo vacacional.

Antonio le sonrió y le hizo un gesto para que lo siguiera.

«Prométeme que, si un italiano estupendo quiere llevarte a la cama, le dirás que sí.»

Ella le devolvió la sonrisa. Quizá, por una vez en su vida, debía seguir los consejos de su madre.

Se encontraba en un país precioso, en el viñedo de sus sueños, con un hombre apuesto que le estaba enseñando cómo eran las cosas; era tan simple como eso. Pero siempre estaba aquella vocecita, aquel recordatorio dentro de su cabeza que le decía que se concentrara, que no permitiera que nada la frenara en su búsqueda de lo que quería conseguir.

Así fue como acabó mudándose al otro lado del océano después de licenciarse en Plumpton. Primero pasó un tiempo en el Reino Unido, y después mandó una serie de correos electrónicos a todos los contactos de su padre. Compró un billete que la llevara a ver mundo, primero a California y luego a Marlborough, en la isla Sur de Nueva Zelanda. Y entonces supo que aquello era lo que tenía que hacer, convertir los sueños de su padre en los suyos propios. Se había curado poco a poco, con tierra en las manos, examinando el terreno mientras caminaba con algunos de los mejores enólogos, recogía la uva a mano, se enjuagaba la boca y cataba, aprendía el oficio y acababa convirtiéndose en asistente de enólogo. De algún modo, su padre la había acompañado en cada paso del camino, y estar en Italia era uno de aquellos sueños que ella debía cumplir. «Uno de nuestros sueños.»

Recordó que él decía que la mayoría de sus colegas soñaban con ir a la región francesa de la Champaña, pero que él estaba convencido de que el destino correcto era Italia, para ver el método tradicional que se practicaba en un lugar que no fuera Francia. Después, le habló de la posibilidad de desarrollar su propio vino espumoso en Inglaterra y dejar su trabajo como enólogo jefe de un famoso viñedo de Oxfordshire. Quería que ella se fuera al extranjero para aprender a cultivar la uva en Nueva Zelanda, una tierra tan propensa a las heladas, y a continuación debía ir a Italia para aprender a crear el mejor vino espumoso a partir de las uvas chardonnay y pinot noir. A la luz de lo que acababa de descubrir, Lily se preguntó si no tendría una conexión más profunda con Italia de lo que había pensado.

—¿Vienes? —le preguntó Antonio, algunos metros más allá.

Se apresuró a seguirlo, dejando de lado sus recuerdos, y le sonrió cuando llegó a su altura.

—Aquí es donde guardamos las botellas añejas —informó—. Cuando la vendimia es buena, siempre nos bebemos una para celebrarlo.

—Bueno, esperemos que la de este año lo sea, porque tengo muchas ganas de probar este vino.

Antonio le echó un vistazo al reloj de su muñeca y dio una palmada al constatar lo tarde que era.

—Es hora de irse —le dijo, indicándole que debía dar media vuelta y regresar por donde habían llegado—. Mi padre es muy tiquismiquis con la puntualidad.

«Y yo —pensó Lily con una sonrisa—. No es de extrañar que me haya caído tan bien.»

Mientras se dirigían hacia la salida, en un edificio diferente, ella se detuvo al ver unas puertas de cristal que conducían a otro espacio.

—¿Aquí aún usáis barricas de roble? —preguntó sorprendida.

Aquello no era común, ya no, y, allí plantada, casi pudo oler el aroma a madera y roble que sabía que la envolvería si entraba por esa puerta.

—Otra oda al pasado —dijo Antonio con una risita.

—Un día volverás la mirada y darás gracias por la fidelidad de tu padre a los usos de antaño. Y no olvidemos que tu abuelo fue uno de los primeros enólogos que produjeron vino espumoso en la región, así que quizá esté más adelantado de lo que tú le reconoces.

—Ah, bueno, tal vez tengas razón. Pero hacer que se pase de la máquina de escribir a un ordenador no me parece tan poco razonable, ¿o sí?

Lily se rio.

—No lo dirás en serio...

—*Sì, bella* —dijo él, sacudiendo la cabeza con tristeza—. Lo digo en serio.

10

Italia, 1938

Habían pasado meses desde el día en que Estee conoció a Felix y, a partir de entonces, habían estado viéndose al menos una vez a la semana. Ya era verano y habían comenzado a escaparse más a menudo, a veces por la tarde, cuando ella podía utilizar la excusa de que las clases de baile se alargaban más allá de la hora. La suya era una amistad que nunca debería haberse dado, pero era casi como si estuvieran destinados a encontrarse, como si sus caminos hubieran tenido que cruzarse aquel día para unirlos. Estee se preguntaba a menudo cuán diferente habría sido su vida en el Piamonte sin él, lo desesperadamente aburridos que habrían sido aquellos últimos meses si él no le hubiera pedido que saliera después del recital.

Aquel día fueron a sentarse al sol. Él se había subido los pantalones por los tobillos y a ella la falda le rozaba los muslos mientras dejaban colgar las piernas en el agua. Era un día perfecto, con una ligera brisa que les refrescaba la piel y un sol brillante en lo alto.

—Hoy estás terriblemente callada —dijo él, recostándose sobre los codos mientras la observaba—. ¿Te preocupa algo?

Estee sabía a lo que se refería. Incluso ella, que no estaba escolarizada, era consciente de que el mundo estaba cambiando a su alrededor. Ni a Estee ni a sus hermanas se les permitía hablar de política en la mesa —su padre habría estallado con que tan solo intentaran comentar lo que sucedía—, pero había oído rumores y susurros sobre una guerra. Aunque no era tan solo el mundo lo que llenaba su cabeza aquel día; tenía que decirle algo a Felix, y no sabía cómo sacarlo a colación siquiera.

El tiempo que pasaba a su lado significaba muchísimo para ella: era su sustento, lo único que había en su vida que no formaba parte del baile ni de la familia. La idea de que pudiera estar llegando a su fin era suficiente para partirle el corazón.

—Me han invitado a hacer una audición en la academia de ballet del teatro de La Scala —dijo manteniendo la vista baja, pues no quería mirarlo a los ojos mientras las palabras salían a presión de su boca.

—¿En Milán? —preguntó él—. ¿Te vas a Milán?

Ella resopló.

—Sí.

—¡Estee, es una noticia maravillosa! —dijo, y una amplia sonrisa llenó su rostro—. ¡Debes de estar emocionadísima!

Al ver que ella no contestaba, Felix se incorporó, se inclinó hacia delante y la salpicó con un poco de agua.

—Para —dijo ella.

La vez siguiente, él ahuecó la mano y le mojó el vestido.

—¡Felix!

—Admite que es una buena noticia y pararé —dijo sonriente, mientras se inclinaba hacia delante otra vez—. ¡Tienes una cara como si se hubiera muerto alguien!

—Debería tirarte al lago —murmuró ella.

—Estee... —le advirtió él, dejando colgar los dedos sobre la superficie del agua, y su expresión sugería que en esa ocasión quizá la acabara empapando.

—De acuerdo —acabó aceptando ella—. Es una buena noticia.

—Entonces, ¿por qué estás tan triste? ¿Qué pasa?

Estee clavó la vista en el agua, pues no quería mirarlo a los ojos. Se mordió el labio inferior, detestaba mostrarse tan emocional, lo mucho que le dolía pensar en marcharse. Había perfeccionado el arte de no revelar su tristeza, sus lágrimas, sus frustraciones..., y entonces había aparecido Felix para poner su vida patas arriba. Nunca habría permitido que su madre viera cómo se sentía, ni sus hermanas, pero parecía que a Felix no podía ocultarle nada.

—¿Estee?

—Vale —espetó, arrojándole las palabras como si todo fuera culpa suya—. Es porque no podré verte más. Esto, sea lo que sea, se habrá acabado.

Él se quedó callado y ella dio al fin con el coraje que necesitaba para volverse y mirarlo. Sus ojos se encontraron con lentitud.

—Es para lo que has estado practicando —le dijo Felix, pero Estee vio la constatación también en su rostro. Ella no era la única que había disfrutado del tiempo que pasaban juntos—. Es lo que querías, ¿no? Convertirte en una bailarina famosa, tener la oportunidad de actuar en La Scala...

—Los dos sabemos que lo que queramos en esta vida es intrascendente —repuso.

Pero él tenía razón: era lo que ella deseaba con cada fibra de su ser. Era solo que no quería tener que renunciar a él a la vez, y saber que solo podría tener lo uno si le daba la espalda a lo otro le resultaba casi imposible de digerir.

—Sin ti, estaré hambrienta todo el tiempo —dijo riéndose mientras las lágrimas corrían por sus mejillas.

—Siempre he sabido que solo te interesaba por la comida. Si no te trajera pastas, me juego algo a que no tendrías tiempo para verme siquiera —dijo Felix, haciendo que sus hombros chocaran. Pero ella vio que en sus ojos también había lágrimas.

—Te voy a echar muchísimo de menos —aseguró Estee en un susurro, tragándose la emoción, odiando que él la viera de aquella manera. No le gustaba mostrarse vulnerable ante nadie, ni siquiera con él.

Felix se acercó a ella arrastrando el cuerpo y se quedaron allí sentados, recostados de nuevo sobre los codos. El hombro y el brazo de él estaban pegados a los de ella, que no se atrevía a moverse, pues necesitaba más que nunca su contacto. No habían vuelto a besarse después del primer día; no les pareció correcto, o quizá ninguno de los dos sabía bien lo que tenía que hacer, o quizá fuera el hecho de que los dos eran conscientes de que lo que había entre ellos, fuera lo que fuese, estaba condenado al fracaso. Felix se había prometido con otra persona y, por mucho que no hubiera existido ese arreglo matrimonial, ella nunca sería lo bastante buena para la familia de él.

—Jamás te olvidaré, Felix —se obligó a decir.

—No digas eso. Hace que parezca que no volveremos a vernos nunca.

«Es posible que no volvamos a vernos nunca.»

Estee no contestó porque no confiaba en su propia voz, pero, cuando Felix se aclaró la garganta y se impulsó ligeramente sobre un codo, ella tuvo el valor de mirarlo a los ojos, que a su vez estaban puestos en su boca.

—Estee... —murmuró él.

Ella le sonrió. De algún modo supo lo que le iba a decir, supo lo que iba a preguntarle antes incluso de que él pronunciara aquellas palabras.

—Sí —le contestó con un susurro.

Felix inclinó la cabeza y ella se quedó completamente quieta, pues no quería estropear el momento. Y, mientras el sol caía a plomo sobre ellos y la brisa de aroma veraniego se enroscaba entre sus cuerpos, la boca de Felix tocó con dulzura la de Estee con un beso que le indicó que aquello sin duda era un adiós, y que tanto daba que quisieran hacer como que volverían a verse. Porque, si tenía éxito con la audición, ¿cómo podrían sus caminos cruzarse de nuevo?

Él la besó con mayor profundidad, desplazando los labios sobre los suyos; no chocaron los dientes como la vez anterior, fruto de la inexperiencia. Pero Felix acabó por retirarse, le tocó el pelo, manteniéndose sobre ella; se lo acarició como si fuera de seda, con una dulzura que estuvo a punto de romperle el corazón de nuevo.

—Les vas a encantar, Estee —murmuró—. Un día serás la bailarina más bella de La Scala, lo sé.

Estee dudaba que pudiera ser la más bella, pero en la mirada de Felix de repente se vio tal y como la veía él; supo, por la manera en que él la observaba, que creía con sinceridad en lo que le había dicho. Por primera vez comprendió que él la amaba tanto como ella lo amaba a él, pese a que aquel amor mutuo no podía significar nada. Pese a que ninguno de los dos tendría el valor de decírselo al otro.

—Ojalá las cosas pudieran ser diferentes. Ojalá...

—No digas eso —le pidió ella sacudiendo la cabeza mientras los ojos se le volvían a llenar de lágrimas—. No podemos cambiar ni a nuestras familias ni nuestro destino, así que ¿podemos disfrutar del día de hoy? ¿Podemos fingir simplemente que esta no es la última vez?

«Aunque me quedara, nunca habríamos acabado juntos. Y si no supero la audición, mi madre no me dejará salir de casa de todos modos.»

La sonrisa de Felix hizo juego con la suya cuando ella estiró las manos y lo atrajo hacia sí. Estee soltó una risita en el momento en que él la envolvió con sus brazos; levantó algo la cabeza, volvió a encontrar su boca y suspiró cuando los labios de él se abrieron para dejar sitio a los suyos.

Al día siguiente viajaría a Milán, quizá para no volver nunca más al Piamonte, y deseaba estamparse a Felix en el cerebro, de modo que, mucho tiempo después de verlo por última vez, cuando él estuviera ya casado, Estee pudiera recordar siempre la calidez de sus besos bajo el sol, junto al lago.

«Quizá necesite que estos besos me duren una vida entera.»

El día pasó volando. Milán no estaba tan lejos, pero Estee ignoraba cuánto tiempo terminaría pasando allí. Tenía una tía, la hermana de su padre, que vivía en la ciudad y se había ofrecido a acogerla si la elegían. Plantada en el centro de su habitación, Estee se preguntó si volvería a pisarla. ¿Volvería a vivir en aquella casa o la vida se la llevaría cada vez más lejos del Piamonte? Era lo que había soñado antes de conocer a Felix: marcharse, salir al fin de la sombra de su madre autoritaria. Pero todo lo que había deseado de corazón antes de Felix le parecía en aquel momento un recuerdo lejano, porque de pronto lo único que quería era quedarse y poder vivir más momentos robados junto a él.

Era una tontería, porque sin duda regresaría en algún momento por mucho que la escogieran, pero, mientras giraba sobre sí misma, absorbiéndolo todo, no dejó de sentir nostalgia. Sus dos hermanas tenían que compartir habitación y, aunque su madre las trataba mucho mejor que a ella, le habían dado un cuarto para ella sola para asegurarse de que tuviera un descanso adecuado sin que la molestaran. Y, cuando no bailaba, estaba estudiando música en su alcoba; su madre quería estar segura de que estuviera dotada para todas las cuestiones relacionadas con la danza, y la música era una de ellas.

Estee cruzó la habitación y miró por la ventana. Deseaba que su vista se extendiera hasta llegar al río, o a la casa de Felix. No era así, pero aquello no le impidió cerrar los ojos e imaginársela, viéndose a sí misma en aquella oscuridad casi completa, correteando por la calle que llevaba a la casa para una de sus citas secretas. De marcharse en aquel instante, sabía la cantidad de pasos que debería dar para alcanzar la puerta, la cantidad de minutos que tardaría en llegar a su casa en cuanto se escapara a la calle.

—¿Estee?

La voz de su madre sonó más suave de lo habitual, pero ella enderezó el cuerpo de todos modos, por instinto, preparada para el golpe o la orden cortante que pudieran llegar. Para su sorpresa, no fue así, pero aquello la llevó a abandonar cualquier idea de salir de la casa.

—¿Estás soñando despierta? —le preguntó su madre.

—No, *mamma* —contestó ella—. Estaba repasando el recital en la cabeza.

Detestó la facilidad con que la mentira salió de sus labios, pero, en lo referente a su madre, había aprendido a evitar su mal humor..., casi siempre.

—Bien —contestó ella, y Estee la observó plantarse junto a su estrecha cama, examinando las cosas que su hija había doblado, pero que aún no había metido en la maleta. Contuvo el aliento sin darse cuenta siquiera de que lo hacía.

—No hace falta que te recuerde la importancia de esta cita para toda la familia, ¿verdad? —le preguntó su madre, volviéndose para encararla—. Esta podría ser tu única oportunidad para impresionarlos, tu única oportunidad de entrar en la academia. Debes estar excelente.

—Lo sé, *mamma* —contestó Estee, asegurándose de que su voz sonara suave, de no mirarla de manera demasiado directa. Sabía lo que su madre quería oír, había comprendido a la perfección cómo debía pasar de puntillas junto a ella—. Bailaré como si mi vida, como si todas nuestras vidas dependieran de ello.

—Bien. —Su madre se volvió y agitó una mano en el aire—. Ahora date prisa. Quiero que tengas la maleta hecha antes de la cena y que descanses bien. Mañana nos espera un gran día.

Estee era consciente de que no iba a pegar ojo. ¿Cómo podría hacerlo? Tenía una audición con algunas de las mejores bailarinas jóvenes de Europa y, si no las dejaba impresionadas, quizá nunca disfrutaría de una segunda oportunidad. Aunque no obtuviera uno de aquellos puestos tan codiciados, tenía que asegurarse de que se acordaran de ella.

«Tengo que hacer algo inolvidable.

»Para irme de aquí, de esta casa, y alejarme de *mamma*. Es mi única oportunidad.

»Tengo que olvidar a Felix. Cuando esté allí, no podré mirar atrás.»

A veces detestaba aquello en lo que se había convertido, la presión del ballet, la vida a la que había tenido que renunciar por el baile, su infancia. Pero entonces recordaba que era la única forma que tenía para poder liberarse algún día. Y por esa posibilidad haría lo que fuera. Su madre pensaba que lo hacía por ellos, por la familia, pero en realidad lo hacía por sí misma.

Estee guardó las cosas con cuidado en la maleta, la dejó en el suelo, se tumbó en la cama y cerró los ojos con fuerza. Deseaba poder dejar de pensar en Felix, porque eso haría que marcharse le resultara mucho más sencillo.

Y es que tanto daba lo mucho que se repitiera a sí misma que debía olvidarlo, porque le resultaba imposible.

11

En la actualidad

—Cuéntanos, Lily —dijo Francesca mientras se sentaban en las sillas alrededor de la mesa al aire libre. Las guirnaldas de luces brillaban a su alrededor y les habían llevado café y un pequeño cuenco con bombones después de la cena—. ¿Cómo ves esto en comparación con el último viñedo en el que trabajaste?

Ella sonrió mientras cogía un bombón.

—Pensé que se parecería más, al tratarse de otra finca familiar, pero en realidad son bastante diferentes. La verdad es que no hay ningún lugar en el mundo como Italia.

Antonio la miró enarcando las cejas desde el otro lado de la mesa.

—En serio, la tierra huele diferente aquí, la gente, vosotros sois diferentes. Que os sentéis a la mesa juntos en cada comida, la manera en que miráis la uva, todo es más apasionado. Quizá los neozelandeses sean más reservados, aunque a mí no pudieron recibirme mejor, y desde luego que se toman muy en serio su vino.

—Ya verás que en esta región los enólogos se involucran mucho en todo el proceso, sobre todo en las viejas fincas familiares.

—Estoy acostumbrada a que sea así, aunque he oído el rumor de que todo el mundo participa del primer día de vendimia. Incluso el enólogo.

Roberto soltó una gran carcajada, un estruendo procedente de las profundidades de su vientre.

—Es algo más que un rumor —afirmó—. Yo personalmente cojo las primeras uvas del primer día de la vendimia y comienzo cada jornada entre las viñas, asegurándome de que las recogen a mi gusto. Luego entro, cuando llega la primera cosecha, para examinarla. Lo compruebo todo yo mismo antes de que pasen a la prensa.

Lily lo escuchaba con atención. Solo le había sorprendido el hecho de que se involucrara en parte de la recogida a mano.

—Mi padre es como un león. Cuando se acerca la cosecha y se pone a merodear por las viñas, decidiendo cuándo comenzará la vendimia, lo llamamos el rey de la jungla —dijo Antonio.

—¿Y todos te obedecen? —le preguntó Lily a Roberto con una sonrisa.

—Es el único instante en que le permito que me mangonee —los interrumpió Francesca, que le lanzó un beso a su marido—. Hacemos lo que nos dice porque la vendimia es su momento para lucirse, aunque se pone muy mandón.

—Tu padre... —dijo Roberto, apartando la atención de sí mismo—. Su reputación te precede, Lily. El talento de un enólogo es instintivo, se puede refinar, pero o tienes el don o no lo tienes. —La examinó por encima de su copa de vino con una sonrisa cálida—. Me dicen que tú tienes el mismo instinto que él.

—Me pasé toda mi infancia aferrada a sus faldones, así que todo lo que sé de veras lo aprendí de él. —Lily se aclaró la garganta. Era la segunda vez que los recuerdos salían a la luz aquel día, y no esperaba que su padre fuera motivo de conversación, aunque se sintió halagada de todos modos al ver que alguien recordaba el talento de su padre, sobre todo después de tanto tiempo—. Pero en la actualidad espero poder demostrar mi valía sin tener que recurrir a su apellido.

—Entiendo que se formó en California... —comentó Roberto.

—Sí, aunque siempre me dijo que no pasara demasiado tiempo allí, que él habría deseado viajar directamente a esta región, y a Nueva Zelanda. Su clima invernal le interesaba en particular, porque tiene paralelismos con las condiciones de Inglaterra.

—¿Tu padre ha fallecido? —preguntó Antonio con voz más suave.

—Sí —contestó ella—. Poco antes de que yo cumpliera los diecinueve.

—Lo siento mucho —dijo él, mirándola con el ceño fruncido.

Ella se encogió de hombros, como si no pasara nada, cuando en realidad el dolor era a veces tan profundo que le llegaba hasta el tuétano.

—Es un dolor que no se va nunca —dijo Francesca, que se inclinó hacia Lily y puso una mano sobre la suya—. Aún se me llenan los ojos de lágrimas al pensar en mi madre, que en gloria esté.

Lily no movió los dedos, descubrió que le gustaba el

peso reconfortante de la mano de la mujer sobre ellos. Tenía la sensación de que habían pasado siglos desde la última vez que había mantenido un contacto físico con alguien, por más que este hubiera tenido lugar el día antes, con su madre. Al margen de ese, había pasado bastante tiempo.

—¿Tu madre también era enóloga? —le preguntó Lily a Francesca.

—¡No! Y yo no soy más que la esposa de un enólogo, no tengo ninguna capacitación formal —clarificó Francesca—. Cuando llega la vendimia soy bastante útil, se conoce que he hecho algunas sugerencias bastante buenas, pero mi marido es el enólogo.

—Y tu hijo —gruñó Antonio, lo que hizo que su madre se riera con él—. No te olvides del viticultor.

—¿Cómo podría olvidarme de mi querido hijo mayor? —preguntó Francesca con una sonrisa—. De hecho, mi madre era costurera, se pasó buena parte de su vida haciendo trajes bonitos para las bailarinas de ballet de Milán, donde vivíamos, así que mi infancia estuvo muy alejada de la existencia que llevo ahora.

Lily estaba a punto de coger la taza de café, pero en su lugar se volvió hacia la madre de Antonio, pues sus palabras habían hecho que se interrumpiera.

—¿Trabajaba para una academia o teatro en particular? —le preguntó con el aliento entrecortado, pensando en la pista que le habían dejado. Sin duda sería demasiada coincidencia que los Martinelli estuvieran relacionados con el mismo teatro...

—Pues sí, trabajó en muchos teatros, pero pasó su época más memorable en la academia de ballet de La Scala. Estuvo allí hasta que se jubiló.

De repente, Lily deseó tener el trozo de papel roto consigo para poder mostrárselo a Francesca.

—Sé que os parecerá una coincidencia, pero hace poco descubrí que mi bisabuela tuvo algún tipo de relación con La Scala —señaló Lily—. En realidad, esperaba resolver algunas pistas durante el tiempo que pase aquí, en Italia.

—Bueno, déjame que piense si hay alguien con quien puedas ponerte en contacto. ¿Qué información tienes? ¿Cómo puedo ayudarte?

Lily sacudió la cabeza con gesto apenado.

—Para serte sincera, tengo la sensación de estar bastante perdida. No es que disponga de mucha información para continuar.

—Aun así, veré si hay alguno de sus antiguos contactos que pueda ayudarte. Si quieres...

—Sí, claro que quiero, gracias.

Lily cogió la taza de café y se encontró con que le temblaba la mano. Levantó la mirada y vio que Antonio había reparado en ello, pero el muy bendito no dijo nada y ella pudo tomarse el café y fingir que todo iba bien, por mucho que se le hubiera disparado la mente y que el corazón le martilleara dentro del pecho.

Las pistas eran como pequeños fardos de conocimiento que le quemaban dentro del bolso, insistiéndole en que las sacara y les diera uso. Pero, con o sin la ayuda de Francesca, le seguía pareciendo muy poco probable que fuera a averiguar la relación de La Scala con su bisabuela, si bien compartir las pistas con todos los italianos que conociera quizá la ayudara al menos a acercarse a esa solución.

Se acabó el café y paseó la mirada una última vez por aquel entorno idílico antes de disculparse.

—Gracias a todos por este día fantástico, pero creo

que es hora de que me vaya a la cama —dijo, aunque aún no estaba segura de dónde iba a dormir tras aquella larga jornada en la que, al acabar el trabajo, habían salido directamente a cenar—. Estoy agotada.

—Antonio, muéstrale a Lily su habitación, ¿quieres? —le pidió Francesca—. Tus maletas ya están allí.

El aludido dobló la servilleta blanca almidonada y la dejó sobre la mesa; se puso en pie y le indicó que debían entrar.

—¿Dónde están las habitaciones de los empleados? —preguntó, pensando que la alojarían en algún otro lugar de la propiedad. Desde la zona de producción había visto unas casitas pintorescas esparcidas a lo lejos.

—Tú te quedas aquí —dijo Antonio—. Al parecer, mi madre ha decidido a primera vista que debías quedarte con la habitación de invitados.

Lily lo estudió, casi esperando que se riera y le dijera que estaba bromeando. Pero, por la manera en que se metió una mano en el bolsillo y comenzó a caminar, guiándola por el pasillo de techo alto hacia el otro extremo de la casa, resultó evidente que ni se le había pasado por la cabeza.

—Pensaba que estaría...

—Tú dormirás aquí —dijo él mientras abría con el codo la puerta de una de las habitaciones más lujosas que Lily había visto. Una cama enorme, con dosel de cuatro postes, ocupaba el lugar de honor en el centro de la estancia, que tenía un juego doble de puertas que daba a un pequeño patio, con una pérgola en la que se enredaba una guirnalda de luces. Era como una versión reducida de la amplia zona al aire libre en la que habían cenado.

Antonio cerró las cortinas, pero Lily tenía toda la intención de abrirlas de nuevo en cuanto estuviera sola.

—Tienes un baño privado ahí. —Hizo un gesto hacia el otro extremo de la habitación—. Mi madre quiere que te sientas como en casa, así que, por favor, haznos saber si necesitas cualquier cosa. Has de tratar nuestra casa como si fuera la tuya.

«Ojalá esta fuera mi casa. Es el lugar más hermoso que haya pisado.»

—Gracias, Antonio, es perfecto.

Lily había anticipado que lo besaría en las mejillas o le guiñaría un ojo antes de irse, pero en su lugar no obtuvo más que una sonrisa breve y Antonio le dio las buenas noches mientras se alejaba a grandes zancadas.

—Oh, antes de que te vayas —lo llamó.

Antonio se detuvo, se apoyó en el marco de la puerta y la miró a los ojos.

—¿Qué le pasó al último asistente de enólogo? —le preguntó, recordando que no había llegado a sacar el tema después de que lo mencionara su hermana.

Antonio frunció el ceño.

—Lo tienes delante.

Ella iba a abrir la boca de nuevo, pero su expresión la detuvo. No estaba bromeando.

—Buona notte, Lily.

Ella sonrió. «Buenas noches.» Era una de las frases que había logrado aprender en los escasos pódcasts en italiano que había escuchado antes del vuelo.

—Buona notte —contestó, convenciéndose de que lo sucedido entre Antonio y su padre era sin duda una historia para otra noche.

En cuanto se quedó a solas, Lily se dirigió a las puertas y abrió las cortinas de nuevo, tal y como había planeado. Miró las luces de la guirnalda, que le parecieron estrellas, suaves y parpadeantes, y se preguntó si su padre la estaría mirando desde arriba.

«Este lugar es tan maravilloso como tú dijiste siempre, papá. Ojalá estuvieras aquí conmigo.»

Lily se secó las mejillas y se volvió, se deshizo de los zapatos con sendos puntapiés y se quitó la ropa antes de ponerse el pijama de seda y meterse entre aquellas sábanas limpias y blancas. Dejó caer la cabeza sobre la almohada mullida, rellena de plumas.

Pero pasó apenas un instante tumbada antes de acordarse de las pistas y se levantó para ir a por ellas. Les dio vueltas y más vueltas entre las manos mientras las examinaba, sin llegar a ver cómo iba a descifrarlas.

Mientras volvía a acomodarse entre las almohadas, con los papeles descansando entre sus dedos y la parte superior del edredón, Lily se preguntó hasta qué punto su bisabuela habría deseado de verdad que la encontraran algún día, o si las pistas la dejarían más cerca de descubrir la herencia de su abuela. O la de su padre.

¿Cómo era posible que algo de lo que nunca había oído hablar, algo cuyo carácter misterioso había ignorado hasta entonces, le pareciera de repente tan importante como para sentir su peso sobre los huesos? No podía hacer nada para cambiar lo que había sucedido, ni siquiera para averiguar si su abuela estaba al tanto de que había sido adoptada, pero aquel saber significaba algo. Podía honrar a la mujer que tanto había significado para ella de pequeña.

Tras pensar eso, cerró los ojos y, con los papeles sujetos aún bajo las yemas de los dedos, sucumbió a las suaves y lujosas plumas que tenía bajo la cabeza y comenzó a quedarse dormida.

12

Italia, 1938

Estee estaba de pie con el cuerpo en el ángulo más perfecto posible, la barbilla levantada, la espalda completamente recta. Sentía el sudor que se enroscaba en su nuca; los brazos, que tenía en alto, estaban a punto de comenzar a temblar y, aunque notaba las ganas de ponerse a jadear para llenar los pulmones, realizaba inspiraciones pequeñas y frenéticas.

Casi todas las bailarinas habían sido escogidas, pero ella no. Conservó la sonrisa, sabía bien lo que se esperaba de ella, la manera de impresionar al público y de mostrarse serena incluso cuando se estaba viniendo abajo por dentro, pero allí las bailarinas eran diferentes. Sus compañeras de audición hacían que se sintiera incompetente, que se preguntara si merecía siquiera estar allí, si tendría la menor oportunidad frente a ellas. Sin embargo, Estee no era de las que abandonaban. Si fracasaba tendría que aceptar su destino, pero hasta entonces sabía que no debía darse por vencida hasta que se otorgara la plaza final. Era algo que debía agradecerle a su madre.

Vio que los cuatro miembros del jurado se inclinaban para comentar algo y cerró los ojos un instante; vio a Felix dentro de su cabeza, el lugar especial que tenían junto al lago, con aquel sol que le caía sobre los hombros mientras remojaba los dedos de los pies en el agua.

Al abrir los ojos todo cambió; por algún motivo, todo le pareció más brillante. Y, cuando la invitaron a bailar una vez más, Estee mantuvo el lago en su cabeza, se negó a rendirse, consciente de que aquella era la última oportunidad que tenía para demostrarles de lo que era capaz. Lo único que necesitaba era esa baza.

«Un día serás la bailarina más bella de La Scala, lo sé.»

Oyó las palabras de Felix en su cabeza mientras se elevaba más, alcanzaba una altura mayor, llegaba más allá de su límite y bailaba de verdad como nunca antes lo había hecho. Realizó un *assemblé* perfecto al tocar el suelo con los dos pies sin que se oyera apenas nada, acabó con un salto *grand jeté* más largo de lo que había conseguido nunca sobre el escenario.

Cuando se plantó de nuevo, la respiración acelerada mientras se quedaba quieta, la mujer de mayor edad entre quienes la observaban, entre quienes la juzgaban, asintió con la cabeza. No sonrió, pero tampoco frunció el ceño.

—Por favor, acércate —le dijo con una voz tan rígida como la espalda de Estee.

Ella hizo lo que le había pedido, asegurándose de que cada paso fuera grácil, resuelto, como si formara parte de la actuación. Estaba representando un papel, e iba a permanecer fiel a aquel personaje hasta que se acabara el día.

Seguían hablando, diciendo algo que no podía oír, pero vio el modo en que los dos hombres y las dos mujeres la miraban de arriba abajo, como si estuvieran evaluando su cuerpo. Aunque formaba parte de ser una bailarina, Lily pensaba que era posible que no se acostumbrara nunca a aquel escrutinio, y solo deseaba poder oír lo que se decían.

—¿Cuántos años tienes?

—Trece —contestó con una voz que sonó más cargada de valor de lo que esperaba. La verdad era que aún le faltaban algunas semanas para cumplir los trece, pero su madre le había dicho que mintiera para que no pensaran que era demasiado pequeña.

La valoración crítica se inició de nuevo, las miradas que recorrían la longitud de su cuerpo, y de repente deseó no haberse comido todas las pastas que le había llevado Felix. ¿Se había dejado distraer tanto por él que ya no estaba lo bastante delgada? ¿Se había consentido demasiado? ¿Tenía razón su madre cuando le decía que debía ser pequeña como un pajarillo?

—Tu estructura ósea es más pesada que la de las demás chicas. Pero tu cara...

Estee tomó aire. Era lo único que podía hacer. Regresaron las inspiraciones frenéticas y minúsculas. Era la más pequeña, así que no debía ser la más pesada. Tuvo que hacer uso de toda su energía, de toda su fuerza de voluntad, para mantener las manos relajadas y no cerrarlas a fin de clavarse las uñas en la piel.

—Pero tu cara es exquisita —dijo la otra mujer—. Acércate, por favor.

Estee hizo lo que le pedían, avanzó con la vista baja, por recato, consciente de que se encontraba muy cerca de que la mandaran a casa. «O quizá mi cara me salvará. Quizá mi cara los haga cambiar de opinión.»

Aquella mañana se había hecho la raya al medio, poniendo cuidado en que su cabello de color azabache no se escapara por ningún lado. Sus pestañas eran negras, llevaba los labios pintados de un color rosa suave que no se correspondía con sus facciones morenas, el colorete rosado que le había aplicado su madre con esmero le resaltaba los pómulos bien marcados. Era consciente de que algo en su apariencia, algo en su aspecto, la volvía atractiva, pero oír que su cara era exquisita... Aquello le proporcionó la confianza que necesitaba y se imaginó a diez años vista, se vio sobre el escenario, imaginó la vida que llevaría en caso de tener éxito.

«Eres ligera como una pluma. Eres la mejor bailarina que se haya visto en La Scala.»

Emplazó a su cuerpo, la gracilidad de sus extremidades, negándose a que la intimidara la manera en que los miembros del jurado cuchicheaban entre sí. De haberse esforzado quizá podría haberlos oído, pero no lo necesitaba. Tanto daba que oyera lo que se decían como que no. Lo único que podía hacer era intentar que se enamoraran de ella.

Estee resistió el ansia por mirar a su espalda, a aquellas bailarinas esperanzadas que estarían rezando por que fracasara, que contenían el aliento a la espera de que la echaran. Se aclaró la garganta con suavidad cuando el panel de jueces levantó la vista, deseaba romper el silencio y explicarles por qué se merecía que la escogieran, pero sabía que hablar no formaba parte de la audición y, en caso de abrir la boca, podría estropear por completo sus opciones. No les importaba lo que tuviera que decir, lo único que les interesaba era la manera en que su cuerpo se desplazaba por el escenario y el aspecto que tenía.

—La última elegida —anunció uno de los hombres a un volumen lo bastante fuerte como para que lo oyeran todas las chicas reunidas sobre el escenario mientras le dedicaba un asentimiento de cabeza.

Estee lanzó un grito ahogado.

«¿Yo?

»¡Yo!»

Fue como si lo hubiera dicho en voz alta, porque la mujer de menor edad del panel le dirigió una sonrisita, confirmándole la noticia, en la que fue la primera expresión cálida por parte de cualquiera de los adultos que la habían estado examinando.

—Gracias —dijo con un pequeño asentimiento de cabeza y una sonrisa, esforzándose con desesperación por mantener la compostura—. Gracias por esta oportunidad increíble.

«He entrado. ¡Lo he conseguido!»

Estee estuvo a punto de desplomarse. El agotamiento de aquella larga jornada de baile y la emoción por oír la decisión final estuvieron a punto de superarla, pero se obligó a dar media vuelta y abandonar el escenario con elegancia. No habían dejado entrar a su madre, y agradeció tener un momento para sí misma a fin de asimilar la noticia.

Una chica pasó por su lado, la golpeó dolorosamente con el hombro al chocar con ella adrede. Estee dio un paso hacia atrás, captó el desdén en la mirada de la muchacha. Era evidente que las dos habían rivalizado por aquel puesto final.

Estee se dispuso a decirle algo, pero decidió cuidar del golpe en el hombro en silencio. No valía la pena. Había entrado, eso era lo único que importaba.

—Ignórala —dijo una voz confiada a su espalda—. Cuando se hayan ido todas, la cosa mejorará.

Estee se volvió y se encontró cara a cara con una bonita chica rubia a la que reconoció de inmediato como la *prima ballerina* que había sido escogida. Sus extremidades eran largas y ágiles; su cuerpo, perfecto como el de la mejor bailarina de ballet. Estee se sintió intimidada de inmediato, consciente de que estaba en presencia de una grande.

—Hoy has bailado a la perfección —le dijo la chica—. Sabía que te elegirían.

—Estaba comenzando a perder la esperanza —admitió ella, sorprendida ante la libertad con que le había dicho lo que pensaba—. Al final creí que no tenía ninguna oportunidad.

La otra chica se encogió de hombros.

—Quizá tuvieran intención de escogerte desde el principio —le comentó—. No le des más vueltas. Tanto da el orden en el que nos hayan elegido, lo importante es que lo han hecho. Ahora estamos juntas en esto. Nadie recordará quién fue la primera o la última.

Estee no lo había pensado de ese modo. Quizá aquella chica rubia y hermosa tuviera razón: lo único que importaba en aquel momento era que te hubieran elegido o no, aunque dudaba que alguien fuera a olvidarse de que la habían escogido en primer lugar.

—Me llamo Estee —se presentó.

—Sophia —contestó la chica, que extendió una mano delicada de tacto cálido y suave—. Ven, van a darnos toda la información sobre cuándo hemos de comenzar y lo que esperan de nosotras. —Y echó a andar sin soltarle la mano, apretándole la palma con fuerza.

Estee no pudo ocultar su sonrisa. Las demás chicas se apartaron a su paso. Sophia avanzaba con la espalda recta, regia, por delante de ella. Y, en un abrir y cerrar de ojos, Estee sintió que sus ansiedades se desvanecían mientras dejaba que el futuro la llenara de excitación. Su nueva amiga debía de tener al menos quince años, pero daba igual. La había acogido bajo su ala, y Estee nunca había sentido tanta confianza como en aquel momento, mientras seguía sus pasos.

«Estoy en Milán. Algún día bailaré en La Scala. Me han aceptado oficialmente en la academia de baile más prestigiosa de toda Italia.»

Iba a sentir por siempre más un dolor en el corazón. Por Felix y por lo que podría haber sido, pero había llegado la hora de que viviera su vida. Había llegado el momento de dejar atrás el control férreo de su madre, su propia infancia. Había llegado la hora de que se convirtiera en una mujer.

Sophia la miró por encima del hombro, la deslumbró con su sonrisa.

«Todo irá bien. Los próximos años van a ser los más fantásticos de mi vida, no hay tiempo para mirar atrás y preguntarse por lo que podría haber sido.»

Nunca dejaría de preguntarse por Felix; por la belleza de la que algún día sería su mujer, sobre lo que su familia habría pensado de ella en caso de que los hubiera conocido, o si podrían haber seguido siendo amigos. Pero el ballet era su vida. Ya no había tiempo para distracciones. A partir de aquel momento tendría que bailar como si le fuera la vida en ello, porque así era.

—Ya nos veo juntas en el escenario de La Scala —le

susurró Sophia al oído mientras la conducía al frente de aquel pequeño grupo—. ¿Tú no?

Estee cerró los ojos con fuerza y una sonrisa bailó sobre sus labios.

—Yo también —le dijo con otro susurro, y la imagen la dejó sin aliento porque se vio en ella—. Yo también.

13

En la actualidad

Las condiciones eran perfectas. Todo el mundo vibraba de impaciencia, la sensación en el viñedo era muy distinta de la del día en que Lily había llegado. Y ya había testimoniado la cualidad leonina de Roberto por sí misma: el gesto sombrío de su boca mientras ladraba sus órdenes, la intensidad de su mirada mientras examinaba la uva cada mañana... Era una persona bastante diferente respecto al hombre relajado al que conoció al llegar.

—Ven conmigo a caminar —le dijo siete días después de su llegada.

Lily dejó el cuaderno en el que estaba escribiendo, puso el lápiz encima y lo siguió. Adoptó un paso cómodo a su lado sin preocuparse para nada por el cambio en su semblante. Había visto el mismo cambio en su padre cada año, cuando aguardaba a que la uva alcanzara la perfección, y, en vez de ponerla nerviosa, tan solo la llenaba de anticipación. Aquel, aquel era el momento por el que vivía todo enólogo, el momento en el que todos lo miraban a la espera de que tomara la decisión final que los sumiría en una oleada de excitación.

—Te he pedido que vengas conmigo, Lily, porque quiero saber lo que te parece —dijo—. Has examinado la uva a diario, a mi lado, y la has probado, pero hoy... —Frunció el ceño, levantó la vista hacia el cielo y Lily deseó poder saber lo que pensaba.

—Crees que está lista, ¿verdad? —le preguntó.

—Sentía en mi interior que este año se avanzaría —dijo—. Es el motivo por el que te pedí que vinieras antes. La estación ha sido más cálida de lo habitual.

Siguieron caminando, subiendo por la pendiente, y Lily notó que se le aceleraba el pulso, pero aun así se sintió agradecida por ir a pie. Cuando Roberto se detuvo al fin, lo vio ponerse en cuclillas y tomar un pequeño puñado de tierra con las manos bronceadas. Cerró el puño por un instante y acto seguido dejó caer la tierra entre los dedos.

—Sé todo lo que hay que saber sobre esta tierra. La manera en que debe ser su tacto, su olor, su sabor... —Se frotó las manos contra los pantalones y avanzó algunos pasos más, cogió dos uvas con cuidado y examinó su carne, se las llevó a la nariz y acabó por probarlas.

Lily casi podía imaginarse paseando entre las viñas con su propio padre. Roberto desprendía tanta calidez como sabiduría. Siguió su ejemplo, imitó sus movimientos, realizó los mismos pasos que había dado cada temporada durante su trabajo como enóloga. Pero, en el instante en que probaba una jugosa uva chardonnay, una figura llamó su atención. Apenas había tenido oportunidad de hablar debidamente con Antonio desde la noche en que le mostró su habitación, y le sonrió mientras se acercaba. Él levantó una mano, con los labios apretados y una mirada que buscó a su padre, como si no la hubiera visto siquiera. Ella aprovechó la oportunidad para estudiarlo, deseó poder caminar entre las viñas con él en vez de con su padre.

Roberto miró a su hijo, avanzó unos pasos más y cogió otra uva, y Lily se dio cuenta de que el suyo era un lenguaje no verbal, de que el hijo observaba a su padre, consciente de que la decisión era inminente.

Pero el asentimiento de cabeza que esperaba por parte de Roberto no llegó. Lily descubrió, en cambio, que se volvía hacia ella y se le secó la boca en el momento en que sus miradas se encontraron.

—¿Lily?

Antonio comenzó a pasearse de aquí para allá. Era una persona distinta respecto a aquel hombre relajado y de sonrisa fácil que la había recogido en el hotel de su madre.

En vez de contestar, Lily se alejó, siguiendo la hilera de viñas, y se detuvo a examinar otro racimo, cogió una uva para probarla y cerró los ojos mientras recordaba lo que Roberto le había dicho ya y las notas que ella misma había tomado.

—Mañana —dijo.

Roberto asintió con la cabeza.

—Estoy de acuerdo.

Lily levantó la vista hacia el cielo.

—¿Y las condiciones?

Antes de que Roberto pudiera contestar, Antonio elevó los brazos al aire y murmuró algo que solo pudo ser una maldición, ya que su padre le dirigió una mirada severa. Pero Antonio no la vio, ya que se alejó a grandes zancadas en dirección a los edificios.

—Se ha... —comenzó a decir ella.

—Tendrá a todo el mundo listo mañana por la mañana —la interrumpió Roberto—. Se pone así cada año, no le hagas caso. En el mejor de los casos, es un impaciente.

Lily se mordió la lengua mientras descendían por la colina, pero no pudo evitar preguntarse si lo que irritaba a Antonio no tendría algo que ver con su presencia allí como asistente de enólogo.

—Tienes buen instinto, Lily —le dijo Roberto al separarse—. Después de comer iremos en coche a ver el resto de la uva. Creo que vamos a tener una semana atareada.

—Gracias —contestó ella, pero en su fuero interno ya se estaba preguntando si no debería haber sido aquel mismo día. Algo en el destello en los ojos de Antonio le decía que él era de esa opinión, y eso quería decir que ya se había inmiscuido en sus asuntos.

«No te pidieron que vinieras para decirle a todo el mundo lo que quiere oír. —Era como si tuviera a su padre al lado, los hombros ligeramente encorvados al inclinarse hacia ella para mirar el terreno—. Sigue tu instinto, hasta ahora nunca te ha fallado.»

Tenía razón, no le había fallado, al menos no en relación con su trabajo. Cerró los ojos un instante mientras la brisa le acariciaba las mejillas, reflexionando sobre su decisión. Había sido la correcta. Aquel día habría estado bien, pero al día siguiente sería mejor.

—¡Lily!

Se volvió y vio a la hermana de Antonio, que salía por la puerta trasera del restaurante con un cigarrillo colgando despreocupado de sus labios y un vaso en la mano. Lily la saludó con la mano y se acercó a ella, feliz de estar acompañada en vez de dedicarse a dudar de su decisión y revivir la mañana dentro de la cabeza.

—Tienes pinta de necesitar esto más que yo —bromeó Vittoria, ofreciéndole el cigarrillo.

Lily se rio.

—No fumo, pero me iría bien una bebida.

Las dos se rieron y se sentaron en los escalones que recorrían la parte trasera del restaurante.

—¿Un día ajetreado? —preguntó Lily.

—Siempre es así en la cocina. ¿Y tú qué? ¿Estamos cerca de la vendimia?

Lily asintió con la cabeza.

—Mañana. Aunque tu hermano no parece estar de acuerdo conmigo.

—¿Él ha dicho eso?

—Bueno, no de manera explícita, pero me ha lanzado una mirada.

—Oh, conozco esa mirada —dijo Vittoria riéndose—. No te lo tomes como algo personal, él es así, no deja de merodear a la espera de que comience todo. Tú espérate, en cuanto recojamos la primera uva volverá a sonreír y relajará los hombros. Ya lo verás.

Lily observó a Vittoria fumar. Aunque detestaba los cigarrillos, la mujer hacía que el acto pareciera glamuroso. Intentó no toser cuando la espiral de humo se dirigió hacia ella.

—La otra noche dijo algo sobre que él fue el anterior asistente de enólogo.

Vittoria sonrió y Lily se quedó a la espera con la esperanza de que le contara aquella historia.

—Estaba condenado al fracaso —acabó diciendo Vittoria—. *Papà* tiene su manera de hacer las cosas, y Antonio lo mismo, pero lo que se le da bien es cuidar de las viñas durante todo el año, vendimiar, operar las máquinas.

—¿Y tu padre?

—Se merece su reputación como el mejor enólogo de la región —contestó Vittoria, y fue imposible no notar lo orgullosa que estaba de él—. Mi hermano podría trabajar en cualquier lugar del mundo, pero necesitaba descubrir lo que se le da mejor.

—Ya veo.

—Es un buen hombre, mi hermano, pero estos últimos años han sido difíciles para él.

A Lily se le hizo un nudo en la garganta. Aquello era lo que deseaba oír, la historia a la que había aludido Francesca, pero, en el momento en que Vittoria iba a abrir la boca, tras tirar el cigarrillo y aplastarlo con el zapato, una voz sonora, alegre y con un acento marcado la llamó.

—Y aquí está el otro hermano —murmuró ella.

—¿A quién tenemos aquí? —preguntó él, abriendo los brazos para estrecharla con fuerza en ellos mientras le besaba las mejillas. Acto seguido, le ofreció la mano a Lily, con la mirada cargada de interrogantes.

—Tú debes de ser el tristemente célebre Marco —dijo ella, que comenzaba a acostumbrarse a los ostentosos recibimientos italianos y a aceptar los exuberantes besos en ambas mejillas. No cabía duda de que se trataba del hermano de Antonio, pues era igual de atractivo.

—Esta es Lily —dijo Vittoria—. Es la asistente de enólogo.

—Ah, la asistente... —repitió Marco, intercambiando una mirada con su hermana—. ¿Por qué nadie me dijo que era tan hermosa? ¡Habría venido antes de Milán!

Lily se rio del cumplido mientras Vittoria ponía los ojos en blanco.

—Tengo que volver a la cocina. Ha sido agradable charlar contigo, Lily. Buena suerte mañana.

—Entonces, ¿será mañana? —preguntó Marco.

—Sí —contestó Lily—. Y será mejor que vuelva al trabajo. Hay que preparar un montón de cosas.

—Hasta mañana, Lily.

Aunque la posibilidad de sentarse al sol un rato más y conocer al menor de los hermanos Martinelli resultaba tentadora, Lily se despidió de Marco con la mano y se alejó. Tenía la sensación de que Marco se tomaba la vida mucho menos en serio que su hermano mayor.

Había estado muy ocupada aquella semana, aprendiendo todo lo que necesitaba saber, y habría deseado contar con más tiempo. Su única esperanza era que, si todo iba bien, quizá la invitaran de nuevo al año siguiente, para poder pasar muchos meses más en aquella propiedad tan hermosa.

Le pitó el móvil y se lo sacó del bolsillo trasero de los vaqueros, miró la pantalla y vio que era un mensaje de texto de su madre. Era evidente que al fin había aprendido a utilizar su teléfono: era el segundo que Lily recibía aquella semana.

Pienso en ti. Espero que
encuentres tiempo para divertirte.

Lily sonrió, comenzó a contestarle con la cabeza gacha.

Plof.

Levantó la vista y se encontró con un pecho amplio y familiar. Estaba tan distraída mirando el móvil que se las había arreglado para estamparse contra Antonio, que apenas llevaba abrochados algunos botones de la camisa blanca. Era imposible no reparar en su pecho bronceado.

—Lo siento —murmuró él.

—Yo estaba mirando el móvil —se disculpó ella—. Y tú, ¿qué excusa tienes?

Él gruñó.

—Estaba demasiado ocupado mirando el cielo.

—¿El tiempo? —le preguntó ella con una sonrisa.

—El tiempo —repitió él—. El enólogo decide el momento perfecto para cosechar, y yo me he de preocupar del tiempo, y de si aguantará durante la vendimia. Apenas he pegado ojo estas últimas noches.

—Te he echado de menos por aquí —se descubrió diciendo Lily, y lamentó aquellas palabras en el momento mismo en que salían de sus labios.

—Mañana estaremos mano a mano —dijo él con una sonrisa cálida—. Yo estaré pendiente de que mi padre cambie de idea, cosa que ya ha hecho antes cuando tenía a todos los empleados listos para comenzar. Cuando coja la primera uva al amanecer, mi sonrisa regresará para el resto del año.

Lily no le dijo que estaba disfrutando de esa misma sonrisa atractiva en aquel instante; quizá se hubiera tomado un descanso, pero sin duda había regresado.

—Acabo de conocer a tu hermano.

—Mi más sincero pésame.

Fue ella la que sonrió entonces. La capacidad de Antonio para conversar y bromear con ella en inglés no estaba nada mal, y se dio cuenta de las ganas que tenía de volver a pasar tiempo con él.

—Antonio, tengo que preguntártelo: ¿estás seguro de que no te importa que esté aquí? ¿De que no me estoy inmiscuyendo en tus asuntos? Quiero decir que...

Él estiró el brazo y le tocó el hombro, sus dedos la rozaron con total naturalidad, como si se tratara de la cosa más normal del mundo.

—Lily, no olvides que yo quise que vinieras. Mi papel consiste en cuidar de las uvas. El de mi padre, y el tuyo, es hacer el vino. —Dejó caer la mano y comenzó a caminar hacia atrás—. Vamos a formar un gran equipo, ya lo verás.

Ella lo observó durante un momento antes de seguir a lo suyo: contestó rápidamente a su madre, volvió a guardarse el móvil en el bolsillo y fue en busca de Roberto. Tenían un gran día por delante y Lily quería saber cuál era el plan.

14

—Es la hora.

Aquellas tres palabras lo alteraron todo. Lily había estado al lado de Roberto desde que se levantó, a las cinco de la mañana, aunque apenas había podido dormir ante la expectativa del día que los esperaba.

Asintió con la cabeza e intentó reprimir una sonrisa, lo cual le resultó imposible. Miró agradecida el cálido sol que tenían sobre la cabeza, que les ofrecía las condiciones perfectas para cosechar la uva que tenían ante los pies. Roberto se adelantó, cogió un par de cizallas afiladas, cortó el primer racimo de uvas y lo colocó con cuidado en un capazo, lo cual provocó el aplauso de todos los reunidos.

—*Andare!* —gritó Antonio, que la miró a los ojos por un instante antes de agitar las manos en el aire y hacerle señas a todo el mundo para que lo siguiera. Entrevió la expresión de su rostro, que era de pura adulación, o quizá se tratara tan solo de alivio por el hermoso día que se les había concedido. Era como un regalo para la jornada de la cosecha, igual que aquella brisa ligerísima que prometía mantener cómodo a todo el mundo, apenas con la fuerza suficiente como para levantarle los mechones de pelo que le tocaban la frente—. ¡Es hora de vendimiar!

Lily sonrió mientras Roberto le pasaba las cizallas.

—Tu turno —le dijo—. Por favor, haz los honores.

Las aceptó y dio un paso hacia delante, cortó feliz el racimo de uvas y lo colocó en el mismo capazo que había usado él. El mero acto de cortar, de formar parte de un día tan especial, la llenó de dicha, y se descubrió ansiosa por seguir a los demás.

—Caminemos por las hileras y observemos —dijo Roberto, como si le hubiera leído la mente—. Vamos a asegurarnos de que traten con cuidado nuestra preciosa uva hasta que entreguen los primeros capazos y vaya a la prensa.

Francesca se detuvo al lado de su marido con un pequeño cesto colgado del brazo, y Lily experimentó una sensación cálida al constatar que incluso la esposa de Roberto estaba preparada para arremangarse la camisa y ayudar. En las fincas de mayor tamaño, e incluso en aquella con algunas de las demás uvas, era una máquina la que arrancaba la fruta de las vides, pero había algo íntimo en el hecho de cogerlas a mano, y de que todo el mundo se involucrara en la labor.

Lily habría preferido sumarse ella misma y ayudarlos al menos durante las dos primeras horas, unirse a los empleados, sobre todo cuando vio que Vittoria y Antonio se reían mientras recogían juntos, pero era consciente de cuál era su lugar. Debía quedarse al lado del patriarca de la familia, controlando la cosecha, y a continuación asegurándose de que todos los pasos posteriores se llevaban a cabo a la perfección.

Casi una hora después estaban transportando cuidadosamente la primera carga a la planta de producción. Lily y Roberto ya estaban allí para recibirla.

—Mi padre sacudiría la cabeza al ver nuestras prensas, tan lujosas —dijo Roberto mientras Antonio los saludaba con la mano y bajaba por la colina a su encuentro—. Su parte preferida de la vendimia consistía en tener a toda la familia consigo, riendo y pasándolo bien mientras prensaban la uva con los pies.

Lily casi podía verlo: las mujeres con los vestidos recogidos, los hombres con los pantalones subidos por las rodillas, aplastando la uva bajo el sol mientras hablaban y reían, celebrando la temporada. Lo que habría dado por poder viajar en el tiempo y formar parte de aquello, aunque hubiera sido solo por un día.

—Debía de ser toda una experiencia.

—*Sì, bella*, lo era —dijo él con un suspiro—. He conservado casi todo lo demás, pero esa fue una de las cosas de las que hubo que prescindir.

—Es la hora —señaló ella mientras Antonio detenía el camioncito, se bajaba de un salto y se ponía a acarrear aquellos capazos de gran tamaño.

—Se te ve feliz —le dijo mientras él pasaba por su lado.

—Muy feliz —contestó Antonio, sonriéndole, y fue a por más—. Hoy es un día perfecto, como debe ser. Hoy es el día por el que vivimos todos.

Llevaba pantalones cortos y una camiseta de lino arremangada que revelaba sus antebrazos musculosos y bronceados, y Lily se descubrió siguiéndolo con la mirada. Su aspecto transmitía algo parecido a lo que ella sentía: euforia por el trabajo. Solo que Antonio trabajaba en el viñedo de su propia familia, su experiencia estaba impregnada de historia, formaba parte de algo que en el futuro seguiría pasando de generación en generación.

Parpadeó para librarse de las lágrimas que le habían brotado de manera inesperada al pensar en su padre y en el legado que le habría encantado dejar tras de sí. A veces, el sueño que tenía de poseer sus propias tierras, de producir su propio vino usando el nombre de su padre en la etiqueta, le parecía una fantasía, pero en momentos como aquel ansiaba tener algo que ella misma pudiera dejar en herencia.

De no haber perdido a su padre, dudaba que hubiera comprendido la verdadera importancia de los legados.

—Lily...

Se volvió y el nudo en su garganta desapareció al ver la pasión en los ojos de Roberto.

—Ven conmigo.

Y en un abrir y cerrar de ojos volvió a encontrarse bajo el influjo del Martinelli de mayor edad, escuchando cada una de sus palabras mientras observaban el inicio del proceso de prensado.

«Ahora me toca a mí brillar», se dijo a sí misma. Aquel era el momento por el que vivía.

«Tú y yo solos, chiquitina. Algún día haremos el mejor vino del mundo, ya lo verás.»

Y, con las palabras de su padre en la cabeza, inspiró el aroma cítrico, ácido e inconfundible de la fruta al pasar por las máquinas, y se preparó para hacer la única cosa en el mundo que amaba de verdad. Iba a ser un día muy largo, con muchos días largos por delante, pero ella no deseaba ninguna otra cosa.

—Este va a ser un buen año —dijo Roberto, y besó la

pequeña cruz dorada que llevaba colgada de una cadena alrededor del cuello—. Lo noto en los huesos.

—Creo que aquí cada año es un buen año —contestó Lily sonriendo mientras observaban el prensado lento y regular de cada racimo de uvas.

Roberto la miró a los ojos y se sonrieron. El hombre relajó los hombros, también la expresión, y en aquel segundo ella hizo lo mismo. «Sé lo que me hago. Esto se me da bien.»

Se preguntó si Roberto también había dudado de sí mismo alguna vez, y, de haber tenido el valor necesario se lo habría preguntado.

Aquella noche, Lily se dirigió a la casa tan agotada que a duras penas podía mantener los ojos abiertos. Había sido una jornada muy larga para todos, habían comenzado a trabajar y habían acabado de hacerlo en la oscuridad, pero, por cansada que estuviera, también se sentía eufórica, y sabía que si se metía directamente en la cama lo más probable era que se quedara allí despierta, incapaz de dormir.

Lo que necesitaba era un baño relajante, seguido de una copa en el patio privado, donde podría dejar que se le pasaran despacio los efectos del subidón que había representado aquel día.

—¡Lily! —la llamaron cuando entró en la casa.

Hizo una pausa, tentada de seguir avanzando y hacer como que no lo había oído, pero se sintió culpable en el momento mismo en que la idea se le pasó por la cabeza. Los Martinelli la estaban tratando como si formara parte de la familia, y ella nunca le haría eso a su familia.

En aquel instante apareció Francesca, con sendas copas de vino tinto en las manos. Le ofreció una, el ceño fruncido a modo de interrogación.

—¿Quieres una copa? Si te pareces en algo a mi marido, no lograrás dormir por muy cansada que estés.

Lily se descubrió sonriendo y aceptando la copa de manera instintiva.

—Es justo como me siento —admitió—. Es como que noto el cansancio en lo más profundo de los huesos, pero mi cerebro es una historia completamente diferente. Parece ignorar las sensaciones de mi cuerpo.

—Ven —le dijo ella—. Siéntate un rato con nosotros. Roberto ha llegado unos minutos antes que tú.

Francesca le hizo un gesto para que la siguiera, pero, en vez de llevarla hacia la zona al aire libre, en esa ocasión la condujo hasta la cocina, con su enorme mesa de madera, lo bastante grande como para acoger a diez personas. Todos los varones Martinelli estaban sentados a su alrededor, parecían tan cansados y castigados por el día como ella, y Vittoria se encontraba entre sus dos hermanos.

—La verdad es que debería ir a refrescarme antes —se oyó Lily decir.

—Tonterías —contestó Francesca, que la cogió del brazo y la llevó hacia la mesa—. Todos necesitamos una ducha, pero ya nos la daremos luego. Siéntate con nosotros, por favor.

Volvió a experimentar una sensación de privilegio por encontrarse con aquella familia, que la trataba como a un miembro más. La suya propia siempre había sido pequeña, «los tres mosqueteros», tal y como la llamaba su padre. Pero, tras su muerte, cuando solo quedaron su madre y ella, tuvo la sensación de que formaban más bien una sociedad, y por eso sentarse con los Martinelli le pareció aún más especial. Eran como la familia amplia que siempre había soñado tener, e, incluso siendo una adulta, a veces se preguntaba si no debería concentrarse más en crear la familia que quería que en seguir la carrera que deseaba.

—¿Lily?

Parpadeó y se dio cuenta de que Antonio le estaba diciendo algo, y que el resto de la mesa se había quedado en silencio.

—Lo siento, ha sido...

—¿Un día muy largo? —acabó él la frase.

—Exacto. —Exhaló y se sentó frente a él, tomó un trago del pinot noir suave y sedoso que le habían dado.

La conversación se reanudó a su alrededor y Lily se descubrió fascinada por el sonido de las charlas que mantenían los diferentes miembros de la familia, pero fue Antonio quien capturó su atención. Al parecer, lograba hacerlo siempre.

—¿Te lo has pasado bien hoy? —le preguntó—. ¿O pasarlo bien no es la expresión adecuada...?

—Pasarlo bien es la expresión perfecta —contestó ella antes de coger un plato, ya que Francesca acababa de empujar en su dirección una bandeja grande y había articulado la palabra «¡Come!».

Lily se sirvió un pedazo de pan, algunas lonchas de embutido y unas olivas y queso, y el estómago le rugió a modo de respuesta.

—Hoy ha sido un buen día —dijo él recostándose, haciendo durar su descomunal copa de vino—. Y el de mañana será igual de bueno.

—Eso espero —dijo ella antes de darle un mordisco al queso.

No se había dado cuenta del hambre que tenía hasta que comenzó a comer. Antonio se volvió hacia su hermano mientras ella cenaba y fue su madre la que le dedicó su atención cuando ella estiró el brazo para coger más pan.

—Lily, he estado pensando mucho en esas pistas tuyas, las que me comentaste en tu primera noche aquí.

Ella tragó y se volvió hacia la mujer.

—He estado tan ocupada que apenas he pensado en ellas durante los últimos días.

—Bueno, yo me he puesto en contacto con algunas personas, y parece que una vieja conocida quizá podría ayudarte —dijo Francesca—. Sería más sencillo si supiéramos la fecha del programa que tienes, pero me dijo que le echará un ojo por si puede echarte una mano. Me debe un favor.

—¿Estás segura de que no es abusar? —preguntó Lily—. Sé que lo más probable es que esté buscando algo que no existe, pero...

—¡Tonterías! Es un placer para mí. Pero tengo que confesarte algo —dijo Francesca—. Me encantaría ver lo que tienes. Si no te importa, por supuesto.

—¿Estáis hablando sobre las pistas de la familia de Lily? —preguntó Antonio.

Lily no se había dado cuenta de que él se había puesto en pie para rodear la mesa hasta donde estaban. Allí, sacó la silla contigua a la suya y se sentó.

—A mí también me encantaría verlas. Quizá podríamos hacer un viaje de un día a Milán... Tendrás tiempo antes de la segunda fermentación, ¿no?

Ella asintió con la cabeza.

—En teoría sí, pero...

Antonio sonrió.

—Incluso el enólogo puede tomarse un día libre después de la vendimia —dijo—. Porque sé que eso es lo que te preocupa.

Ella se encogió de hombros, sin intención de negarlo.

—¿Qué puedo decir? Me tomo mi trabajo muy en serio.

De repente tenía las manos de Roberto sobre los hombros, y él le besó la coronilla en un gesto paternal.

—Es el motivo por el que está aquí, Antonio. No la lleves por el mal camino.

—Medio día, entonces —insistió Antonio—. Una hora de coche, una hora en el teatro para hacer preguntas y una hora más hasta casa.

Roberto se había alejado y Francesca se había vuelto para dirigirse a su hija, así que de repente Lily se encontró en medio de una conversación privada con Antonio, al que le brillaban los ojos por encima de aquella sonrisa fácil, en una actitud mucho más parecida a la del día en que ella llegó. Con el brazo colgando sobre el respaldo de la silla y las piernas extendidas, de algún modo lograba que el mero hecho de estar sentado resultara sensual.

—Medio día, pues —aceptó ella al fin, extendiendo la mano—. Pero tienes que prometerme que habremos vuelto en tres horas.

Él tomó su mano y comenzó a estrechársela.

—Cuatro.

Su voz sonaba tan seductora que estuvo a punto de mostrarse de acuerdo pero, mientras sus dedos se entrelazaban, negó con la cabeza.

—Tres y media —dijo, y odió que su voz se hubiera transformado en un susurro, cuando estaba decidida a mantenerla firme frente a la de Antonio.

Él se limitó a sonreír, acabó de estrecharle la mano, echó la silla hacia atrás y se puso en pie.

—Te veré por la mañana, *bella*.

Lily cogió la copa de vino para tener algo que hacer y tomó un trago largo y lento, pensando en lo sencillo que resultaría caer bajo el hechizo de Antonio. Pero quizá él fuera así con todas las mujeres de su vida, un ligón y nada más, lo cual implicaba que ella solo sería otra muesca en su cinturón.

—Este chico es imposible, ¿a que sí? —le murmuró Vittoria al oído, apretándole el hombro al pasar.

—Se podría decir eso —contestó Lily, inclinando la cabeza hacia atrás—. ¿Ya te vas?

—Estoy lista para caer redonda en la cama —respondió Vittoria con un bostezo—. Hasta mañana.

Lily también estaba agotada, pero quizá aún no estuviera lista para irse a dormir. Claro que, en cuanto se dirigiera a su habitación y se diera una larga ducha caliente, era posible que sus sensaciones fueran diferentes. Se puso en pie y comenzó a recoger los platos, pero Francesca la detuvo.

—Por favor, déjalo. Eres nuestra invitada.

—Pero...

—Nada de peros. Ahora deja que te acompañe a la habitación y así me muestras esas pistas que tienes. A menos que prefieras esperar a otro momento.

—Ahora me parece perfecto —contestó Lily, que dejó sobre la mesa el plato que tenía en la mano—. Y gracias de nuevo por vuestra increíble hospitalidad.

Pasaron al lado de Antonio, que estaba con su hermano. Este le guiñó el ojo a Lily y recibió una colleja de Antonio. La joven sonrió, pensando una vez más en lo sencillo que era estar en medio de aquella familia tan unida.

—Mis chicos —murmuró Francesca—. Son el motivo de todas mis canas.

Lily giró la cabeza para echarle un vistazo, pues no estaba tan claro que la mujer tuviera una sola cana. Al llegar a su habitación abrió la puerta y se dirigió con rapidez hacia donde tenía el bolso, de donde sacó la cajita de madera. Francesca se sentó al pie de la cama y Lily se unió a ella, le dio la caja para que la abriera.

—¿Así es como la recibiste? —preguntó la mujer.

Lily asintió con la cabeza.

—Sí, pero con el nombre de mi abuela escrito en una etiqueta. Al parecer se lo dejaron el día que su madre biológica la entregó en adopción, si debo creer lo que me han contado.

—¿Y te lo crees? —preguntó Francesca, que pareció estudiar su rostro, dada la fijeza con que lo miró—. ¿Crees en lo que te han contado?

Lily reflexionó sobre su pregunta durante un momento, pero en su interior ya sabía la verdad.

—Sí —contestó—. A ver, al principio me costó comprenderlo, pero no veo motivos para que no sea verdad. ¿Por qué iban a meterse en todo el proceso de buscar a los herederos de esas mujeres para nada? —Además, se había encariñado de Mia desde el primer momento, y no dudaba de sus intenciones.

—¿Puedo?

—Por supuesto.

Lily se quedó mirando la caja mientras Francesca la

abría, como si esperara que hubiera algo diferente en su interior. Pero, ay, solo estaban los dos trozos de papel. No obstante, Francesca los sacó con tanto cuidado que bien podrían haber sido piedras preciosas.

—Tienes razón, este pedazo de programa es antiguo... De hecho, tiene varias décadas.

—Pero parece una pista muy poco común, ¿no crees? —le preguntó Lily—. A ver, ¿cómo podría nadie encontrar a una persona solo a través de él? Y el otro es una receta de cocina.

Lily tuvo la sensación de que Francesca se pasaba una eternidad examinando los papeles, dándoles vueltas entre sus manos, hasta que acabó doblándolos juntos.

—Lily —dijo, encarándola—. Creo que no se trata de encontrar algo a partir de una de las pistas, sino de su significado al ponerlas juntas.

—¿Quieres decir que tengo que encontrar a alguien que vea el vínculo entre ambas? —le preguntó.

—Digo que, por algún motivo, esta receta está ligada al teatro, y que lo que tienes que hacer es averiguar el porqué. Creo que es muy necesario considerarlas a la vez, y que a la persona adecuada quizá le cueste mucho menos que a nosotras hallar esa relación. —Francesca volvió a abrir la receta, frunciendo las cejas oscuras—. ¿Sabes? Esto me recuerda a algo de lo que solía hablarme mi propia madre. Un dulce especial hecho de avellana y chocolate que se hizo famoso en algunas partes de Italia.

A Lily comenzó a acelerársele el corazón.

—¿Crees que podrías reconocerlo?

—Deja que lo piense, que haga algunas preguntas a unos viejos amigos —contestó Francesca, que devolvió los papeles a la caja y se la entregó—. De momento, tienes que darte una ducha e irte a dormir. Mañana será otro día muy largo.

Lily asintió con la cabeza, aunque lo que deseaba en realidad era seguir hablando de la receta, del dulce al que Francesca podía referirse.

La mujer se inclinó y la besó en ambas mejillas antes de levantarse.

—Dulces sueños, Lily. Y no te preocupes por tus pistas, te prometo que de algún modo vamos a encontrar ese vínculo perdido.

Se desearon buenas noches y Lily acabó por ponerse en pie. Se quitó la ropa de trabajo, sucia y polvorienta, y se metió desnuda en el baño, donde abrió el grifo y esperó a que el agua saliera caliente. Se dio una ducha larga; no tanto como habría deseado, ya que de repente sus piernas ansiaban estar en la cama, pero fue un golpe en la puerta lo que la llevó a envolverse en una toalla y atravesar el vapor para salir a su habitación.

Abrió la puerta y se encontró no a una persona, sino un vaso con un chorrito de líquido ambarino y oscuro en su interior. Lo recogió mientras miraba hacia el pasillo y vio a Antonio alejarse. Su complexión fuerte y oscura, aquel cabello a punto de parecer demasiado largo, eran casi inconfundibles.

—Esto te ayudará a dormir —le dijo él por encima del hombro.

Ella sostuvo el vaso contra el pecho y lo vio desaparecer, deseando que le hubiera entregado el licor él mismo en vez de dejárselo ante la puerta. Le habría gustado ser receptora de su sonrisa una vez más antes de que el día llegara a su fin.

15

Italia, 1938

Sabía que no debería haber ido, pero era como si sus pies tuvieran voluntad propia y la acercaran cada vez más a la pastelería familiar de los Barbieri.

Era la primera vez en la vida que su madre le ponía dinero en la palma de la mano y le pedía que fuera a comprar un postre para la familia. Al parecer, su éxito reciente había llevado a que su madre cambiara de actitud con respecto a ella. Estee no era ninguna ingenua, sabía que sus padres habían depositado sus esperanzas en ella, que querían que se hiciera famosa por sus propios motivos egoístas, pero nada de eso le importó mientras avanzaba con rapidez por la calle de adoquines con la capa calada sobre el cuerpo.

Entró en la pastelería, se bajó la capucha y se quedó jadeando por haber hecho a paso ligero todo el camino desde su casa. Tardó un momento en recomponerse mientras contemplaba el mostrador de cristal que se extendía de un extremo al otro de la tienda, con un surtido de dulces expuestos y barras de pan junto a la pared más alejada. El olor le llenó las fosas nasales, hizo que salivara, pero ella buscaba a Felix, era Felix quien la tenía sin aliento, allí plantada, mirándolo todo.

Cerró la mano sobre el dinero, nerviosa, a la espera de que llegara su turno. Avanzó un poco al ver los *saccottini al cioccolato* que Felix le había llevado tantas veces, y supo que aquel era el postre que iba a comprarle a su familia. Sería extraño comérselo acompañada en vez de saborearlo en secreto.

Las dos mujeres que tenía delante se fueron al fin, ya con su pedido, y Estee se encontró delante del mostrador, mirando paralizada a la persona que le había preguntado qué quería.

—¿Estee?

«Felix.» Miró más allá y lo vio allí plantado, y, pese a todos los años que llevaba practicando para mantenerse inexpresiva sobre el escenario, no pudo evitar que una sonrisa le cruzara la cara.

—¡Felix!

Se olvidó por completo del hombre que esperaba su comanda mientras el muchacho se le acercaba y le hacía señas para que lo siguiera hasta la puerta. Su mano le rozó la espalda cuando le hizo un gesto para que saliera ella primero. En el exterior de la pastelería había dos mesitas y se sentaron allí, con las rodillas pegadas y las manos sobre la mesa, sin llegar a tocarse. Estee deslizó los dedos hasta que al fin rozaron los de Felix, y él no necesitó ningún incentivo más para cubrirle la mano con la suya mientras buscaba respuestas en su mirada.

—¿Qué estás haciendo aquí? —le preguntó—. Pensé que no te vería nunca más.

Estee sonrió.

—Lo conseguí —le dijo en un susurro—. Fui la última bailarina a la que escogieron, pero lo conseguí. Soy miembro oficial de la academia de danza de La Scala.

Él le dirigió una gran sonrisa y le apretó los dedos.

—Estaba claro que te iban a escoger, Estee. Me siento muy orgulloso de ti.

—¿Te puedes creer que mi madre está tan contenta que me ha pedido que venga a la ciudad y compre algo para celebrarlo?

—Aah, así que al fin está contenta con su pajarillo, ¿eh?

Estee se rio, notó el rubor en las mejillas mientras se sonreían el uno al otro. Las emociones entre ambos surgían con sencillez, y a la vez las alimentaba algo que siempre lograba hacer que le cosquilleara la piel por la anticipación.

—Estaré en casa unos pocos días, pero tenía que...

—¿Felix? —dijo una voz ronca.

Estee retiró la mano con tanta rapidez que se golpeó el codo contra la silla a su espalda, y Felix hizo lo mismo, recostando la espalda mientras un hombre con un bigote poblado salía a la calle. Era el padre del muchacho.

—¿Felix? —repitió el hombre.

Estee bajó la mirada, avergonzada de que la hubieran pillado pese a que no habían hecho nada malo.

—Padre, esta es Estee, una vieja amiga —dijo Felix, poniéndose en pie y pasándose los dedos por el pelo—. Estee se va a vivir a Milán dentro de poco.

El padre le dirigió una sonrisa y un asentimiento rápido de cabeza, pero, cuando estaba a punto de volverse, se detuvo, como si la hubiera reconocido. Ella bajó la vista y juntó las manos con fuerza sobre el regazo.

—Estee es bailarina de ballet, pronto bailará en La Scala —informó Felix, y, cuando ella levantó la vista de nuevo, sus miradas se encontraron.

—Felicidades, es todo un logro —dijo el hombre antes de volverse hacia su hijo y hacerle un gesto para que lo siguiera.

Ella se puso en pie, tragó saliva y miró a Felix a los ojos durante lo que le pareció un momento larguísimo, pero que con toda probabilidad no duró más que unos pocos segundos.

En cuanto su padre desapareció, Felix se acercó a ella, estiró el brazo con lentitud y le cogió el meñique con el suyo. A Estee se le hizo un nudo en la garganta, y odió que se le llenaran los ojos de lágrimas.

—Vas a tener una vida fantástica, Estee —le susurró Felix—. Algún día, el mundo entero sabrá tu nombre.

Ella levantó la barbilla y le sonrió, negándose a caer en la tristeza. Ya se habían despedido antes de la audición, así que tenía que saborear aquel momento extra.

—Adiós, Felix —le dijo.

—Adiós, Estee —dijo él tras inclinarse, murmurando las palabras sobre su piel, mientras le daba un beso suave e inesperado en la mejilla.

Ella inspiró su olor, donde la colonia familiar había dejado paso aquel día al aroma a pan recién horneado, y miró sus ojos oscuros e hipnóticos por última vez.

Cuando separaron los meñiques, ella experimentó una abrumadora sensación de soledad. Pero, pese a la tristeza, mantuvo la compostura, transformada de nuevo en la bailarina que era y que sería por siempre más.

Se volvió y comenzó a alejarse. Las lágrimas corrieron por sus mejillas al pensar en Felix, en el hecho de que no lo volvería a ver nunca, en la vida que él tendría sin ella.

Solo cuando estaba a mitad de camino de casa se dio cuenta de que se había ido sin comprar los *saccottini al cioccolato*.

16

En la actualidad

Habría sido mucho más sencillo quedarse en la cama. Lily estaba tan cansada que tuvo que utilizar toda su fuerza de voluntad para quitarse las sábanas de encima de una patada y arrastrarse hasta la ducha. Pero, tras lavarse el pelo, aplicarse algo de maquillaje y ponerse su vestido de verano favorito, ya casi estaba lista.

Miró el reloj y vio que faltaba poco para la hora. Ignoró el rugido de su estómago mientras guardaba el móvil en el bolso, comprobó que la cajita de madera estuviera allí y salió a encontrarse con Antonio. Tardó muy poco en dar con él; estaba plantado en la cocina, con las palmas de las manos puestas sobre la enorme encimera de madera. Lily siempre se quedaba maravillada ante lo imponente que era aquella cocina, con sus techos curvos de ladrillo visto y las sartenes de cobre que colgaban de la pared, por encima del horno, pero aquel día lo que llamó su atención fue el hombre que la esperaba allí. Antonio iba vestido con vaqueros y una camiseta blanca, y tenía una jarra de café delante.

Él la recibió con una sonrisa.

—¿Cómo te encuentras esta mañana?

Lily se sentó en una de las sillas altas como de bar, tapizadas en tela, que había junto a la encimera.

—Mejor que hace una hora —confesó—. Pero sigo estando agotada.

—Ese es precisamente el motivo por el que te mereces un día libre —dijo él—. Todos hemos estado trabajando muy duro.

No importaba el lugar del mundo en el que se encontrara, que cada vendimia era igual —todo el año desembocaba en el momento en que se recogía y se prensaba la uva—, pero Lily no creía que fuera a acostumbrarse a ello. Y Antonio tenía razón, necesitaba ese día libre. Muy pocos meses antes había pasado por aquel mismo proceso riguroso en Nueva Zelanda.

—Pero solo nos vamos medio día, ¿verdad? —preguntó—. Tal y como acordamos.

Él se limitó a sonreír y abrió un armarito, del que sacó dos tazas reutilizables para café en las que sirvió aquel líquido negro como la tinta.

—¿Azúcar? ¿Leche?

Lily asintió con la cabeza.

—Las dos cosas —contestó, y estiró el brazo para coger la taza e inspirar su aroma en cuanto él le puso la tapa—. Es un olor celestial.

—¿Te apetece un panecillo recién horneado?

Su estómago respondió por ella y Antonio se rio.

—Es una hora en coche, y tardaremos un rato en ir a comer —dijo, y le dio la vuelta a uno de los panecillos que se estaban enfriando sobre la bandeja—. ¿Mermelada?

Ella asintió de nuevo.

—Podría acostumbrarme a este tipo de servicio.

—Muy graciosa —dijo él enarcando las cejas—. No te acostumbres. Has tenido suerte, porque tenía hambre y necesitaba desayunar tanto como tú.

Lily tomó un sorbo de café y notó que se relajaba, que sus hombros descendían ligeramente allí sentada, observando a Antonio untar la mantequilla y a continuación la mermelada. Estiró la espalda y el cuello, ya que se sentía tensa y apelmazada tras tantas horas trabajando.

—Venga —dijo él, lamiéndose la mermelada del dedo mientras le señalaba el pan que tenía delante.

Ella cogió el panecillo de mayor tamaño, le sonrió cuando él negó con la cabeza.

—Gracias por el desayuno —murmuró.

—Ha sido un placer.

La casa estaba en silencio y Lily se preguntó si habría alguien más despierto, o si habrían salido hacía rato. Francesca quizá estuviera disfrutando de la mañana con su caballo, Roberto podía estar durmiendo en su habitación o paseando por las tierras, como lo había visto hacer a menudo a aquella hora del día, avanzando con lentitud entre las viñas.

Antonio salió por delante de ella y, cuando se volvió para mirarla, Lily experimentó un hormigueo poco habitual en el estómago, le resultó imposible no devolverle la sonrisa. El móvil le vibró dentro del bolso y sostuvo el panecillo entre los dientes mientras lo buscaba y miraba la pantalla. Era un mensaje de su madre.

Espero que estés disfrutando
al máximo de Italia. ¿Alguna noticia?

Volvió a guardarse el móvil en el bolso y siguió a Antonio hacia el exterior, sonriendo para sí al pensar en su madre. Tras sentarse en el asiento del pasajero del vehículo, le escribió una respuesta:

> Hoy sí que voy a disfrutarla al máximo, sin duda. Mamá, estarías orgullosa. Te llamaré pronto, te lo prometo.

—Ponte cómoda y disfruta —le dijo Antonio mientras encendía el motor, antes de dirigir el brazo hacia la ventanilla y sostener el volante con una sola mano—. Estaremos en Milán en un abrir y cerrar de ojos.

—Dios mío, es increíble.

Lily estaba parada, mirando con incredulidad aquel teatro inmenso.

—Pues espera a ver el interior —le dijo Antonio, que la tomó del brazo y la dirigió hacia la izquierda, camino de la entrada.

—¿Podemos entrar como si nada? —preguntó ella, mirando a su alrededor, mientras él la empujaba con suavidad hacia delante.

—Tenemos suerte de no estar en mitad del verano. En esa época, el lugar está tan lleno de turistas que hay que hacer una reserva solo para ver el teatro y el museo.

Lily se dejó guiar e intentó que no se le desencajara la mandíbula, como con toda probabilidad les habría sucedido a todos los turistas que habían visitado el lugar antes que ella. Había mucha gente paseando por allí, los inicios del otoño eran una época del año aún bastante popular para los turistas, pero Lily agradeció poder disponer de espacio para disfrutar del lugar sin chocar con nadie.

Entraron en el teatro y una sonrisa se extendió por sus labios mientras absorbía aquel vestíbulo majestuoso.

—¿Puedo ayudarlos en algo? —preguntó en italiano, avanzando hacia ellos, un hombre vestido con un traje oscuro impecable.

—Sí, hemos venido a ver a la *signora* Rossi —contestó Antonio—. Nos está esperando.

—¿Antonio Martinelli? —preguntó el hombre, que pareció más cálido y menos formal al constatar que tenían una cita.

—*Sì*.

—Vengan por aquí. La *signora* Rossi está ensayando, pero ha dicho que podían entrar. Vendrá a su encuentro cuando esté preparada.

Antonio dijo algunas palabras más en italiano que Lily ni siquiera intentó comprender, ocupada como estaba en absorber cuanto la rodeaba, hasta que él le dio la mano por sorpresa.

—Vamos —murmuró—. Lo de ahí dentro te va a encantar.

Avanzó con rapidez a su lado, se detuvieron solo para que les abrieran la amplia puerta interior de la sala, que se desplazó con un sonido sibilante, y de repente estaban plantados en el teatro más increíble y de mayor tamaño que Lily hubiera visto jamás.

—Oh, Dios mío —dijo en un susurro, acercándose en la penumbra a Antonio, que le apretó la mano—. Nunca había visto nada parecido. Es, es...

—Mágico —acabó él la frase—. Lo sé, sentí lo mismo cuando vine de pequeño y me senté ahí arriba con mis padres y lo vi todo por primera vez. —Señaló hacia lo alto. Mientras doblaba el cuello para ver los palcos, a Lily le pareció que el techo se encontraba a kilómetros de distancia—. Creo que no pegué ojo en toda la noche. No podía dejar de pensar en la magia del lugar.

Se hablaban en susurros, dentro de su propio mundo, hasta que Antonio hizo que Lily avanzara ligeramente y le puso las manos sobre los hombros para que se situara a su nivel. En aquel momento ella soltó un grito ahogado y se quedó sin aliento, pues la luz de los focos cruzó el escenario y una bailarina apareció en él, deslizando con gracia su cuerpo de cisne.

—Es como nuestro propio espectáculo privado —le murmuró Antonio al oído.

Lily se recostó un poco en él, embelesada por el escenario y por la calidez de sus manos sobre los hombros, pero, al percatarse de lo cerca que estaban, se apresuró a desplazar el peso del cuerpo hacia delante. Antonio se aclaró la garganta y pasó por su lado, con lentitud, y ella se dio cuenta de que no buscaba su mano, y deseó que lo hubiera hecho. Bajaron por el pasillo hasta llegar a los asientos de primera fila, detrás de la orquesta, y Lily se sentó a su lado.

Reprimió un gemido cuando las luces cambiaron y alguien ladró una orden, y la bailarina a la que estaban viendo se retiró del escenario con pasos gráciles. Lily pensó que se había acabado todo, que aquel pequeño espectáculo privado había llegado a su fin, pero acto seguido la bailarina volvió a aparecer y comenzó a repetir la rutina. Hacia el final, se le unieron otras compañeras.

Y, tal y como había comenzado, se acabó. Las luces se elevaron y las bailarinas formaron pequeños grupos para hablar mientras la intérprete principal se sentaba para estirar una de las piernas. Pero Lily ya había puesto su atención en la mujer formidable que se dirigía hacia ellos por el escenario. Tenía una ligera cojera, pero avanzaba con la espalda recta como un palo, y Lily supo de manera instintiva que ella misma debía de haber sido bailarina muchos años antes.

La mujer alargó el brazo y alguien se apresuró a ayudarla a bajar del escenario para que pudiera llegar hasta ellos. Lily ya se sentía abrumada por el privilegio de encontrarse en aquel teatro tan ornamentado con décadas de antigüedad, pero supuso también que aquella mujer no dedicaba su tiempo a hablar con cualquiera durante un ensayo de esa importancia. Era evidente que Francesca Martinelli había hecho uso de toda su influencia para hacer realidad aquel encuentro.

—Tú debes de ser Antonio —dijo la mujer al acercarse.

Él salió disparado como por un resorte y cogió las manos de la mujer antes de darle un beso suave en cada mejilla.

—Gracias por dedicarnos su tiempo hoy. Sé lo ocupada que está.

—Bueno, tu madre puede ser de lo más persuasiva, y ha donado dinero con generosidad a nuestra compañía de ballet a lo largo de los años, así que... —Se encogió de hombros—. ¿Qué podía decir?

—*Signora* Rossi, me llamo Lily. Soy el motivo por el que Francesca Martinelli se puso en contacto con usted.

La mujer asintió con la cabeza y estiró el brazo, y

pasó al inglés con comodidad, como si fuera un acto reflejo.

—Déjame ver ese programa tuyo. Francesca dice que es muy antiguo y que estás buscando información...

La *signora* Rossi parecía haber cumplido al menos los setenta. Tenía la voz ronca y la piel arrugada, lo cual no se correspondía con su figura esbelta, que habría sido la envidia de cualquier persona treinta años más joven. Cuando estiró la mano, Lily se sorprendió al percibir en ella un pequeño temblor, que desentonaba con su espalda recta y sus hombros cuadrados, y con la fuerza de su voz.

—Me dijo que tenía algo que ver con tu bisabuela, ¿es posible?

—Eso creo, sí —contestó Lily—. Por desgracia, en este punto ignoro cuál puede ser esa relación, y ese es el motivo por el que estoy aquí.

Observó a la *signora* Rossi examinar el pedazo de papel. La mujer se sacó unas gafas del bolsillo y lo hizo girar entre sus manos. Le dirigió una mirada a Antonio, que se encogió de hombros como diciendo: «Yo sé lo mismo que ella».

—¿Significa algo para usted? —preguntó Lily, incapaz de esperar más tiempo en silencio—. ¿Lo reconoce? ¿O sabe con qué puede estar relacionado?

La mujer tardó un instante en responder, pero parecía estar estudiando el trozo de programa con mucha atención.

—Esto es de 1946 —dijo con un brillo en los ojos al levantar la mirada.

—¿Tiene alguna idea de lo que representa? Ese año, ¿tiene una significación especial?

—Bueno, lo reconozco porque es cuando La Scala volvió a abrir después de la guerra. Tiene un significado muy especial para el teatro, pero hubo muchas personas involucradas en la reapertura. Aunque le haya puesto fecha, no sé si puedo seros de más ayuda.

Lily exhaló; ni siquiera sabía que hubiera estado conteniendo el aliento. No era mucho, pero ya tenía un año, y eso significaba que estaba un paso más cerca que antes: «1946, un año después del final de la guerra».

—¿Y no tienes más pistas? —le preguntó la *signora* Rossi—. ¿Esto es todo lo que hay?

—Tengo una receta —dijo Lily, que desdobló el papel y se lo entregó, por si ella le encontraba un sentido—. Pero no sé cómo relacionar las dos cosas.

—Creo que esto lo conozco —indicó la mujer, sonriendo al ver el papel—. Era un..., ¿cómo se dice en inglés? Un postre famoso. Durante la guerra y después, era un dulce delicioso que se podía conseguir en una pastelería a pocas horas en coche de aquí; de hecho, y, si no recuerdo mal, acabaron vendiéndolo en tarros, como algo para untar. Creo que siguen haciéndolo —dijo con un suspiro—. Y, antes de que me lo preguntes, no, no soy tan vieja, pero a mi madre le encantaba de joven, y solía prepararnos algo parecido en casa. A menudo contaba historias sobre la escasez de chocolate durante la guerra, y decía que esto se convirtió en el recambio perfecto.

A Lily comenzó a acelerársele el pulso.

—¿Tiene alguna idea de cuál podría ser la relación? ¿De por qué me habrán dado estas dos pistas juntas?

Francesca también creía que la receta podía ser de esa época, así que Lily comenzaba a pensar que las dos mujeres podían estar en lo cierto. No obstante, aunque le proporcionaba un vínculo, aquello no la ayudaba a seguir ninguna dirección en particular.

La *signora* Rossi dobló los papeles, se los devolvió y miró su reloj.

—Lo siento, tengo que regresar al ensayo. Pero, si yo fuera tú, me iría al Piamonte, de memoria te diría que a la villa de Alba, y averiguaría si hay alguna relación con la pastelería que solía hacer este postre —le aconsejó—. Quizá podrán ayudarte con eso. Muchos de esos negocios son familiares y se han mantenido de generación en generación, así que quizá tu búsqueda acabe siendo más sencilla de lo que esperas.

—Gracias —dijo Lily—. Le estoy muy agradecida por su tiempo, muchas gracias.

La *signora* Rossi sonrió y se despidió de Antonio con dos besos. Le pidió que le presentara sus respetos a su madre y dio media vuelta con un movimiento tan grácil que Lily entrevió lo que debía de haber sido en sus tiempos como bailarina.

—Si tuviera que adivinarlo, después de ver el programa... —dijo Antonio, pillando a la mujer justo antes de que se alejara—. ¿A quién cree que estamos buscando? ¿Quién podría haber sido la bisabuela de Lily?

La *signora* Rossi sonrió.

—Una bailarina de ballet o alguien relacionado con la academia de ballet del teatro de La Scala en 1946. Aquel año, el regreso de la compañía de ballet al escenario fue algo inolvidable. Espectacular. —La mujer suspiró—. Pero quizá esté siendo parcial. Otras personas podrían decir que fueron la ópera o la orquesta las que volvieron a dar fama al teatro después de la reapertura.

La mujer los dejó y Antonio se volvió, le dio la mano a

Lily para dirigirla de regreso por el pasillo en dirección a la salida. Estar en aquel teatro vacío le provocaba una sensación de irrealidad y Lily no podía ni imaginarse la atmósfera del mismo cuando estuviera lleno, con un público fascinado de hombres y mujeres muy bien vestidos que lanzarían gritos ahogados de placer al ver a las bailarinas sobre el escenario.

Lily volvió la mirada por última vez, inspiró la historia y la elegancia del teatro antes de salir de nuevo al vestíbulo. Tardó un momento en recomponer sus ideas y necesitó que Antonio le soltara la mano, que sus dedos rozaran los suyos antes de alejarse para hablar.

—No me lo puedo creer —dijo negando con la cabeza—. Pensé que nunca podría encontrar un sentido a las pistas, pero de repente tengo un año y un lugar que visitar, aunque sigo sin ver cómo podré encontrar las respuestas que estoy buscando.

—¿Podemos ir a comer? —preguntó Antonio—. Toda esta búsqueda de pistas me ha abierto el apetito.

—Sí —dijo Lily, que sonrió al ver que Antonio le ofrecía el brazo y deslizó la mano por él—. Pues claro que podemos ir a comer. Y, mientras esperamos a que nos sirvan, puedes mostrarme en Google Maps exactamente cómo podemos llegar al pueblo que ha mencionado la *signora* Rossi. Creo que es lo más cercano que he tenido a una pista de verdad.

—¿Podemos? —preguntó él—. ¿Me estás invitando a acompañarte en tu próxima aventura?

En esa ocasión, Lily no se sonrojó bajo su mirada, sino que se la devolvió con valentía.

—Si quieres...

—Pues claro que quiero. Pero te aviso: ese pueblo no

está a una hora en coche desde casa. Si vamos hasta allí, pasaremos al menos una noche fuera.

—Lo cual implica que habrá que esperar algunas semanas, quizá más, antes de que podamos ir —dijo ella, intentando no sonar decepcionada. Tenían demasiado trabajo que hacer en el viñedo como para que ella desapareciera durante más de un día..., si ya se sentía culpable solo por haberse tomado media jornada libre para visitar el teatro.

—Tu misterio lleva décadas aguardando a que lo resuelvan, Lily —le dijo Antonio, que le apartó el pelo de la cara con los nudillos—. Unas pocas semanas, o incluso meses, no harán que cambie nada. El pueblo seguirá allí, la familia seguirá allí. No tienes por qué apresurarte. Dispones de todo el tiempo del mundo.

—Gracias —replicó ella mientras se detenían y se quedaban allí parados, mirándose. Había algo entre ellos que se estaba cociendo a fuego lento, era innegable, y Lily había intentado evitar ese sentimiento desde más allá de donde llegaba su memoria. Solo que, con Antonio, parecía inevitable.

—¿Por qué? —preguntó él con voz ronca.

—Por convencerme de que viniera a La Scala, para comenzar —contestó ella—. Significa mucho para mí que estés aquí a mi lado. Que me hayas traído hasta aquí.

Antonio le sonrió y su mirada se desplazó hacia sus labios, pero no movió el cuerpo. Volvió a levantar la vista y Lily tragó saliva, se acercó un poco más a él cuando Antonio le puso la mano en la mejilla. Habría sido muy fácil apartar la cara, retroceder, pero no lo hizo. No pudo hacerlo. Él esperó unos instantes, como si le estuviera ofreciendo una última oportunidad para que cambiara de idea, pero entonces recorrió el espacio que los separaba y llevó la boca hacia la suya.

—Ha sido un placer —murmuró después del beso, rozando sus labios una vez más antes de enderezar la espalda y pasarle el brazo por la cintura—. Ahora vamos a buscar ese restaurante. Me apetece comer algo delicioso.

Lily se apretó contra él, resistiendo la necesidad de llevar los dedos hacia sus labios. Había pasado muchos años negándose a mezclar negocios y placer, pero la verdad era que nadie la había besado nunca de aquella manera. Nadie se había acercado siquiera a Antonio Martinelli, y no tenía ni idea de cómo habían pasado con tanta rapidez de ser compañeros de trabajo a algo más.

—¿Estás bien? —le preguntó él, besándole la coronilla mientras caminaban.

Asintió con la cabeza y se apretó aún más contra su costado para no tener que responder. Lo único que sabía con seguridad era que no estaba bien.

17

Milán, 1946

Estee respiró hondo, con lentitud. Llevaba mucho tiempo sin actuar ante el público y nunca había sentido la ansiedad de aquel momento, ni siquiera la primera vez que pisó el escenario de La Scala, cuando era una adolescente. Tenía un nudo en el estómago que amenazaba con hacer que devolviera, pese a que no tenía nada en su interior que pudiera regurgitar.

Cerró los ojos y elevó una oración en silencio. Los abrió y transformó su rostro en la máscara que quería mostrarle al mundo, la máscara que se había pasado toda la vida perfeccionando.

Era la gran reapertura de La Scala y ella iba a ser la *prima ballerina* sobre el escenario.

La bailarina principal. Dejó que una leve sonrisa flotara sobre sus labios antes de retomar el control de su expresión y, en el momento en que se abría el telón, les mostró a los italianos que se habían reunido allí justamente lo que habían esperado durante todos esos años. El público estaba en silencio, se podría haber oído la caída de un alfiler, hasta que la orquesta comenzó a tocar y le dio la entrada.

«Vuelvo a estar en mi sitio.

»Pese a todo lo que ha ocurrido, este es el lugar exacto en el que debo estar.»

Dos horas más tarde, Estee estaba sentada en su camerino, contemplando su imagen en el espejo redondeado. No pudo evitar dirigir una mirada a un lado, hacia la silla vacía en la que debería haber estado Sophia. Se habían ganado su propio camerino, Sophia bastante antes que ella, pero su amiga había insistido siempre, a lo largo de los años, en que permanecieran juntas, disfrutando de sus éxitos respectivos y negándose a que las enfrentaran pese a la feroz competencia que existía con el resto de la compañía de ballet.

Estee se protegió contra el dolor que le provocaba la pérdida de su mejor amiga. Se habían pasado años compitiendo por los mejores papeles, rivalizando en cada giro, dando lo mejor de sí, pero su amistad había sobrevivido a todo aquello. Fuera del escenario, todas las rivalidades profesionales quedaron atrás. Desde el día en que se conocieron, nada ni nadie había sido capaz de interponerse entre ellas. Pero Sophia había muerto y Estee estaba sola en el camerino. Todo el mundo había perdido a algún ser querido durante la guerra, pero saber eso no la consolaba en absoluto.

El silencio era ensordecedor.

Cuando estaban juntas, a menudo se sentaban en silencio, sin la necesidad de decirse nada. Pero la presencia de Sophia era desbordante, llenaba el espacio a su lado a base de talento y entusiasmo. En aquel momento, sin ella, la vida le parecía una sombra de lo que había sido. Estee siempre había sabido que tenía talento, pero lo de Sophia era otra cosa.

El golpe en la puerta la pilló por sorpresa y cogió la bata, se la puso sobre los hombros y se la caló con suavidad por encima del pecho. Sobre el escenario nunca pensaba en su modestia, pero sola en el vestidor era muy consciente de lo desnuda que estaba.

—Adelante —dijo.

Apareció una joven bailarina, con un gran ramo de flores entre los brazos.

—Han dejado esto para usted —le dijo la chica, que se quedó allí parada, con los ojos muy abiertos y sonrojándose.

Estee se puso en pie y le sonrió. Llevaba tiempo sin recibir flores —llevaba mucho tiempo sin tener la oportunidad de actuar— y admiró el ramo tras cogérselo de las manos.

Sabía lo que la niña veía en ella. No mucho tiempo atrás, ella también habría mirado con los ojos desorbitados a la mismísima bailarina principal de La Scala, así que, tras inspirar el aroma de las rosas, cogió una flor de tallo largo y se la dio.

—Para ti —dijo tocándole la cabeza con suavidad y acariciándole el cabello—. Gracias por traerme las flores.

La niña volvió a sonrojarse antes de salir disparada y Estee se rio mientras la puerta se cerraba a su espalda y ella se quedaba de nuevo a solas en la habitación. Dejó las flores, y estaba a punto de volverse cuando reparó en la tarjetita blanca que sobresalía por un lateral.

Curiosa, la cogió y la abrió. Algo en la letra manuscrita le resultó familiar, y casi se le paró el corazón cuando leyó aquellas palabras.

«No puede ser.»

Estee atravesó la pequeña estancia de espaldas, se dejó caer sobre la silla y leyó la nota de nuevo, pensando que debía de haberse equivocado, que debía de estar demasiado cansada o...

Mi querida Estee:

¿Acaso no te dije siempre que algún día serías la bailarina más hermosa que se hubiera visto en La Scala? No me equivoqué.

Estee sostuvo la nota en su mano temblorosa y levantó la vista, miró la imagen que le devolvía el espejo. Ocho años. Se había pasado ocho años sin verlo, desde que abandonó el Piamonte cuando era una adolescente ingenua. Ocho años durante los cuales lo había llevado en el corazón, recordándolo, preguntándose si la guerra le habría quitado la vida o si se habría casado con la mujer a la que se había prometido. Ocho años en los que no lo había olvidado, pese a la desesperación con la que había intentado dejarlo atrás, a él y sus recuerdos. Ocho años desde el momento en que él le dijo esas mismas palabras en persona.

Tardó un instante, un segundo de indecisión en el que contempló el reflejo de su propio rostro en el espejo, antes de ponerse en pie de un salto y abrir la puerta para salir corriendo del camerino, camino de la entrada trasera. Gio, el anciano que siempre permanecía allí para asegurarse de que ningún mecenas indeseado o amoroso se abriera paso hasta las bailarinas, las cantantes o los músicos, estaba sentado en un taburete. Ya lo ocupaba antes de la guerra y de algún modo había sobrevivido para retomar el puesto después de la misma.

—¡Gio! —lo llamó—. ¿Cuánto hace que han llegado mis flores?

El hombre levantó la mirada con ojos soñolientos —Estee se preguntó si de hecho sería efectivo en caso de que algún indeseable quisiera colarse— y se encogió de hombros.

—¿Cinco, diez minutos? —le preguntó.

El anciano asintió con la cabeza.

Estee pasó con rapidez por su lado, abrió la puerta de un empujón y el aire nocturno la golpeó mientras miraba la oscuridad. Allí no había nadie.

Giró el cuerpo con lentitud, buscándolo a su alrededor, buscando cualquier indicio de que se hubiera tratado en realidad de él, y no de su imaginación. Y cuando estaba a punto de regresar al edificio, al camerino, ciñéndose la fina bata al cuerpo para mantener el frío a raya, sintiéndose idiota por estar allí fuera, sola en la oscuridad, un movimiento llamó su atención.

«No puede ser. Mis ojos me están engañando.»

Un hombre salió de entre las sombras. Vestía un traje a medida y llevaba un abrigo sobre los hombros. Estee se quedó sin aliento, sus ojos se humedecieron con unas lágrimas de las que ni siquiera se sabía capaz ya, no después de todo lo que había tenido que superar, no después de esos ocho años más en los que había estado perfeccionando la fachada de su vida.

Recordaba a un muchacho, pero quien se le acercó fue un hombre que no se parecía en nada a su recuerdo, y que sin embargo era también exactamente tal y como lo guardaba en la memoria.

—Hola, Estee —le dijo él con una voz más profunda que antes.

También llevaba el pelo más corto, pero solo había un hombre que pudiera mirarla de aquella manera, con una curiosidad tan cálida y abierta. Solo había un hombre que pudiera hacerla sentir de aquella manera, con sus palabras dulces y suaves.

—¿Felix? —preguntó ella con un jadeo.

Apenas era capaz de decir su nombre, por miedo a que no fuera real, a que fuera a desaparecer.

—Siempre supe que volveríamos a vernos, pero... ¿bailarina principal de La Scala? —Soltó un silbido que la hizo reír, que la impulsó hacia delante y la llevó a correr hacia sus brazos abiertos—. Tu actuación ha sido espectacular, pero si he de serte sincero te preferí como Coppélia.

La abrazó con tanta fuerza que Estee apenas podía respirar, pero ella le devolvió el abrazo con el mismo fervor mientras inspiraba el aroma de su colonia, que le resultó desconocida por completo, lo mismo que la anchura de sus hombros y su altura.

—Has cambiado —le dijo echándose hacia atrás, agradecida cuando él le cogió los hombros para mantenerla pegada a su cuerpo—. ¿Y cuándo me viste como Coppélia? Eso debió de ser en...

¿En qué año había sido la suplente de Sophia y había tenido que asumir el papel de Coppélia cuando su amiga enfermó con dolores de estómago?

Aquella fue la actuación que alteró el curso de su carrera y la convirtió en la elección más evidente a la hora de remplazar a Sophia tras su muerte.

—Tú también has cambiado —murmuró él, contemplándola de manera abierta, admirándola y sacudiendo la cabeza como si no acabara de creerse que fuera ella—. Te vi como bailarina principal en *Coppélia* antes del bombardeo, antes... —Felix se aclaró la garganta y ella vio el destello de dolor en sus ojos.

Todos habían sufrido durante los años anteriores, había sido inevitable, y todos tenían sus cicatrices. Mirando a Felix, Estee se preguntó si él habría sufrido más que ella, aunque no pensaba preguntárselo. Los dos se guardaban sus secretos, sus demonios, como cartas apretadas con fuerza para que nadie pudiera ver su mano, que solo pensaban revelar cuando fuera absolutamente necesario.

—¿Podemos ir a algún sitio? —preguntó él, mirando a su alrededor como si no quisiera que los vieran juntos.

La tristeza la envolvió como una capa, pero se la tragó. Pues claro que no podían verlo a su lado.

—¿Has venido con tu prometida? —le preguntó intentando mantener un tono de voz ligero, levantando un poco el mentón, mirándolo a los ojos como si la pregunta no se le hubiera clavado en lo más hondo.

Su silencio le indicó que tenía razón, y aquel reconocimiento tácito no debería haberle dolido, pero lo hizo.

—¿Puedo invitarte a una copa? —le preguntó Felix, dejando caer una mano, de modo que pasó a sujetarla solo por un codo, como si no quisiera separarse de ella.

—Dame diez minutos —contestó Estee, que lo miró a los ojos y vio que sus sentimientos por ella seguían siendo los mismos, tal y como los suyos tampoco habían menguado.

Pero ya no eran niños, eran adultos, y él era un hombre que estaba a punto de casarse. La recorrió una pizca de expectación al pensar que Felix no se había casado aún, lo que significaba que... «Ya es suficiente. Está prometido a otra mujer, y nada va a cambiar en ese sentido.»

—Te espero aquí —dijo él.

Antes de que Felix pudiera volver a meterse entre las sombras, ella le cogió la mano y la sostuvo en alto, haciendo que sus palmas mantuvieran el contacto mientras lo observaba.

—Me alegro mucho de verte, Felix. Después de todos estos años, sinceramente, jamás pensé que nuestros caminos volverían a cruzarse.

A él le brillaron los ojos.

—Yo también me alegro mucho de verte, Estee.

Dicho eso, ella salió disparada, sujetándose la bata. Sus piernas desnudas habían cogido frío por haber permanecido demasiado rato fuera, pero nada pudo evitar la sonrisa que prestó calidez a sus mejillas mientras pasaba junto a Gio, que sonrió también sorprendido, camino de su camerino. A su paso, saludó a las demás chicas con un asentimiento de cabeza, consciente de la curiosidad que despertaba en ellas. Algunas habían formado grupos pequeños a la puerta de los camerinos que compartían, y Estee pensó que debía hacer un esfuerzo mayor con ellas, demostrarles liderazgo y recibirlas con los brazos abiertos, tal y como Sophia había hecho con ella tantos años atrás, pero aquella temporada simplemente no había logrado reunir la energía necesaria para hacerlo.

Estee se sentó, se tomó unos segundos para mirarse al espejo. Tenía los ojos mucho más brillantes, las mejillas más sonrosadas que antes. Se limpió con rapidez parte del maquillaje de la obra, se retocó el lápiz de labios con un color más suave; se miró el cabello, recogido y tirante, y decidió quitarse todas las horquillas y dejar que los rizos le cayeran sobre los hombros. Se desvistió y realizó con mayor rapidez la rutina habitual de colgar la bata y el traje de bailarina antes de ponerse su propia ropa. Tenía consigo un vestido sencillo y un abrigo, y suspiró al verse; esperaba no presentar un aspecto demasiado soso. Jugueteó con la idea de preguntarles a las demás chicas si podían prestarle algo, pero optó por no hacerlo. Ella era así y, si a Felix no le gustaba tal y como era, cambiar de vestido no la ayudaría en nada.

Se contempló por última vez en el espejo, se detuvo solo para ponerse una pizca de Chanel N.º 46 en las mejillas y en el cuello. Era un regalo que se había hecho a sí misma para celebrar su primera representación en la noche de la reapertura de La Scala. El perfume había sido su único lujo durante la guerra, algo a lo que Sophia y ella se habían negado a renunciar, pese a que darse el gusto de una fragancia a veces había implicado que no pudieran permitirse comer. Pero había tenido que cambiar de perfume, ya que era incapaz de utilizar el que Sophia y ella habían compartido.

«Mientras huelas divinamente, el resto ya se solucionará.»

Con las palabras de Sophia resonando en su cabeza, salió del camerino y cerró la puerta a su espalda.

«Solo una copa. Solo una copa y entonces le daré la espalda y me despediré de él para siempre.»

Se dirigieron en silencio al bar Basso, uno de los lugares de encuentro preferidos de los escritores, diseñadores, artistas y bailarinas de Milán. A Estee no se le escapó la ironía de que se hubieran quedado callados de golpe, como solían hacer en su adolescencia, solo que en aquella ocasión el silencio no era tan cómodo como por entonces. Antes no necesitaban hablar, pero aquella noche tenían la sensación de que quizá hubiera demasiadas cosas por decir flotando entre ambos, y ninguno tuvo el valor suficiente para comenzar a abordarlas.

Felix se avanzó y le abrió la puerta, entraron y sus ojos tardaron un instante en acostumbrarse a la penumbra del local. Unas lámparas de araña colgaban encima de la barra, botellas y vasos se alineaban sobre la pared frente a esta. La mano de Felix encontró la parte baja de la espalda de Estee y la guio hacia una mesa resguardada en un rincón.

Él se quedó mirando la carta de bebidas durante un momento.

—Ni siquiera sé lo que debo pedirte —dijo con tristeza—. ¿Qué bebes?

—Pinot noir —contestó ella antes de recostarse en la silla y estudiarlo con la misma meticulosidad que él estaba dedicando a la lista de vinos. Tardó unos minutos en decidirse y pedir; dejó la carta y centró su atención en ella.

—Bueno, lo has conseguido —dijo—. Nunca dudé de ti, Estee, ni por un instante. Siempre tuviste mucho más talento de lo que te permitías creer.

Aquellas palabras significaron mucho para ella. Los elogios le molestaban siempre, pero Felix la conocía desde que era una niña y le dijo aquellas palabras por primera vez a una edad en la que simplemente eran verdad.

—¿Y tú? —preguntó ella, agradecida por la velocidad con que les sirvieron las bebidas. Envolvió con los dedos el largo tallo de su copa y miró el líquido de color rojo oscuro que esta contenía—. ¿Estás metido en el negocio familiar?

Se había mantenido al corriente del estado del negocio de los Barbieri, sabía que este había prosperado durante la guerra pese a las inmensas adversidades que habían experimentado otros. Pero no quería que Felix se enterara, no quería que supiera cuán a menudo había pensado en él.

—Sí —contestó—. Al parecer, tengo talento para desarrollar ideas nuevas. Mi hermano dirige el apartado comercial y mi cuñado se va a encargar de parte de las tareas de mi padre.

Ella asintió y sostuvo la copa en alto, la hizo chocar contra la suya para producir un tintineo sutilísimo y los dos se las llevaron a los labios y tomaron un trago. Estee notó el momento en que el vino cayó en su estómago y tomó otro trago de inmediato con la esperanza de calmar los nervios. Creía estar ansiosa antes de la actuación, pero esos nervios no habían sido nada en comparación con lo que sentía en aquel instante.

—Llevo tanto tiempo imaginando este día, pensando todas las cosas que iba a contarte, y ahora que estamos aquí...

Ella se rio.

—No hace falta que te justifiques. Supongo que los dos sentimos lo mismo.

—¿Alguna vez has vuelto al Piamonte? —le preguntó él—. A menudo paso por delante de tu antigua casa, pero no sabía nada con seguridad sobre tu familia.

—Mi madre falleció hace algunos años y mis hermanas siguen viviendo con mi padre, aquí, en Milán.

—Ah, ya veo. —Él tomó otro trago—. Lamento lo de tu madre.

—No lo hagas.

Aquello hizo reír a los dos, aunque la sensación entre ambos se volvió más solemne cuando él se inclinó y le cogió la mano.

—Aún recuerdo tus moretones —dijo, y le dio la vuelta a su mano y pasó el pulgar por la piel más suave del dorso, como diciéndole que también recordaba que solía hacerse daño a sí misma—. Entonces nunca supe qué decir, pero ahora...

—No tienes que decir nada, eso fue hace mucho tiempo —murmuró ella, y dejó la mano como estaba, recordando el aspecto que a veces tenían sus muñecas tras pasar por la disciplina de su madre. No quería regresar a ese lugar, ni siquiera durante un instante.

—La única manera en que supe cuidar de ti fue alimentándote, pero ojalá hubiera sido más valiente.

—¿Más valiente? —se rio Estee—. Felix, te jugaste el cuello para traerme cosas deliciosas. ¡De haberse enterado, mi madre te habría cortado la cabeza!

—Solo quiero que sepas que, si sucediera ahora, si yo hubiera sido mayor...

Estee entrelazó sus dedos con los de Felix, intentó respirar a través del dolor que experimentaba en el pecho al revisitar recuerdos a los que había renunciado hacía mucho tiempo.

—Tu valor fue más que suficiente para mí, Felix. A lo largo de mi vida, solo ha habido otra persona que fuera tan bondadosa conmigo como tú, así que créeme cuando te digo que nunca, nunca he olvidado lo que hiciste por mí. O lo que significaste para mí.

—Tienes un... un... —Su expresión denotó la sorpresa, la conmoción que sentía, pero ella no permitió que se viniera abajo.

—La persona a la que me refiero fue una amiga —dijo deseosa de protegerlo del dolor que ella misma sentía al ser consciente de que él estaba prometido a otra mujer—. Murió durante la guerra.

—Lo siento —dijo Felix.

Volvieron a guardar silencio. Tenían mucho más que decirse, pero de repente todo parecía llevarlos en círculo, devolverlos al motivo por el que nunca podrían estar juntos.

—Háblame de ella —le pidió Estee, que prefería permanecer a su lado y saber de su vida antes de dejar que el dolor y el silencio se asentaran entre ellos. «¿Eres feliz con ella? ¿La amas?» Esas eran las preguntas para las que de verdad deseaba una respuesta, pero nunca se atrevería a hacerlas.

Tomó un sorbo de vino en un intento por controlar la lengua.

—¿Emilie? —preguntó él, y se aclaró la garganta para prepararse a contestarle. Parecía incómodo, y vació la mitad de su copa de vino—. Emilie, bueno, Emilie es encantadora. Es cálida y bondadosa, le encantan los niños, y mi hermana ya la considera parte de la familia.

Estee asintió con la cabeza, como si aquella información no se estuviera llevando consigo un trozo de su corazón.

—Ojalá pudiera decir que es espantosa y que no me gusta, pero sería mentira. —Hizo una pausa, como si pretendiera decir algo más, pero cambió de idea.

—Entonces me alegro por ti —afirmó Estee en un tono que sonó mucho más valiente de lo que creía posible—. Lo único que he deseado siempre es que fueras feliz.

—Pero no es como tú —murmuró Felix, cerrando los ojos por un instante, con la copa de vino en la mano—. Nunca será como tú.

Estee se levantó de la silla, llevándose la copa consigo, y, siguiendo su instinto, fue a sentarse sobre el suave cojín que Felix tenía al lado. Su cadera se acercó a la de él y sus hombros se tocaron. Y cuando Felix le cogió la copa de la mano para dejarla sobre la mesa, a ella se le aceleró el corazón.

—Estee... —susurró él, y ella se echó hacia atrás, dejando que sus miradas se encontraran antes de que las manos de Felix la siguieran: una cayó hacia su cadera y la otra se ahuecó sobre su mejilla—. Siempre me he preguntado si lo que sentí hace tantos años fue un capricho infantil, pero aquí estoy, hecho un hombre, y sigues siendo tan fascinante como entonces.

—Pensé que no volvería a verte nunca —dijo ella con una voz que era apenas un susurro.

—Y sin embargo aquí estamos —dijo él, bajando la vista hacia sus labios.

Estee sabía que iba a besarla, pero, cuando sus bocas se encontraron, por algún motivo le pareció algo por completo inesperado. Pensaba que ya nada podría llegar a sorprenderla, se sentía mucho mayor de la edad que tenía, veintiún años, pero en los brazos de Felix fue simplemente como si el tiempo hubiera dejado de existir. Volvían a estar junto al río, bañados por el sol y la juventud, solo que en aquel momento el beso fue mucho más dulce; los sentimientos que se acumulaban en su interior, mucho más complejos.

«Y, pese a todo, no puede ser mío, porque nada ha cambiado.»

Cuando Felix se apartó, Estee se acurrucó contra él. El mentón de Felix descansaba sobre su coronilla, sus brazos cálidos la envolvían.

—No voy a ser tu amante —le informó.

Los labios de él rozaron su cabello.

—Jamás te pediría que lo fueras.

Volvían a hallarse ante su propia encrucijada personal; una encrucijada que seguía siendo la misma tantos años después, pese al hecho de que él aún estuviera comprometido para casarse.

Estee cogió la copa y dio un sorbo mientras la emoción burbujeaba en su garganta. Aquella era la última vez que veía a Felix. Tenía que serlo.

Felix deslizó la mano por su espalda y ella volvió a acurrucarse contra él, pegó la mejilla a su hombro. «Solo una copa más. Una hora más. Un beso más.»

Después, se prometió a sí misma que se alejaría y no volvería a mirar al pasado nunca más.

18

EN LA ACTUALIDAD

Se había acabado. Les había costado varias semanas de sangre, sudor y lágrimas, pero la vendimia había terminado de manera oficial. Ya no quedaba una sola uva por recoger o prensar, no quedaba una sola barrica vacía, y una sensación extraña se extendía por el viñedo. Aquello había sido un hervidero de actividad durante semanas, día tras día, con trabajadores que iban y venían, a menudo desde primera hora de la mañana y hasta el final del día. Lily había trabajado tan duro como los demás, decidida a inspeccionar el producto y a supervisar cada parte del proceso, a la vez que ejercía de mano derecha de Roberto mientras se llenaban las cubas y las barricas, se realizaba la fermentación y a continuación se embotellaban algunas de las variedades.

Pero ya se había acabado. De momento podían relajarse, antes de que comenzara la segunda fermentación del franciacorta.

—¡Lily! —la llamó Francesca haciendo gestos con la mano—. ¡Ven a sentarte con nosotros!

El fin de la vendimia equivalía a la fiesta poscosecha, y, a juzgar por su aspecto, los Martinelli sabían cómo lograr que sus empleados, y todas las demás personas relacionadas con la finca a lo largo del año, se sintieran especiales. Bajo el dosel de árboles enormes, con ramas que colgaban bajas y anchas para proteger a todo el mundo del sol, habían colocado unas mesas largas y por encima de ellas habían dispuesto farolillos de papel y guirnaldas de luces que creaban una sensación verdaderamente mágica. Lily no se podía imaginar el aspecto fantástico que tendría aquello durante el crepúsculo, cuando se encendieran las luces para iluminar la zona y para que todos pudieran seguir la fiesta hasta bien entrada la noche.

—Francesca, te has superado —comentó—. Se ve increíble.

La mujer abrió los brazos y la besó en las mejillas. Su rostro irradiaba felicidad mientras se volvía para admirar el montaje.

—Es mi momento favorito del año —admitió, abarcando los árboles con un gesto del brazo—. Hemos acabado con el trabajo más duro de la temporada, el tiempo sigue siendo cálido, mi marido y mi hijo vuelven a ser grandes amigos en vez de adversarios... —Se rio—. Es el momento en que celebramos lo mucho que hemos trabajado, y estamos muy contentos de que estés aquí, con nosotros.

Lily también estaba contenta de encontrarse allí. De todos los lugares en los que había trabajado, nunca se había sentido parte de la familia con tanta facilidad, y era consciente de que en el futuro le costaría mucho encontrar un lugar que se le pudiera comparar. No tenía ganas de irse de Italia, y eso que aún le quedaban un par de meses allí.

—Ah, ahí está.

Roberto apareció escoltado por Antonio, que iba cargado con una gran caja de vino. Antonio le guiñó un ojo y Lily se sonrojó cuando Francesca se volvió con una ceja enarcada, pues se había dado cuenta con claridad de a quién había dirigido su hijo aquel gesto. Por suerte, no dijo nada; en su lugar le dirigió una sonrisa expresiva, lo cual hizo que Lily volviera a sonrojarse.

—Todo el mundo llegará pronto —dijo Roberto, que le tocó el codo para llevársela aparte—. Antes de que empiece la celebración, quiero preguntarte si considerarías la posibilidad de quedarte con nosotros.

—De quedarme para... —comenzó a decir ella.

—De quedarte aquí, como mi asistente de enólogo —dijo Roberto en voz baja—. Según veo, tienes el talento de tu padre, quizá más incluso, y, si estás interesada, me gustaría hacer que tu puesto sea permanente. Luego podemos ultimar los detalles, pero quería, ¿cómo se dice?, lanzarme al ruedo y ofrecerte el cargo.

Lily intentó recomponerse, decir algo inteligente, pero la había cogido por sorpresa. Pasar más tiempo en el viñedo sería increíble, no cabía ninguna duda al respecto.

—Me siento muy halagada, Roberto, de verdad. Ha sido una experiencia fantástica. De hecho, probablemente esta haya sido mi vendimia favorita, entre todas aquellas en las que he participado.

—Pues piénsalo —dijo él con una sonrisa amplia y confiada, como si ya supiera que ella acabaría aceptando—. Disfruta de las próximas semanas y luego dame una respuesta. Puedo ser un hombre paciente cuando hace falta.

—Gracias. Así lo haré —contestó ella.

Los invitados comenzaban a aparecer. Los empleados llegaban acompañados por sus parejas o familias. Las mujeres llevaban todas vestidos, el cabello suelto sobre los hombros; tenían un aspecto muy diferente de cuando trabajaban en los terrenos o en los edificios de producción, al lado de Lily.

Antonio se le acercó de nuevo, se secó la frente con la manga de la camisa y se detuvo, poniendo las manos en jarras.

—¿Qué quería decirte *papà*? —le preguntó.

Lily abrió la boca para contestar y la cerró de nuevo. No estaba preparada para contárselo a Antonio, aún no. Quizá él ya lo supiera, quizá no, pero de momento quería guardarse la oferta de trabajo y sus ideas para sí. Si se quedaba, tenía que ser porque se tratara de la decisión más adecuada para su carrera, no porque la atrajera el hijo del enólogo y se viera manteniendo un romance con él bajo el sol italiano.

—Solo cosas de trabajo —le dijo sonriéndole.

Él enarcó las cejas a modo de interrogante, pero no insistió.

—Voy a cambiarme la camisa —dijo.

Lily deseó interponerse en su camino, cerrar el puño sobre la camisa de lino que llevaba y tirar de él para besarlo. Desde el abrazo que se habían dado en La Scala, Lily se había ido cada noche a la cama deseando volver a tener los labios de Antonio sobre los suyos. Pero, en su lugar, se limitó a sonreír y lo vio retroceder un paso mientras una sonrisa le iluminaba la cara.

—Guárdame un sitio en la mesa —le pidió él—. Esta noche quiero estar a tu lado.

—Pues claro.

En cuanto Antonio se volvió y se alejó, Lily soltó el aliento. Pero en ese momento se le acercó por detrás el menor de los hermanos Martinelli, blandiendo una copa de vino.

—Esta es para nuestra joven y talentosa enóloga —dijo ofreciéndosela.

Era de constitución más ligera que su hermano, y su ropa también era diferente: vestía una camisa y unos chinos informales pero con más estilo que los de Antonio. Lily imaginaba que Marco se plancharía la ropa cada día, mientras que a Antonio seguramente solo le importaba que estuviera limpia.

—Gracias —dijo, y se llevó la copa de inmediato a los labios. Suspiró mientras saboreaba el líquido—. El chardonnay de tu padre es excepcional.

—Eso es lo que le digo a todo el mundo cuando lo vendo. El vino de los Martinelli es famoso en toda Italia.

—Yo diría que es famoso en todo el mundo, punto y aparte.

Se quedaron en silencio un instante. Marco la observó mientras ella tomaba otro trago nerviosa, sintiéndose de repente como si la estuvieran examinando. ¿Por qué se sentía tan cómoda con Antonio y era un manojo de nervios con Marco?

—Mi padre y mi hermano parecen estar embelesados contigo —comentó él al fin, mientras cruzaba los brazos sobre el pecho y le sonreía—. Y veo por qué.

Ella se rio, pero la carcajada le pareció demasiado aguda como para ser suya.

—Dudo mucho que tu hermano esté embelesado conmigo.

—Ah, pero ahí es donde te equivocas —le dijo Marco con una sonrisa conspirativa en el momento en que Vittoria se unía a ellos.

—¡Marco, deja a esta chica tranquila! —lo reprendió Vittoria—. Te pido perdón por mi hermano. Este es el que no sabe comportarse.

Marco se limitó a reírse y Vittoria hizo como que le daba una colleja, lo que llevó a Lily a sonreír, menos ansiosa desde que había dejado de ser el centro de atención.

—Le estaba contando a Lily que Antonio...

—No —dijo Vittoria, y le dirigió una mirada severa.

—¡Ni siquiera sabes lo que le iba a decir!

Lily contempló a los hermanos cambiar de idioma y ponerse a discutir en italiano, curiosa por el motivo que llevaba a Vittoria a mostrarse de repente tan protectora con Antonio. ¿Qué habría estado a punto de contarle Marco?

—Solo le estaba diciendo que nuestro hermano mayor parece estar bastante embelesado con ella, eso es todo —indicó él, retomando el inglés.

De nuevo, Vittoria puso cara de querer asesinar a su hermano pequeño, pero en su lugar comenzó a ahuyentarlo para que se fuera de allí mientras murmuraba algo entre dientes. Él levantó las manos y retrocedió, y Vittoria lanzó un gemido. Lily tomó otro trago de vino, sin saber cómo debía interpretar todo aquello, pero deseando de todos modos haber oído lo que él quería contarle.

—Soy muy protectora con Antonio —afirmó Vittoria—, pero estoy segura de que eso resulta evidente. Mi hermano pequeño puede cuidar de sí mismo, pero con Ant es diferente, y no me gusta que Marco se burle de él.

—Son hombres muy distintos. —Las dos se rieron—. Pero puedo lidiar con Marco, no pasa nada. Y habría dicho que Antonio es capaz de defenderse ante su hermano pequeño.

—Antonio ha pasado un año muy difícil —explicó Vittoria—. No siempre he sido tan protectora.

—¿Quieres decir con tu padre?

La hermana pareció reflexionar un instante antes de contestar.

—Lily, Antonio estuvo casado —dijo—. Ese es el motivo por el que construyó la casa aquí, en la propiedad, donde sigue viviendo.

—¿Estuvo casado? —Lily levantó la copa de inmediato. Se aferró al tiempo pasado del verbo y tomó un trago más largo.

—Es una larga historia, y le corresponde a él contarla, pero no quiero verlo sufrir de nuevo, eso es todo. Tiene un corazón muy grande y durante un tiempo me pregunté si algún día recuperaría la sonrisa. Desde entonces ha estado más serio, pero estos últimos meses, bueno, ha sido agradable verlo más feliz, y creo que quizá tú hayas tenido algo que ver con eso.

—¿Yo? —Lily sacudió la cabeza—. Lo dudo mucho.

Quería saber más, pero Vittoria había pasado a sonreír y a saludar con la mano a los invitados que seguían llegando.

—Simplemente no le rompas el corazón, ¿vale? —le pidió Vittoria, que le dio un beso en la mejilla antes de retroceder con lentitud—. Es un buen hombre. Uno de los mejores.

Lily la vio marcharse y se quedó apartada del resto de los invitados, recuperando el aliento y recomponiendo sus ideas mientras la música flotaba en el aire y los niños comenzaban a correr entre las viñas, jugando al pilla-pilla.

«Vittoria se equivoca por completo. Decididamente no soy yo la que corre peligro de romperle el corazón a alguien aquí.»

—Pensé que nunca te encontraría. —Aquella voz profunda y sedosa de barítono era la de Antonio, quien se sentó en la hierba a su lado.

Tras la conversación con Vittoria, Lily había buscado un árbol bajo el que sentarse para disfrutar viendo a la gente y escuchándola hablar aquel tipo de italiano de fuego rápido que no tenía la menor esperanza de llegar a comprender. Pero daba igual: se sentía feliz por su cuenta, perdida en sus propios pensamientos, disfrutando del parloteo dichoso que la rodeaba. Por no mencionar que ella también tenía mucho en lo que pensar. Algunos de los invitados habían comenzado a dirigirse hacia la enorme mesa, que ya estaba cubierta de las bandejas de comida que habían traído los camareros que desde un rato antes se encargaban del servicio, de modo que el personal de la casa pudiera disfrutar de la fiesta. Lily no había visto nunca un festín semejante.

—¿Quieres que cojamos sitio en la mesa o nos quedamos sentados aquí, mirando un rato más?

Lily se recostó contra el árbol, deseando tener el valor necesario para preguntarle por su matrimonio y lo que sucedió con él. Por fuera, Antonio parecía cálido y abierto; no podía imaginar que alguien le hubiera roto el corazón, sobre todo no en tiempos recientes, no cuando él era el que tenía pinta de rompecorazones. Y su sonrisa parecía tan natural también, como si no le representara el menor esfuerzo...

—La verdad es que no me apetece moverme —confesó.

—Entonces, ¿qué te parece si te traigo un plato de comida y robamos una botella entera de vino? —bromeó él—. Podemos permanecer aquí escondidos al menos una hora con los suministros suficientes, tú y yo solos.

—¡Antonio! ¡Lily! —los llamó Roberto con un vozarrón desde la cabecera de la mesa.

Antonio gimió.

—Y, en un abrir y cerrar de ojos, mi plan se fue al garete.

Ella se rio. Antonio se puso en pie de un salto y estiró el brazo, ofreciéndole la mano, y Lily dejó que tirara de ella. Pero, cuando quedó en pie, él no la soltó, sino que mantuvo sus manos entrelazadas, la atrajo hacia sí lentamente y la miró. Lily se perdió de inmediato en aquellos ojos del color del chocolate derretido y, por mucho que hubiera estado diciéndose a sí misma que debía mantener las distancias, que no podía dejar que volviera a ocurrir algo entre ambos, de repente no habría cambiado aquello por nada del mundo.

—¿Puedo besarte? —le preguntó él con un susurro.

Lily se olvidó de todo mientras se acercaba a él; sus pechos se rozaron y ella echó la cabeza hacia atrás y separó los labios. Se quedó de puntillas mientras él bajaba la cabeza y esa vez, durante el beso, Lily deslizó la mano hasta su nuca y saboreó cada instante que la boca de él pasaba pegada a la suya.

—¡Antonio! —gritó de nuevo Roberto.

Él suspiró y retrocedió un paso, se inclinó para que sus frentes quedaran en contacto durante un momento antes de volverse, aún dándole la mano.

—Ven —murmuró—. Creo que mi padre quiere que los dos estemos a su lado, pero sobre todo su pequeña enóloga favorita. —Le levantó la mano y besó su dorso antes de decir aún en voz más baja—: Tenemos toda la noche para estar juntos.

—¡Lily! ¡Antonio! —Roberto se puso en pie de golpe y abrió los brazos—. Mi enóloga y mi viticultor. Qué gran pareja.

Ella soltó la mano de Antonio y le devolvió la sonrisa a Roberto, que le ofreció la silla contigua a la que ocupaba él. Todo el mundo aplaudió, incluso los niños, mientras Roberto le besaba las mejillas, y Lily se sentó, agradecida de que Antonio eligiera la silla al otro lado de la suya. De repente quería tenerlo cerca, todas las ideas sobre mantener las distancias se habían evaporado hacía rato.

Roberto dio un discurso en italiano y Lily se recostó para sentir el cálido aliento de Antonio en el cuello mientras este le susurraba al oído, traduciéndoselo. La recorrió un escalofrío que nada tuvo que ver con la temperatura e intentó concentrarse en lo que le decía. Él rodeó con el brazo el respaldo de su silla y sus dedos rozaron el hombro de Lily mientras seguía traduciendo.

Y cuando su padre acabó de hablar y todo el mundo levantó las copas para brindar por la vendimia, Lily sostuvo la suya en alto y gritó «*Salute!*» junto a los demás invitados. Acto seguido, Roberto anunció que podían disfrutar ya de la fiesta y, durante las dos horas siguientes, todos comieron y conversaron y bebieron vino. Lily probó a decir nuevas palabras en italiano y se esforzó en aprender las que la gente intentaba enseñarle.

Más tarde, cuando comenzó la música y las guirnaldas de luces creaban una historia mágica a su alrededor mientras el sol empezaba a ponerse, Lily volvió a dedicar al fin toda su atención a Antonio. Durante aquel rato había sido plenamente consciente de él, de cada vez que sus piernas se rozaban y sus codos chocaban; cada vez que sus miradas se encontraron, el corazón le dio un salto. En aquel momento, él se puso en pie, extendió la mano y levantó una ceja a modo de invitación.

—¿Me concedes este baile? —le preguntó.

Ella sonrió y asintió con la cabeza, permitió que la alejara de la mesa en dirección al lugar donde había otras parejas bailando, como si se encontraran en otro tiempo, en otro lugar. Se sentía como un personaje de cuento de hadas; era como si aquel escenario, aquella gente, aquel hombre pertenecieran a otra vida.

Antonio le apartó el cabello de los hombros y, mientras la tomaba entre sus brazos y se ponían a bailar sobre la hierba, le dio un beso audaz en la suave piel del cuello, a la izquierda de la clavícula.

—¿Sabes?, tengo la sensación de que eres italiana, Lily —le susurró, con la boca cerca de su oreja—. Creo que tu bisabuela era italiana, y que tú estás aquí siguiendo sus pasos. Te encuentras exactamente donde deberías estar.

Ella no se mostró en desacuerdo; inclinó la cabeza hacia atrás y lo miró a la cara mientras él la hacía girar. Cuando volvió a aproximarse, sus bocas quedaron muy cerca la una de la otra, pero en esa ocasión no la besó.

En su lugar le murmuró al oído:

—¿Por qué no nos vamos a mi casa?

Lily tragó saliva, se le aceleró el corazón mientras él esperaba su respuesta. En vez de decir algo, se limitó a cogerlo de la mano, y estuvo a punto de derretirse y quedar hecha un charquito en el suelo cuando él le besó los dedos y se la llevó consigo.

19

—Buenos días. —La voz de Antonio se derramó sobre ella mientras abría los ojos y estiraba los brazos.

El recuerdo de la noche anterior la inundó y por instinto tiró de las sábanas hacia arriba, para que la cubrieran un poco más, pero él se las ingenió para volver a bajarlas con el codo a la vez que abría el brazo para ella.

—Acércate. Te prometo que no te voy a morder.

Ella se rio, consciente de que era ridículo estar nerviosa después de la noche que habían pasado juntos, pero nunca había sido una de esas chicas que se sienten tan cómodas con su propio cuerpo que pueden mostrarse sin pudor bajo la brillante luz de la mañana. Y tampoco contaba con una gran experiencia a la hora de despertarse en la cama de un hombre, sobre todo, en la de un hombre tan atrevido y cómodo con la desnudez como Antonio.

—No me puedo creer que haya pasado la noche aquí —balbuceó contra su pecho, acurrucada bajo su brazo, acariciándole la piel con gesto distraído.

—Lo de ayer sin duda superó mis expectativas —bromeó él—. La cosecha nunca había sido tan buena.

Lily levantó la cabeza para sonreírle, recibió un beso en la coronilla a modo de respuesta.

—No suelo mezclar los negocios con el placer —admitió—. Durante toda la vida me he regido por la idea de que no hay nada más importante que el trabajo.

—Lo creas o no, por lo general yo tampoco mezclo el placer con los negocios —repuso él—. Pero últimamente he estado preguntándome si no será en eso donde me he equivocado. Quizá debería haber dejado que mis dos mundos colisionaran, en vez de intentar mantenerlos separados.

—Lo cual quiere decir... —preguntó Lily mientras él comenzaba a acariciarle el pelo y enredaba los dedos en sus largos mechones para bajar hacia las puntas, a la mitad de su espalda.

—Estuve casado —le dijo, y se aclaró la garganta—. Ella quería irse de aquí, no podía comprender la conexión que siento con esta tierra, y al final tuve que elegir entre mi esposa y mi familia y mi trabajo.

Lily tragó saliva, no se le ocurrió qué decir y a la vez no quería revelar que ya sabía lo de su matrimonio. Durante todo ese tiempo se había preguntado por lo que le había ocurrido, a qué se refería su hermana cuando había mencionado que Antonio había pasado un mal año. Ahora que lo sabía, era como si pudiera sentir el dolor que irradiaba de él.

—Lo siento —dijo—. Sinceramente, no sé qué decir.

—No pasa nada, nuestro matrimonio se acabó en el momento mismo en que me pidió que eligiera. —Antonio se incorporó y ella se apoyó en los codos para mirarlo con las sábanas amontonadas sobre la cintura. Cuando sus ojos enormes de color marrón se encontraron con los de Lily, esta fue consciente de la facilidad con la que podría volverse adicta a esa mirada.

Antonio se inclinó hacia delante, le puso una mano en la nuca e hizo que sus labios se encontraran. Lily no supo si la estaba besando para ahogar su dolor, pero, fuera por el motivo que fuese, se alegró de ser la receptora del beso.

Cuando él se retiró, ella vio que una sonrisa cálida había remplazado la tristeza de su rostro.

—¿Qué te parece si nos vamos de excursión con el coche? —le preguntó.

—Una excursión a...

—A Alba —contestó él antes de salir de la cama y dirigirse al baño, de donde regresó con una bata extragrande que tiró sobre las sábanas para que la utilizara ella. Antonio no llevaba nada más que los calzoncillos, y a Lily le costó apartar la vista de su cuerpo; deseó tener la confianza suficiente como para pedirle que volviera a la cama para poder seguir explorando su piel broncínea un poco más—. Podríamos desaparecer unos días y ver lo que averiguamos sobre la pastelería que mencionó la *signora* Rossi. No quiero que vuelvas a casa sin haber intentado al menos hallar respuestas para tus pistas.

«A casa.»

Lily cogió la bata e inspiró el aroma de su colonia, que había quedado impregnado en la tela, mientras se envolvía en ella y dejaba las piernas colgando del borde de la cama.

—Antonio, probablemente debería haberte dicho algo anoche, antes de que, bueno... —Se aclaró la garganta—. Quiero que sepas que tu padre me ha pedido que me quede todo el año, como asistente de enólogo.

Su sonrisa no se alteró, pero Lily pudo ver por un destello en sus ojos que aquello lo había sorprendido.

—Ya veo.

—Así que, bueno, quizá me quede bastante más de lo que esperabas, de lo que yo misma esperaba.

—Mientras no estés buscando un marido, no hay nada de lo que preocuparse —dijo Antonio, que se acercó, se inclinó y le dio otro beso en los labios. Y añadió con voz ronca—: No te he hecho el amor porque pensara que ibas a marcharte, si eso es lo que me estás preguntando.

Lily detestó el rubor que se adueñó de sus mejillas. ¡Estaba en la cama de aquel hombre, desnuda bajo su bata, y no había nada de lo que avergonzarse! Eran dos adultos que habían pasado la noche juntos, nada más, pero la manera en que la miraba hacía que se le agitara todo por dentro.

—Bueno, eso está bien —contestó ella—. Y, para responder a tu pregunta, desde luego que no estoy buscando un marido.

Lo que había ocurrido entre ellos era una aventura veraniega, nada más. El tipo acababa de salir de un matrimonio, y ella era consciente de que ninguno de los dos buscaba una relación.

—Entonces, ¿le has contestado algo? —preguntó Antonio, que le ofreció la mano y tiró de ella para ponerla en pie—. ¿O lo estás haciendo esperar?

Lily negó con la cabeza.

—Aún no. Le he dicho que reflexionaría sobre su oferta.

—Tomarás la decisión correcta, estoy seguro de ello. Ahora, acerca de la excursión, ¿quieres ir?

—Sí —dijo Lily, antes de poder darle más vueltas—. Quiero tratar de averiguar algo, lo que sea, para así al menos tener la conciencia tranquila. Mi abuela no está aquí para descubrir su propio pasado, y tengo un fuerte presentimiento de que ese secreto ha de ser revelado.

—¿Mañana es demasiado pronto?

—Mañana es perfecto —contestó ella, y se ató la bata por la cintura mientras se aproximaba a la ventana para contemplar la vista espectacular de los viñedos bañados por la luz del sol.

—Es bonito, ¿verdad? —dijo Antonio, que se acercó por detrás y le rodeó la cintura con los brazos—. Me doy cuenta, por la manera en que miras la tierra, de que la amas tanto como yo, de que hacer vino es algo más que un trabajo para ti. Si hubiera buscado esa cualidad antes de casarme, me habría ahorrado muchísimo dolor.

Ella parpadeó para alejar las lágrimas, agradeció que Antonio no pudiera verle la cara mientras se recostaba sobre él. Eso era lo que su padre solía decirle: «Para mí, hacer vino no es un trabajo, es un modo de vida». El hecho de que Antonio le hubiera dicho casi las mismas palabras le indicó que no había cometido un error al irse a la cama con él, por más que hubiera sido tan solo para pasar un buen rato.

—No entiendo que tu mujer pudiera mirar por esta ventana sin enamorarse —dijo en un susurro.

Antonio la abrazó y pegó una mejilla a la suya, se quedaron juntos mirando el paisaje.

—Créeme, yo tampoco.

«No es más que un romance veraniego. No te pongas toda sentimental pensando que se trata de algo más.»

Al día siguiente, tras atar algunos cabos sueltos en el viñedo y asegurarse de que Roberto no la iba a necesitar durante los días siguientes, Lily se encontró pasándole el morral a Antonio y subiéndose al asiento del pasajero. Pero aquel no iba a ser un viaje rápido, como las demás veces en que había ido en coche con él; en esa ocasión se dirigían al pueblo de Alba, en el Piamonte, que según Antonio estaba a algunas horas de distancia, y se quedarían unos días allí.

Lily se acomodó, le había gustado la manera en que los dedos de Antonio rozaron los suyos cuando puso en marcha el motor. Pero, ya de camino, inclinó el cuerpo hacia el lado opuesto para poder disfrutar del paisaje.

—Aunque no encontremos una relación con tu familia, creo que Alba te va a encantar —afirmó él mientras el coche rugía por la carretera—. También es famosa por su vino, así que tendremos que explorar mientras estemos allí.

—Tu padre me ha dicho lo mismo —contestó ella—. De hecho, ha comentado específicamente que tengo que probar su sauvignon blanc y traerle a la vuelta la que sea mi botella favorita.

—¡Es raro que no te haya pedido que le traigas también sus famosas trufas blancas!

—Oh, me lo ha pedido —dijo ella mirándolo—. Junto con unos melocotones maduros, si los encontramos.

Antonio murmuró algo entre dientes que ella no comprendió, pero que la hizo reír de todos modos. Hubo algo cómico en la forma en que sacudió la cabeza al hablar de su padre.

—Entonces, ¿qué plan tenemos al llegar allí? —preguntó él—. ¿Quieres que busquemos la pastelería y comencemos por ella? ¿Que le mostremos la receta a la gente?

Lily no sabía con seguridad lo que quería hacer. Solo tenía una sensación abrumadora de que, al llegar al lugar, de algún modo todo cobraría sentido.

—Creo que deberíamos preguntarles a los vecinos dónde está la pastelería más famosa del pueblo y empezar por ahí —dijo ella—. Con suerte, alguien la conocerá.

—Tenemos que registrarnos en el hotel a primera hora de la tarde, pero debería darnos tiempo para todo.

—¿Ya has reservado algo? —Lily estaba impresionada. Había anticipado sin darle muchas vueltas que encontrarían algún sitio a su llegada.

—No me pasa todos los días que me lleve a una mujer hermosa a pasar el fin de semana fuera.

Lily pensó que se burlaba de ella, pero, al mirarlo y ver el modo en que él la observaba, se dio cuenta de que hablaba en serio.

—Creo que te has equivocado de mujer —intentó bromear.

—Ojalá vieras lo que yo veo —dijo él.

Lily giró sobre el asiento para estudiarlo, para contemplar al hombre que de algún modo había logrado sin problemas que ella bajara la guardia, pero le fue imposible interpretar su expresión.

Apartó la mirada, sin saber qué debía responder.

—Nos quedaremos en el Villa del Borgo —dijo Antonio—. Creo que te gustará. Es una mezcla perfecta entre la modernidad y el encanto del mundo antiguo.

—Suena estupendo —dijo ella.

Y era cierto. Pero, por algún motivo, se pasaron el resto del viaje sin hablar. Antonio encendió la radio y se puso a acompañar las canciones con una voz que hizo que Lily tuviera ganas de sumarse, en caso de haberse sabido las letras.

Casi tres horas más tarde llegaron a Alba. Lily comenzó a absorber las vistas, ansiosa por conocer el aspecto de aquel pintoresco pueblo italiano. Estaba segura de haber oído hablar de él, o quizá se tratara tan solo de una de las muchas regiones que había estudiado en la época de su posgrado, pero —de momento— no reconocía nada. Casi había esperado sentir algo al llegar, una conexión quizá, pero era consciente de lo disparatado de la idea. ¿Por qué iba a notar una conexión con un lugar por el mero hecho de que su bisabuela hubiera vivido allí?

—Hay algunos edificios para visitar, si te interesa la historia antigua —dijo Antonio—. ¿Te apetecería hacerlo mientras estemos aquí?

Ella se encogió de hombros.

—La verdad es que no. Me interesan el vino y las trufas, y la manera en que los hagan aquí —repuso Lily, y soltó una risa nerviosa—. Lo siento si eso me hace parecer una inculta.

—No, de hecho resulta refrescante —indicó él, sonriéndole, mientras detenía el coche en un aparcamiento a un lado de la carretera—. Pero me alegro de no haber intentado impresionarte con una visita por el lugar. Me habría aburrido sin motivo.

Después de que él aparcara, Lily sacó la cajita que había llevado consigo y la sujetó con fuerza, como si de otro modo fuera a extraviarla para siempre. Los papeles que contenía representaban el último vínculo con el pasado de su abuela, y debía rezar por obtener aquella tarde las respuestas que estaba buscando. Si no encontraban nada, se enfrentaría a un callejón sin salida.

—Hum, qué raro.

—¿Qué es raro? —preguntó ella mientras él examinaba el móvil.

—Tengo esta dirección como la de la pastelería familiar más antigua del pueblo. La busqué antes de salir, pero...

Ella se plantó a su lado, hombro contra hombro, y miró el escaparate vacío. Era evidente que lo que hubiera habido allí ya no estaba, y Lily sintió que se le caía el alma a los pies.

—Creo que hemos venido para nada —dijo deseando no haber puesto tanto empeño en averiguar el significado de la segunda pista. ¿Había sido una estupidez ir al Piamonte? ¿Seguir un rastro que ya no existía siquiera?

—Eh —le dijo Antonio, dándole un toque con el codo—. No nos vamos a rendir tan fácilmente. Preguntemos ahí, es solo un lugar por donde comenzar.

Lo siguió al interior de una floristería a algunos portales de distancia y se dedicó a admirar un conjunto de flores blancas de tallo largo mientras Antonio se dirigía a alguien. El anciano parecía ser el dueño del local, y los hizo salir a la calle y continuó hablando con Antonio delante de la tienda mientras señalaba hacia algún punto calle abajo.

—¿Qué te ha dicho? —preguntó ella en el momento en que el hombre daba media vuelta.

—Que la pastelería se trasladó hace poco —contestó Antonio—. La sigue llevando la misma familia, pero se mudaron a un edificio de mayor tamaño porque este necesitaba algunas reparaciones.

Lily asintió con la cabeza y se mordió el labio inferior.

—Bueno, ¿qué piensas?

—Creo que deberíamos echar a andar —dijo él—. Me ha contado que sin duda es la pastelería más antigua de la ciudad, y que ha pasado por tres generaciones de la familia Barbieri.

Era como si la receta fuera a abrir un agujero candente a través de la caja y de su mano.

—Pues allí es adonde debemos ir.

«Quizá no vaya a ser tan difícil, después de todo. ¿Será posible que de verdad estemos acercándonos a la respuesta?»

Ignoró los nervios y se puso a caminar al lado de Antonio, dejando que la guiara hacia la tienda. Miró expectante cada edificio junto al que pasaban, hasta que al fin él la cogió de la mano y le dirigió una sonrisa tranquilizadora. Tenían que estar en el buen camino, sobre todo si varias generaciones de aquella familia habían regentado el negocio. Aunque era posible que muchas de las empresas italianas de éxito fueran también de propiedad familiar. Quizá aquello no significara nada.

—Este es el lugar —anunció Antonio.

Lily echó un vistazo al interior y se alegró de ver que no había demasiados clientes. No parecía ser un sitio especial, había una pizarra enorme que detallaba las bebidas que se ofrecían y un evocador conjunto de vitrinas llenas de comida de aspecto delicioso. En el peor de los casos, podrían comprar algo rico para comer.

—¿Preparada? —le preguntó Antonio.

Lily respiró hondo.

—Preparada —contestó, obligándose a avanzar hacia la puerta y a tirar de ella para abrirla.

Pero nada más entrar la atenazaron los nervios. ¿Qué pensaba hacer, en realidad? ¿Tirarle la receta a la chica de detrás del mostrador y esperar que esta la orientara en la dirección adecuada? ¿Preguntarle si la reconocía? ¿Debía preguntar por el pastelero y enseñarle a él la receta? Una vez allí, plantada dentro del local, su plan le pareció ingenuo en el mejor de los casos. ¿Cómo podría alguien resolver milagrosamente el vínculo perdido entre las dos pistas? De repente se sintió estúpida y deseó que Antonio no hubiera consentido en realizar aquella búsqueda.

—Pareces ansiosa.

Ella gimió cuando él le dio la mano.

—Eso es porque estoy ansiosa. Comienzo a pensar que esto ha sido un gran error. Pero ¿qué voy a decirles? Nunca deberíamos haber venido hasta aquí.

La sonrisa relajada de Antonio la tranquilizó.

—En el peor de los casos, no descubriremos nada y pasaremos dos días de vacaciones relajándonos en un hotel de cinco estrellas. Hay cosas peores en la vida que un plan fallido, Lily. No hay nada de lo que preocuparse. —Se encogió de hombros—. Vamos a preguntar si alguien puede ayudarnos, es tan sencillo como eso, y ya veremos qué pasa. Si después quieres dejar de investigar, pues lo dejamos.

Antonio tenía razón, pero Lily sabía que, si salía de allí sin nada, sin haber avanzado al menos un paso que la condujera a averiguar algo más, sentiría que todo aquello había sido una pérdida colosal de tiempo y energía. Tanto por su parte como por la de Antonio. Quizá debería haber dejado las pistas en casa, y haberse dado cuenta de que lo que le hubieran legado a su abuela setenta y cinco años antes simplemente no era de su incumbencia.

—Buenas tardes —saludó Lily mientras avanzaba hacia el mostrador, sonriéndole a la mujer que había tras él—. ¿Habla inglés?

La mujer le devolvió la sonrisa y movió la mano a lado y lado, como para indicar que lo hablaba un poco, así que Lily se volvió con rapidez hacia Antonio, que de inmediato dio un paso al frente e intercambió unas palabras con la dependienta en italiano. Sería mucho más sencillo que fuera él quien le explicara el motivo por el que estaban allí. Lily paseó la mirada entre ambos mientras hablaban.

—¿Qué le has preguntado?

—Si es la dueña —contestó—. No lo es, pero irá a buscarla en cuanto haya atendido a este cliente. La dueña es la pastelera.

La mujer que acabó saliendo de la parte trasera de la tienda se limpió las manos en un delantal manchado de harina, pero fueron sus ojos azules los que hicieron que Lily se quedara paralizada un instante. Había algo familiar en ellos, algo que la llevó a preguntarse si no la conocería de antes. A la hora de hablar, Lily agradeció que pudieran hacerlo directamente en inglés, para poder realizar las preguntas ella misma.

—Lamento molestarla, sé que debe de estar ocupada —dijo Lily.

—No pasa nada. ¿Hay algún problema con la comida? ¿En qué puedo ayudarla?

Lily sonrió.

—Oh, no, ningún problema. En realidad estamos buscando a alguien, eso es todo, y hemos pensado que quizá podría ayudarnos.

La mujer miró por encima del hombro y Lily se puso a hablar con más rapidez, por miedo a perder su atención. Era evidente que estaba ocupada y no necesitaba que la interrumpieran, sobre todo una extranjera.

—Antonio, ¿puedes pedirnos unos cafés y algo de comida? —Se apresuró a decir, con la esperanza de que la mujer le devolviera su atención si se convertían en sus clientes.

Por suerte, Antonio hizo lo que le había solicitado y se dirigió al mostrador para pedir. Lily metió la mano en el bolso y sacó la cajita; siguió hablando mientras localizaba el papel adecuado.

—Estoy buscando una conexión con mi abuela o mi bisabuela —explicó—. Me dejaron esta receta como una de las escasas pistas sobre su pasado y me dijeron que viniera hasta aquí, a Alba. ¿Podría echarle un vistazo y ver si la reconoce? ¿Si significa algo para usted? Sé que suena extraño, esto de pedirle que mire una receta, pero este lugar es la única pista que tenemos.

La mujer la miró como si estuviera trastornada, pero Lily le agradeció que cogiera la receta que le ofrecía. Le echó una ojeada larga y reflexiva antes de dirigir su atención al papel, y Lily tuvo la seguridad de que estaba malgastando el tiempo de las dos. Estaba a punto de decir eso, había abierto la boca para estructurar su disculpa, cuando la mujer levantó la vista con lentitud, entornó los ojos y dilató las fosas nasales ligeramente, como si estuviera molesta.

—¿De dónde ha sacado esto? —le preguntó—. Esto no es suyo.

«Lo ha reconocido.»

Lily tragó saliva, se le disparó el corazón.

—Era de mi abuela —dijo estirando la mano para que le devolviera el papel—. Creemos que se lo dejó su madre biológica y, como ya le he dicho, estoy tratando de averiguar lo que significa.

La mujer se pegó la mano en la que sostenía la receta al pecho, como si no tuviera intención de devolvérsela.

—No la creo. Dígame cómo ha conseguido esto. —Retrocedió unos pasos, como si de repente tuviera entre sus manos un secreto nacional, y la rabia era palpable en su rostro—. ¿De dónde ha salido?

—Lo siento, no pretendía molestarla —dijo Lily—. Pero necesito que me la devuelva.

—Lo reconoce, ¿verdad? —Antonio apareció de repente a su lado—. Díganos lo que significa para usted, por qué lo protege de ese modo. ¿Por qué cree que no le pertenece a Lily?

—Esto pertenece a mi familia —contestó la mujer, con un destello de rabia en los ojos—. No sé de dónde lo ha sacado ni por qué ha venido hasta aquí, pero no debe enseñárselo a nadie más. Contiene... —Se puso pálida—. ¿Quién la manda? Por favor, dígame quién más tiene una copia de esto.

—¿Por qué es tan importante su contenido? —preguntó Lily, esforzándose por comprender cómo era posible que una receta desleída en un viejo pedazo de papel hubiera provocado aquella reacción en una desconocida—. He venido desde muy lejos. Si pudiera indicarme...

—Es una receta que ha permanecido en secreto durante generaciones —aclaró la mujer, y llamó a alguien en italiano por encima del hombro.

Lily pensó que había pedido un café, aunque no estaba segura. Se movió, vacilante, pero Antonio le puso la mano en el brazo para sujetarla. Quizá la mujer quería que su empleada llamara a la policía, pero ¿por qué? ¿Pensaba tal vez que aquel viejo pedazo de papel había sido robado?

—No has hecho nada malo —le susurró Antonio al oído—. Mantén la calma.

—¿Le ha mostrado esto a alguien? —le preguntó la mujer—. ¿Cuánta gente lo ha visto?

—Nadie —contestó Lily—. Nadie lo ha visto y, que yo sepa, no hay más copias.

No le estaba diciendo toda la verdad; le había mostrado la receta a algunas personas de confianza, pero no iba a admitirlo en aquel momento.

—Es información sensible a efectos comerciales, ¿tengo razón? —preguntó Antonio, interrumpiéndolas—. Díganos, ¿por qué significa tanto para usted? Queremos comprender por qué está tan enojada.

Los ojos desorbitados de la mujer le indicaron a Lily que Antonio tenía razón. Sin duda, estaba enojada y le preocupaba que hubieran podido enseñarle la pista a otro pastelero.

—La suya es la primera pastelería a la que hemos venido —la tranquilizó Lily—. Se lo mostré a una directora del teatro de La Scala, eso es todo, y fue ella la que...

—¿La Scala? —repitió la mujer, y su voz bajó una octava—. ¿Tiene usted relación con La Scala?

Lily asintió con la cabeza.

—Sí, pero... —suspiró—. Mire, no sé cuál es mi relación con La Scala, del mismo modo que no sé cuál es mi relación con esta receta. Ese es el motivo por el que estoy aquí, así que, si pudiera usted indicarme la importancia de esta receta, quizá...

—¿Puedo confiar en usted?

Lily se llevó la palma de la mano al corazón al percibir el cambio que había experimentado la mujer.

—Sí, puede confiar en mí. Solo quiero saber lo que todo esto tiene que ver con mi abuela. Perdí a mi padre hace muchos años, y les debo a él y a mi abuela averiguar lo que todo esto significa. Descubrir cuál es esa relación y el motivo por el que estas cosas han llegado a mi poder.

La mujer dobló la receta y, tras un momento en el que pareció dudar de sí misma, acabó por devolvérsela a Lily con una mano temblorosa.

—Tendrán que hablar con mi tío —dijo, y paseó la mirada entre Antonio y ella antes de pasar al otro lado del mostrador para escribir algo en un papel—. Vaya a esta dirección esta noche, después del trabajo. ¿Quizá a las seis? —La mujer parecía aún insegura, pero Lily se sintió inclinada a confiar en ella después de que rebajara el nivel de su rabia—. Lo llamaré antes para que los esté esperando. Si es usted quien creo que es, él podrá explicarle el motivo por el que está aquí.

—Muchísimas gracias, allí estaremos —dijo Lily mientras volvía a meter la receta dentro de la caja.

—Solo prométame que no le mostrará esto a nadie más que a mi tío —pidió la mujer, avanzando un paso y estirando el brazo hacia Lily—. Esa receta no puede caer en manos equivocadas, no después de haber pasado tantos años siendo un secreto.

Lily no tenía ni idea de qué podía ser tan especial sobre aquella vieja receta, pero se apresuró a aceptar:

—Por supuesto.

—Me llamo Sienna, por cierto —se presentó la mujer, estirando la mano para estrechar la suya.

—Lily —contestó ella—. Y gracias de nuevo. Significa mucho para mí. Lamento que hayamos aparecido de esta manera, sin avisar, en su lugar de trabajo, y que la hayamos molestado.

La mujer se volvió para marcharse, pero el modo en que la miró por encima del hombro, con los ojos aún desorbitados, inquietó a Lily. Era como si supiera con exactitud quién era ella, aunque Lily sabía que eso era imposible: debía de ser cosa de su imaginación, ¿verdad? ¿O acaso la pista que tenía significaba algo más para aquella mujer?

«Si es usted quien creo que es.» Lily no dejaba de dar vueltas a esas palabras en la cabeza. Exactamente, ¿quién creía que era?

—¿Café? —le preguntó Antonio, apartándola de sus pensamientos.

—Nunca había necesitado uno con tanta urgencia —admitió ella, agradecida por el hecho de que hubieran pedido comida y bebida para llevar—. Vámonos de aquí.

Salieron de la pastelería y, dejando el coche atrás, siguieron paseando calle abajo mientras se bebían el café a sorbos. Lily cogió una pasta de la bolsa que él le ofreció, mordió algo que sabía a chocolate y avellanas.

—Oh, Dios mío, esto es fantástico —dijo—. ¿Lo has probado?

Antonio sacó otra pasta y la expresión de su cara le indicó que coincidía por completo con ella.

—Tu receta, ¿no llevaba avellanas? —le preguntó.

Ella se chupó los dedos para limpiarlos antes de volver a sacar el papel y sostenerlo en alto para que él pudiera leerlo. Antonio se inclinó hacia delante y señaló con el dedo.

—Avellanas —dijo—. Y chocolate.

—¿Crees que esta es la receta de lo que estamos comiendo? —planteó Lily—. ¿Es por eso por lo que la mujer se ha puesto tan susceptible al ver que la tenía? Quizá se la han ido pasando de generación en generación y nunca la han compartido...

—No tenía ni idea de qué pedir, así que le he dicho que me pusiera su pasta más popular, que ha resultado ser una versión especial de los *saccottini al cioccolato*. Así que quizá tengas razón. Sin duda se ha alterado mucho al verla.

—Pero ¿qué relación puede tener conmigo? —preguntó Lily—. ¿Por qué le dejaron esta receta a mi abuela? ¿Qué conexión puede haber entre un bebé londinense y una receta procedente de un pueblo italiano? ¿O con el teatro de La Scala, ya que estamos?

—Para ser sincero, no lo sé —contestó Antonio—. Pero te estás acercando. Creo que esa mujer sabe mucho más de lo que nos ha contado. De hecho, no me extrañaría que ya haya llamado por teléfono al resto de su familia, y que todos estén chismorreando sobre el tema ahora mismo. Quizá se trate de un secreto que han guardado durante años, porque tengo la sensación de que, de repente, cuando has mencionado La Scala, ella ha sabido a la perfección quién eras. Le ha cambiado la cara en el momento en que lo decías.

Lily apoyó la cabeza sobre el hombro de Antonio sin dejar de avanzar.

—Gracias —le dijo—. Por estar ahí dentro conmigo. Me alegro mucho de no tener que hacer esto sola.

Él la rodeó con el brazo y la apretó con suavidad mientras paseaban por el pueblo y ella se preguntaba si todo estaba a punto de cobrar sentido, o si iba solo a acabar con más pistas y la misma ausencia de respuestas para su búsqueda.

20

Milán, 1946

Estee estaba plantada en una esquina. Le dio una calada larga y lenta al cigarrillo que tenía entre los labios. Era un vicio que en el pasado había deplorado, pero, cuando la comida escaseaba, fumar le había ayudado a mantener a raya el malestar del hambre, y después ya le había costado dejarlo. También le ayudaba a dejar que pasara el tiempo mientras esperaba.

«Conque no iba a verlo de nuevo...»

Los dos se habían prometido que sería la primera y última vez, que el encuentro de aquella noche había sido un caso aislado, la oportunidad de rememorar el pasado antes de que ambos regresaran a sus vidas, pero resultó que a ninguno de los dos se le daba demasiado bien mantener sus promesas. No cuando estas implicaban que debían permanecer alejados el uno del otro.

Lo vio llegar, las luces callejeras lo iluminaron mientras se le acercaba y Estee dejó que sus ojos se empaparan de Felix antes de que él reparara en su presencia. Era atractivo, igual que muchos de los hombres que habían flirteado con ella antes de la guerra mandándole flores, con aquellos ojos oscuros llenos de anhelo, con aquellas sonrisas que prometían diversión. Incluso había recibido propuestas de matrimonio por parte de hombres que le aseguraban una vida de comodidades mientras hacían destellar anillos de diamantes dentro de cajas de terciopelo. Pero ninguno de ellos había llegado a despertar su interés siquiera. ¿Por qué debía renunciar a su carrera como bailarina de éxito para convertirse en un ama de casa? Había trabajado duro por todo en la vida y no estaba preparada para sacrificar su independencia, no mientras aún fuera lo bastante joven como para seguir bailando.

Entonces, Felix volvió a aparecer en su camino y de repente se imaginó sacrificándolo todo por él.

—Estee... —la llamó él al llegar junto a ella, la cogió de los codos y la besó en ambas mejillas.

Ella inspiró su aroma envolvente y las palmas de sus manos hallaban el camino para pegarse al pecho de Felix mientras levantaba la cabeza para mirarlo. Y, de repente, sus labios se encontraron. Estee le devolvió el beso, enredó los dedos en su camisa, lo inmovilizó por un instante hasta que ambos se echaron atrás, sin aliento.

—¿Cuánto rato tenemos? —preguntó ella, mirando a su alrededor como si alguien pudiera estar observándolos. Lo cual era ridículo: era consciente de que nadie que pasara por su lado tendría la menor idea de que estaban haciendo algo clandestino, y a la vez... Felix era una prohibición para ella, o al menos debía serlo, y ese hecho por sí solo la ponía nerviosa. Pero la culpa que sentía por hacerle daño a su prometida no era suficiente como para impedir que le diera la mano y apoyara la cabeza en su hombro mientras metía el otro brazo bajo el suyo para echar a caminar. Debería haber tenido la sensación de que aquello era una aventura, debería haber sentido una culpa o una vergüenza mayores, quizá ambas cosas a la vez, pero cuando estaba con Felix nada le parecía mal. ¿Cómo podría haber sido así?

—Tenemos toda la noche —contestó él, y a Estee no se le escapó que se le entrecortaba la voz, ni la manera en que la miró mientras le decía aquello.

Siguieron caminando y, aunque habían planeado comer algo, no se detuvieron, sus pies mantuvieron un ritmo lento y constante sobre el pavimento. Estee debería haber estado agotada tras la actuación de aquella noche, tras haberse subido al escenario, y sentía los músculos cansados, pero la atenazaba la sensación amenazadora de que, si dejaban de avanzar, el momento que los unía, aquella burbuja estallaría.

—Estee, hay algo que deseaba preguntarte. —Felix le cogió la mano y se la apretó mientras aminoraba el paso.

Ella le devolvió el apretón, sin saber bien lo que debía esperar del tono vacilante de su voz.

—¿Vendrías conmigo al lago de Como? —le preguntó—. Vamos a pasar allí dos noches con mi familia. —Suspiró—. Quiero que te conozcan, que comprendan que hay otra vida esperándome.

—Pero ¿y tu futura esposa? —dijo Estee, pese a que el corazón estaba a punto de salírsele del pecho por la excitación—. Ya estás prometido. Le partirás el corazón.

—¿Y qué hay del mío? —inquirió él con voz ronca—. ¿Y del tuyo?

Ella bajó la mirada hacia sus dedos entrelazados. No

deseaba imaginarlo dándole la mano a otra mujer, yaciendo en su lecho con una mujer que no fuera ella.

—¿Y si tu familia dice que no? ¿Y si me rehúyen en cuanto llegue?

—Entonces al menos sabré que lo he intentado —contestó él—. Desde el día en que te vi sobre el escenario supe que no podría seguir adelante con la boda. Una promesa rota es mejor que un matrimonio roto, ¿verdad? Y, aunque pudiéramos seguir viéndonos, si...

—Cuando estés casado dejaré de verte —lo interrumpió Estee—. No podría seguir así, sabiendo que tienes a una esposa en casa, esperándote. Eso será el fin para mí.

Él asintió con la cabeza y, al detenerse, su burbujita estalló, tal y como ella había anticipado.

—¿Qué pensará tu familia de mí? ¿De que hayas cambiado de idea?

Felix esbozó una sonrisa triste.

—Yo no he cambiado de idea en ningún momento. Es solo que antes ellos no estaban preparados para escucharme.

Estee dudaba que las cosas cambiaran, que su familia fuera a decidir de manera milagrosa que Felix podía seguir su propio camino cuando ya se habían hecho algunas promesas, y además tantos años atrás. Ella sabía bien cómo funcionaban ese tipo de acuerdos, en los que dos familias negociaban una unión sin pensar en las vidas que quedaban atrapadas en medio.

—Entonces nos vamos a Como —dijo Estee, obligándose a pronunciar las palabras, sin saber si tendría el valor necesario para poner en práctica aquel plan tan audaz.

—¿Vendrás? —le preguntó él—. ¿Crees que podrás tomarte dos noches libres?

Ella le sonrió.

—Pues claro que iré. —«Si eso implica pasar un fin de semana a tu lado, algunos momentos robados más, pues claro que iré»—. Si es a principios de semana, solo tendré ensayos.

—No será fácil, por mucho que se muestren receptivos con la idea —dijo Felix pasándose los dedos por el cabello, tirando de él como si el plan ya lo tuviera ansioso—. Para comenzar, siempre han insistido en que me case con alguien de nuestra misma religión. Quizá te pidan que te conviertas al catolicismo.

Ella no contestó, pero tampoco tuvo la seguridad de que se tratara de una pregunta.

—¿Tendré un alojamiento separado? —quiso saber.

—Por supuesto. Lo haremos todo con corrección —dijo Felix, a quien se le iluminaron los ojos mientras hablaba—. Yo lo organizaré. Lo único que tienes que hacer tú es estar lista cuando pase a buscarte.

Estee sabía que era una mala idea. Sabía que era imposible que la aceptaran o que dejaran que Felix rompiera su compromiso, pero también sabía que no podía decirle que no. Quizá tenía que dejar de ser pesimista y pensar que a la gente buena le pasan cosas buenas. Quizá era ella la que se equivocaba.

—Vamos —dijo él, acurrucándola bajo su brazo mientras echaban a andar de nuevo para encontrar un ritmo constante—. No quiero malgastar un solo instante del tiempo que pasemos juntos.

Los labios de Felix se posaron sobre su coronilla cuando ella se arrimó más a él, a la vez que se preguntaba cómo era posible que, en una ciudad repleta de hombres disponibles, se hubiera enamorado justo del que no podía ser suyo. El espejo de su camerino estaba cubierto de tarjetas y de notas de sus admiradores, y ella solía sonreír y recorrerlas con la mirada a medida que iban creciendo en volumen a lo largo de la temporada, halagada pero nunca tentada.

Pero solo guardaba una tarjeta en el cajón, oculta junto a sus posesiones más preciadas, y era la del hombre que tenía a su lado.

—¿Te gustaría volver conmigo al hotel y pasar la noche en mi habitación? —le preguntó Felix, girándose hacia ella de repente y cogiéndola completamente por sorpresa.

Estee abrió la boca, pero, insegura de lo que debía responder, no salió nada de ella, y Felix torció el gesto.

—Me he expresado mal. No pretendía decir que fuéramos a..., bueno...

Ella se rio.

—No tienes que disculparte.

—Lo que debería haber dicho es que quiero pasar contigo tantas horas como sea posible, y que estaría encantado de cederte mi cama y dormir en el sillón si eso implica pasar toda la noche en tu compañía.

El rubor de sus mejillas la sorprendió.

—Me encantaría. Pero, de camino, ¿podemos parar en mi apartamento para que prepare una bolsa?

Él asintió con la cabeza y regresaron paseando por donde habían venido.

—¿Dónde estás alojado? —le preguntó ella.

—En el Principe di Savoia —contestó él.

A Estee la recorrió un escalofrío al pensar en los alemanes, que habían convertido aquel establecimiento en su cuartel general durante la guerra. Verlos entrar y salir del Grand Hotel le había resultado casi insoportable en aquel momento. A diferencia del hermoso teatro de La Scala, que se encontraba cerca, el Principe di Savoia apenas había sido dañado durante la guerra.

Pero pasar la noche en un hotel cualquiera sería un lujo, y se alojaría encantada en aquel lugar, ya que volvían a vivir en tiempos de paz. Su apartamento era cómodo, llevaba años siendo su hogar, pero no acababa de ser la residencia con la que ella había soñado cuando era una muchacha que fantaseaba con la vida que llevaría algún día en Milán.

—¿Deberíamos pedir que nos suban algo de comida a la habitación? —propuso él—. Si no es demasiado tarde... ¿Espaguetis y champán, quizá?

Estee se rio.

—Siempre te ha gustado cebarme. Supongo que hay cosas que nunca cambian.

Lo dejó en la calle un rato, mientras subía con rapidez a preparar la bolsa, agradecida por el hecho de vivir sola para no tener que afrontar preguntas sobre su destino a aquella hora tan tardía de la noche. Su reputación se iría al garete si la veían con un hombre que no era su marido, escoltándolo hasta su hotel y saliendo de él por la mañana. Pero, una vez más, ¿a quién intentaba impresionar?

La recorrió un temblor de excitación mientras guardaba la ropa de noche y una bata de seda, así como una muda de ropa para la mañana siguiente y sus cosméticos. Cogió la bolsa, se observó largamente en el espejo sin reconocer apenas a la joven de rostro sonrojado que le devolvía la mirada, cerró la puerta a su espalda y regresó con Felix.

De haber pensado más en ello, habría perdido el valor.

Estaban acostados juntos, ella bajo las sábanas, con las almohadas ahuecadas bajo la espalda, y Felix sobre la ropa de cama, sosteniéndose la cabeza con el brazo. Había sido una velada perfecta; se habían relajado en la habitación quitándose los zapatos y comiendo espaguetis encima de la cama mientras Felix la hacía reír como nadie lo había logrado en mucho tiempo.

Estee movió los dedos de los pies por debajo de las sábanas, sintiendo el lujo del conteo de hilos contra la piel. Sin duda podría acostumbrarse a pasar el rato en habitaciones de hoteles de cinco estrellas.

—Háblame de tu trabajo —le pidió, devolviendo el tema de conversación hacia él, ya que no quería seguir hablando de la danza. Esta aún le encantaba, pero al fin y al cabo no dejaba de ser su trabajo y quería imaginarse el día a día de Felix, saber dónde estaba y lo que hacía—. Quiero saber más sobre esa receta con avellanas que has mencionado.

Felix le dirigió una sonrisa relajada; la manera en que la miraba la hacía sentir de verdad que era la mujer más hermosa que él hubiera visto. Otros hombres podrían decir las palabras adecuadas, pero Felix no tenía más que atraparla con los ojos.

—A mi familia le fue bien durante la guerra —dijo con un suspiro—. No fue fácil, sobre todo con el racionamiento, pero nos hicimos famosos en el Piamonte, y luego en otros lugares más lejanos, cuando comenzó a ser casi imposible conseguir chocolate. Los elevados impuestos sobre las semillas de cacao nos impidieron elaborar las pastas a base de chocolate, y a mi padre le preocupaba que tuviéramos que cerrar las puertas.

—Así que se le ocurrió algo diferente...

Felix se aclaró la garganta, bajó la vista antes de mirarla a los ojos de nuevo.

—Se te ocurrió a ti, ¿verdad?

Él le dirigió un ligero asentimiento de cabeza y ella sonrió ante su modestia.

—Trabajábamos juntos, pero mi padre se desanimó mucho con las presiones derivadas de intentar mantener el negocio a flote, por no mencionar todo lo que sucedía a nuestro alrededor.

—Así que... ¿qué es exactamente lo que inventaste? —preguntó, haciendo bailar los dedos en la mano de él, que reposaba sobre la sábana blanca.

—Había un montón de avellanas, y buena parte se producían a nivel local, así que hice el experimento de mezclar una pasta de avellanas con un veinte por ciento de chocolate. Fue suficiente para que supiera bien y para que a la vez conserváramos los suministros de chocolate, lo que nos permitió seguir.

—¿A vuestros clientes les gustó?

Felix sonrió.

—Vaya que sí. Comencé a hacer chocolatinas de recambio, y luego una pasta dulce rellena. Cuando acabó la guerra, estuvimos en condiciones de crecer mientras la mayoría de los negocios a duras penas lograban mantenerse a flote. Aquello lo cambió todo para nosotros.

Estee se recostó; imaginó a Felix probando aquellos experimentos hasta dar con la pasta correcta. Deseó haber estado allí con él mientras trabajaba, haber visto el brillo de excitación en su mirada cuando se dio cuenta de lo inteligente que era su idea.

—Tuve la suerte de volver de la guerra con vida y con

un negocio al que dedicarme —afirmó, esta vez en voz más baja—. Pero, aun siendo consciente de lo afortunado que era, seguía sin ser feliz. Seguía sintiendo que me faltaba algo.

No fue necesario que dijera lo que le faltaba, porque ella sentía lo mismo. Tenía el trabajo de sus sueños, actuaba en uno de los teatros más hermosos y con mayor renombre de toda Europa, pero hasta que Felix regresó a su vida no comprendió lo que llevaba tanto tiempo anhelando. «La pieza perdida de mi felicidad.»

—Háblame más de ese mejunje de avellana —le pidió, pues no quería que la conversación retomara el tema de lo que podría haberse dado entre los dos.

Él se incorporó y se bajó de la cama, fue hasta donde tenía la bolsa y regresó con algo envuelto. Ella lo observó con curiosidad romper el papel y darle su contenido.

—Pruébalo tú misma y dime lo que piensas.

Estee era consciente de que debería haberlo rechazado; después de todos aquellos espaguetis, por no mencionar la copa de champán, estaba llena a reventar, y tenía que controlar su figura. Pero se dio cuenta de que él tenía muchas ganas de que lo probara, así que se llevó la pasta a la boca y mordisqueó la punta. El sabor danzó sobre su lengua, hizo que la recorriera una oleada de anhelo. Llevaba tanto tiempo sin permitirse un dulce..., y aquel la devolvió de golpe al dormitorio de su niñez, cuando se comía las pastas que él le dejaba allí.

—Está deliciosa —dijo dándole otro mordisquito, incapaz de detenerse—. Felix, es una delicia absoluta.

Un brillo de alivio llenó su sonrisa y él retomó la posición que ocupaba antes, tumbándose a su lado y apoyándose de nuevo sobre el codo.

—Me gustaría crear más —le dijo—. Si he de serte sincero, eso es lo que amo hacer, pero mi padre ha recuperado el interés en la compañía últimamente y ve a mi hermano como el cerebro de la familia.

—Entonces, ¿te han dejado de lado? —le preguntó ella, con los ojos desorbitados al ver la tristeza en su mirada.

—No es tanto que me hayan dejado de lado como que me hayan dado un nuevo papel. Pero mi corazón no está ahí.

No tuvo que explayarse; Estee era consciente de lo que intentaba decirle: que se trataba de otro aspecto de su vida en el que no participaba de corazón.

—¿Qué harías tú si estuvieras al mando? O si pudieras elegir qué papel desempeñar... —le preguntó elevando la mano y recorriendo su brazo con la yema de los dedos—. Podemos ser sinceros el uno con el otro, ¿verdad?

Lo vio tragar saliva, el movimiento que hizo su garganta mientras levantaba la mirada hacia ella con lentitud, el ceño fruncido.

—Quiero desarrollar más esta receta, y luego crear otros sabores, abrir nuevas pastelerías por todo el país. Incluso le he comentado a mi padre la posibilidad de hacer cosas que la gente pueda guardar más tiempo en casa, algo que tenga un periodo de conservación mayor.

—¿Y él no está de acuerdo con tus ideas?

—No creo que quiera hacerse a un lado. O quizá es que no cree en mi capacidad.

Estee no pudo ofrecerle una respuesta, pero tampoco era eso lo que él buscaba.

—No podemos permitir que nadie nos robe nuestros sueños —murmuró—. A veces tenemos que tomar nuestras propias decisiones en la vida, incluso cuando no es la decisión que otros tomarían por nosotros.

Se quedaron en silencio, mirándose a los ojos, con tantas cosas por decirse...

—¿Está mal afirmar que tengo ganas de que llegue lo de Como? —preguntó él provocador, dejando atrás la melancolía de la conversación, antes de inclinarse hacia ella y atrapar los labios de Estee con los suyos.

Ella se lo permitió, suspiró hacia el interior de su boca cuando sus labios se desplazaron. Se sentía exhausta y revitalizada a la vez. El mismo cuerpo que le dolía por la severidad de los ensayos y de su calendario de actuaciones regresaba a la vida bajo el tacto de Felix.

Él le pasó las manos por la espalda, las detuvo en su cadera. Separaron los labios, encontraron de nuevo el camino para unirlos.

—No puedes seguir alimentándome —le advirtió ella mientras unían las frentes con dulzura, ambos con aliento irregular—. Mi costurera se pondrá hecha una furia si tiene que modificarme la barriga.

Felix se rio, ahuecó las manos en torno a su cara y ella notó la suavidad de su pulpejo bajo la barbilla.

—Te amo, Estee —le susurró—. Te he amado desde que era un niño. Espero que lo sepas.

A ella se le llenaron los ojos de lágrimas, pero las combatió con valor en un intento por disfrutar del momento en vez de preguntarse por el número de veces en que podrían estar juntos de nuevo.

«Yo también te amo.» Las palabras estaban, allí, pero, aunque se reproducían de manera frenética en el interior de su mente, no logró decirlas. Felix no pareció afectado por ello. Sus bocas volvieron a encontrarse, esa vez con un beso más lento, como si él hubiera recordado que disponían de toda la noche, en vez de contar con un solo instante robado junto al río.

—Buenos días, preciosa.

Estee abrió los ojos con lentitud. Estaba acurrucada bajo las sábanas, con la cabeza ligera como una pluma sobre la almohada. Se volvió y quedó cara a cara ante Felix, que también estaba tumbado sobre aquella enorme cama de hotel, solo que seguía por encima de las sábanas, con un vestuario que sin duda se encontraba más arrugado que la noche anterior.

«Jamás pensé que fuera a disfrutar del privilegio de despertar a tu lado.»

—¿Qué hora es? —preguntó con un bostezo mientras se envolvía aún más en las sábanas. Se habían quedado despiertos hasta pasadas las dos de la mañana, y no habría tenido problemas para seguir durmiendo.

—Casi las nueve —contestó él, mirando el reloj con los ojos entornados.

—¿Las nueve? —repitió ella con la voz entrecortada, y salió corriendo hacia el baño sin preocuparse por su modestia—. Tengo que irme. ¡Llego tarde!

Oyó un crujido a su espalda antes de cerrar la puerta, entrevió su pelo revuelto en el espejo mientras se dirigía al retrete y a continuación se lavó las manos y se echó agua sobre la cara. No fue un rostro bonito el que le devolvió la mirada, y tenía que darse prisa si quería llegar a tiempo al ensayo. Nunca había llegado tarde, y no pensaba comenzar a hacerlo en aquel momento.

Al salir del baño, mientras rebuscaba en la bolsa para

dar con su ropa, oyó una risita indolente y levantó la vista.

—Estás muy guapa cuando te aturullas —dijo Felix.

—Cuando me aturullo me vuelvo una gruñona —contestó ella, pero captó su sonrisa cuando se disponía a desvestirse—. Date la vuelta.

Él obedeció y se puso de cara a la pared, dándole la espalda mientras ella se cambiaba y se apresuraba a tirar la ropa del día anterior dentro de la bolsa. Cerró la cremallera y se dirigió con rapidez hacia él.

Felix se dio la vuelta y ella se sentó al borde de la cama, sostuvo la bolsa con una mano y le puso la otra sobre el brazo.

—Ojalá dispusiéramos de más tiempo —dijo inclinándose para darle un beso en la mejilla.

Él giró la cabeza, ahuecó la mano sobre la nuca de Estee e hizo descender su rostro hasta besarla, esa vez en los labios. Fue un beso cálido y prolongado, lento pese a las prisas que ella tenía.

—Te enviaré un mensaje —dijo en un murmullo—. Pero ya tengo ganas de que llegue lo de Como.

—Yo también —susurró ella contra sus labios, e hizo una pausa antes de permitirse un último beso.

Cuando se ponía en pie, Felix le cogió la mano y pegó los labios a su muñeca.

—¿Puedo acompañarte hasta el teatro?

Ella negó con la cabeza, sonriendo mientras bajaba la vista hacia él.

—¡Desde luego que no!

Estee se volvió, incapaz de seguir mirándolo, consciente de la facilidad con que su determinación podría venirse abajo. Y, entonces, ¿cómo se quedaría? Con una carrera destrozada y las manos vacías. Porque daba igual que Felix pensara que podría hacer cambiar de opinión a sus padres; ella era realista. No se casaría con ella y, a menos que estuviera dispuesta a ser su amante en la ciudad, a la que visitaría cuando estuviera aburrido o tuviera que resolver algún negocio, y a la que descartaría cuando se encontrara con su esposa y su familia, simplemente no tenían ningún futuro en común.

Abandonó aquel hotel grandioso y volvió la vista atrás en el momento en que su zapato tocaba la calle adoquinada. «Vete.» Se obligó a poner un pie delante del otro, pero, cada vez que parpadeaba, cada vez que cerraba los ojos durante un instante, no veía más que a Felix, con la ropa tan arrugada como las sábanas, el cabello enmarañado y aquellos ojos hermosos del color del chocolate que acababan de seguirla por la habitación.

«Yo también te amo.»

Ojalá hubiera tenido el coraje para repetir esas palabras en el momento en que él se las dijo. Pero habría sido la primera vez en la vida que las pronunciaba. Desde luego que su madre no le había dicho lo mucho que la quería, lo cual implicaba que jamás le había devuelto el mensaje, y su padre rara vez se dirigía a ella a menos que fuera para reprenderla por su comportamiento o para desearle los buenos días y las buenas noches.

El teatro se elevaba ya sobre ella y Estee enderezó los hombros, mantuvo la barbilla bien alta y se transformó en la bailarina que era.

Había llegado la hora de bailar y nada ni nadie, ni siquiera Felix, iba a distraerla de su interpretación.

21

En la actualidad

—Este lugar es precioso —dijo Lily mientras giraba sobre sí misma en medio de la habitación del hotel, absorbiéndola. Antonio tenía razón: era una mezcla perfecta de modernidad y antigüedad, como la fusión entre dos mundos.

Se tumbó en aquella cama enorme y su cabeza se hundió en la almohada de plumas mientras se quitaba los zapatos sacudiendo las piernas. Antonio se quitó la camisa y a ella se le desorbitaron los ojos. Pero, para su decepción, acto seguido él rebuscó en su bolsa, sacó una camisa limpia, blanca y ligera, y se la puso. Ofrecía un atractivo devastador, ya que su piel parecía aún más bronceada en contraste con el blanco de la tela.

—Tendremos que salir dentro de unos quince minutos para llegar a tiempo —indicó, y se volvió mientras seguía abrochándose los botones.

Lily lanzó un gemido para sí, se preguntó qué podía ponerse. ¿Un vestido? ¿Vaqueros? No tenía ni idea, y comenzaba a ponerse nerviosa.

—Ese bonito vestido de color azul —dijo él—. El que te pusiste para la fiesta de la vendimia.

Ella se recostó sobre los codos.

—¿Ahora puedes leer mi mente?

—Parece que sí. —Antonio se sentó a su lado y le cogió la mano—. ¿Estás nerviosa?

—Mentiría si te dijera que no.

—No lo hagas. —Se llevó su mano a los labios y murmuró contra la piel—: Ponte ese vestido, estás preciosa con él. Tengo buenas sensaciones para esta noche.

—¿En serio? —Lily suspiró sobre su boca mientras él la besaba. Los labios de Antonio se desplazaron con suavidad sobre los suyos en una serie de besos lentos que la llevaron a olvidarse de los nervios.

—En serio —contestó él acariciándole la mejilla—. Venga, no estaría bien llegar tarde.

Ella suspiró de nuevo, rodó para ponerse de lado y se bajó de la cama.

—¿Diez minutos?

—Diez minutos —repitió él.

Lily encontró el vestido, contenta de haberlo metido en la bolsa, y antes de entrar en el cuarto de baño ya había decidido seguir el consejo de Antonio. Sintió el frío de las baldosas en la planta de los pies mientras se dirigía hacia el lavabo. Se miró un instante en el espejo, se lo quitó todo menos la ropa interior y se puso el vestido. Antonio tenía razón, era perfecto; hacía que se sintiera hermosa, sobre todo al saber que a él le gustaba tanto, y al sentirse bien tenía algo menos de lo que preocuparse.

Sacó la base de maquillaje y un colorete líquido, se retocó el cutis hasta que le brilló la piel, y a continuación se puso un poco de rímel. Se ahuecó el cabello y decidió dejárselo suelto, que le cayera sobre los hombros, para acabar aplicándose su lápiz de labios favorito, de color rojo, en vez de dejárselos sin pintar. No se le escapó que había permitido que un hombre le dijera lo que debía ponerse por primera vez desde que, a los diez u once años, cuando era un marimacho, aceptó llevar un vestido por su padre. Sonrió al recordar que él le prometió la luna si, por favor, se ponía el vestido que le había comprado su madre. Nadie más podría haberla convencido, pero su padre iba a recibir un premio de prestigio por su trabajo y, tras echarle un vistazo a su cara, al ver la esperanza y la excitación que reflejaba, decidió que por una vez lo haría: se llevaría el vestido de volantes que le había comprado su madre, para hacer feliz a su padre.

Miró la tela ligera y hermosa del vestido que se acababa de poner. «Dios, cuánto he cambiado.»

Sonó un golpe en la puerta y Lily se roció algo de perfume en el cabello y las muñecas antes de dirigirle a su reflejo una última sonrisa rápida.

—¿Estás lista? —le preguntó Antonio en voz alta.

—Más lista, imposible —contestó.

Al salir, él soltó un silbido suave y la hizo girar sobre sí misma.

—*Bellissima* —murmuró cogiéndole la mano y tirando de ella hacia sí, pero Lily se apresuró a ponerle la mano libre sobre el pecho para mantenerlo a raya.

—Estropéame el lápiz de labios y eres hombre muerto —le soltó en broma, y pasó por su lado para ir a coger el bolso—. Vamos.

Antonio gimió, pero Lily tiró de él para que la acompañara. Por primera vez desde que había llegado a Italia creía de veras que estaba cerca de averiguar la verdad sobre el pasado de su abuela, y ni siquiera el más atractivo de los hombres podría hacer que llegara tarde.

—¿Estás seguro de que es aquí? —Lily sostuvo en alto el trozo de papel para que Antonio lo viera mientras este avanzaba a poca velocidad por el camino de acceso.

—Estoy seguro de que se trata del lugar correcto —contestó él—. Es aquí.

—No esperaba que fuera tan majestuoso —dijo ella pensativa—. ¿Crees que Sienna también estará ahí dentro?

Antonio se encogió de hombros.

—No lo sé. Es posible. O quizá solo esté su tío.

Lily no esperaba encontrarse con una finca así. Pensaba que se dirigirían a una casita del pueblo, pero aquel lugar parecía contar con varias hectáreas de terreno, en gran parte cubiertas de árboles.

—Es preciosa —dijo inclinándose hacia delante al ver aparecer la casa, un edificio de dos pisos oculto tras una especie de vid frondosa de color verde que se extendía hasta arriba de todo.

Sin embargo, no tuvo mucho tiempo para admirarla porque, en el momento mismo en que Antonio detuvo el coche, la puerta principal se abrió con pesadez.

Lily respiró hondo y le dirigió una sonrisa a Antonio.

—Recuerda —le dijo él—, pase lo que pase, te estás acercando. Y te prometo que, si eres la persona a la que buscan, te van a adorar. No hay nada de lo que preocuparse.

—Gracias —repuso ella en un susurro, y salió con valor del coche para dirigirse hacia el hombre, que era mayor de lo que esperaba, con el cabello bastante canoso y los ojos oscuros enmarcados por unas gafas negras.

No vio a Sienna, y sintió que los nervios le sacudían el estómago mientras se acercaba a él. No era la primera vez aquel día que se preguntaba si había hecho bien al acudir a Alba.

—*Signore*, me llamo Lily —se presentó—. He conocido a su sobrina, Sienna, hace unas horas. Espero que me estuviera esperando.

La atenazó la angustia al pensar que se habían equivocado de casa, que aquel hombre no tendría ni idea de quién era ella ni del motivo por el que se había presentado en su casa, pero la sensación desapareció en cuanto él dio un paso adelante y le besó las dos mejillas a modo de saludo.

—Soy Matthew —dijo después de estrecharle la mano a Antonio—. Es un placer conoceros. Por favor, pasad.

Lily le dirigió una mirada rápida a Antonio, que le sonrió y le indicó con un gesto que entrara ella primero. Al cabo de un instante estaban parados en el vestíbulo de una deslumbrante casa de campo, desde donde pasaron a una amplia cocina que le recordó por tamaño a la de los Martinelli, aunque aquella era más moderna. El olor a los tomates y el ajo que chisporroteaban en una sartén les dio una bienvenida claramente italiana.

—Lily, Antonio, esta es Rafaella, mi esposa —dijo Matthew en inglés mientras una bella mujer se volvía hacia ellos.

Rafaella, que llevaba un delantal atado a la cintura que cubría su bonito vestido de color rojo, se secó las manos y les dedicó su atención con una sonrisa contagiosa.

—Estamos encantados de teneros aquí, con nosotros —anunció en un inglés más forzado que el de su marido, pero notable de todos modos. Lily se sintió agradecida por el mero hecho de poder conversar con ellos—. Mi esposo ha estado muy impaciente toda la tarde, esperando este encuentro. Llevaba mucho tiempo sin verlo tan excitado por algo.

Lily enarcó las cejas sorprendida.

—¿Excitado? —repitió—. ¿Por conocerme?

Aquello había picado su curiosidad, y comenzó a acelerársele el corazón.

Matthew sonrió pero no reveló nada; en su lugar, se dirigió hacia la encimera, cogió una botella de vino tinto ya abierta y la levantó en el aire.

—¿Pinot?

Lily asintió con la cabeza.

—Sí, por favor.

El hombre sirvió una pequeña cantidad para cada uno en cuatro copas grandes, le pasó una a ella y otra a Antonio, y se sentaron a beber el vino en un silencio extrañamente cómodo hasta que Matthew habló al fin.

—Lily, me han dicho que tienes algo que podría pertenecer a mi familia —dijo—. ¿Te importaría enseñármelo para que pueda verificarlo?

—Claro que no. —Dejó la copa sobre la mesa y sacó la receta del bolso—. Sienna me pidió que no se la mostrara a nadie más, y quiero que sepas que ha permanecido oculta durante muchos años, décadas de hecho, en Londres. Apenas se la he enseñado a nadie, y desde luego a nadie que pudiera estar interesado en ella.

Matthew cogió la receta de su mano y, mientras la leía, su esposa se disculpó y regresó a los fogones, donde se puso a mezclar algo que llenó el aire de unas notas aromáticas celestiales. Lily reparó en que a Matthew comenzaba a temblarle la mano, pero no llegó a levantar la vista de la receta, que pareció leer y releer.

—¿Es lo que crees que es? —acabó Lily por preguntar, impaciente por saber más—. ¿Tienes alguna relación con esta receta? ¿Y yo?

Cuando al fin elevó la mirada, Matthew tenía los ojos llenos de lágrimas. Dejó que el papel cayera sobre la mesa y tomó las dos manos de Lily entre las suyas. Ella se lo permitió, consciente de la manera en que la receta le había afectado; el dolor, o quizá la felicidad, brillaba en sus ojos mientras le sujetaba los dedos. No lograba adivinar su edad, pero supuso que quizá tendría unos sesenta. Parecía mucho mayor que su esposa.

—¿Esto se lo dejaron a tu abuela? —preguntó Matthew—. ¿Es así como la receta llegó a tus manos?

—Sí. Creemos que se la dejó su madre biológica, antes de que la adoptaran. Llegó a mí hace muy poco, junto a parte de un programa del teatro de La Scala, que entendemos que pertenece a una actuación de 1946. —Lily se aclaró la garganta—. No conozco la conexión que mi abuela tuvo con ninguno de los dos papeles, ni si están relacionados entre sí, ya que estamos. Lo único que sé es que se los legaron, y quiero saber por qué.

Una lágrima se deslizó por la mejilla de Matthew, pero no le soltó las manos para secársela. En su lugar, la miró a los ojos.

—¿Podría verlo? ¿Compartirías conmigo ese programa?

Ella asintió con la cabeza y liberó los dedos con lentitud para meter la mano en la caja y sacar el programa;

lo desdobló y se lo entregó. Dejó la caja sobre la mesa para que él la viera, para que comprendiera dónde habían estado escondidas las dos pistas durante todo aquel tiempo.

—Como ya te he comentado, no sé por qué me dejaron estas cosas. O, mejor dicho, por qué se las dejaron a mi abuela. Pero, si hay algo que puedas contarme, si de verdad crees que podrías saber quién fue mi bisabuela...

—Lily, ¿a tu abuela la adoptaron en 1947?

Ella tragó saliva mientras él volvía a cogerle las manos, y en aquel momento supo que había malinterpretado la expresión de sus ojos. No era ni de dolor ni de felicidad, sino de esperanza.

—Sí —dijo en un susurro—. Los registros de adopción son de 1947.

—*Santa Maria* —murmuró él, a la vez que su esposa dejaba caer algo en la cocina con estrépito.

Matthew se levantó de la mesa.

—Por favor, si hay algo que puedas contarme, si hay algo que sepas que pueda ayudarme... —¿Sabía Matthew quién era su abuela? ¿Disponía de las piezas perdidas del puzle que ella intentaba componer?

Las lágrimas brotaron de los ojos del hombre mientras la miraba como si hubiera visto a un fantasma, y Lily se puso a temblar.

—Conoces la relación, ¿verdad? —le preguntó sin saber bien por qué Matthew se había puesto en pie—. ¿Sabes quién era mi abuela? —Se volvió hacia Antonio, que mantenía los labios apretados; era evidente que estaba tan confundido como ella.

Matthew regresó al cabo de pocos segundos con dos

marcos en las manos y los colocó con cuidado sobre la mesa, delante de Lily.

«No puede ser.» La mujer era clavada a su abuela, con una exuberante cabellera morena y unos labios carnosos pintados de rojo que se torcían en una sonrisa. La diferencia era que aquella mujer tenía una tristeza en los ojos que Lily nunca había visto en su abuela, como si su sonrisa escondiera algo. La segunda foto mostraba a la misma mujer, pero llevaba el pelo recogido en un moño severo y miraba hacia la cámara desde un escenario.

«Era bailarina.

»La compañía de ballet de La Scala.» Esa era la relación. ¡La madre de su abuela había sido bailarina en aquel teatro!

—Lily, creo que tu abuela fue la hija mayor de mi madre —dijo—, nacida fuera del matrimonio en 1947.

—Es ella —afirmó Lily con la voz entrecortada—. Es solo que no me lo puedo creer. —Cogió el primer marco y lo acercó para estudiar el rostro de la mujer, y levantó la mirada hacia Matthew—. Aquí es clavada a mi abuela. El parecido es tan grande que de hecho podría ser ella.

Volvió a alzar la vista, incapaz de creer lo que oía, lo que veía.

—¿Esta es tu madre? ¿La madre de mi abuela?

—Sí. Creo que sí —dijo Matthew.

—¿Y la receta? —oyó que Antonio preguntaba a su espalda.

—Pertenecía a mi padre —aclaró Matthew—. Y mi madre, bueno, fue una de las pocas personas en todo el mundo que tuvieron una copia de ella, porque él se la había confiado. Lo supe en cuanto Sienna me contó que la tenías contigo. Él solo la habría compartido con la mujer a la que amaba, para asegurarse de que no se perdiera. Me temo que tenía miedo de que pudieran asesinarlo, y quiso asegurarse de que nadie más que ella conservara sus secretos.

A Lily le tembló la mano al retirarla del marco. Rafaella, que se había detenido a su espalda, le puso una mano cálida sobre el hombro mientras Matthew se sentaba en la silla contigua a la suya. Aquel contacto la reconfortó; era el tacto de una mujer que era consciente de lo que otra mujer más joven que ella estaba viviendo.

—Tu abuela era mi hermana, Lily. Yo soy el menor de sus hermanos —explicó Matthew, que se inclinó hacia delante para darle un beso suave en la mejilla derecha y acto seguido otro en la izquierda—. Lo que te convierte, niña hermosa, en mi sobrina nieta.

22

Italia, 1946

Cuatro semanas después de verlo por última vez, Estee estaba medio convencida de que Felix no iría a recogerla. No es que desconfiara de sus intenciones; tan solo era consciente de la dificultad de organizarlo todo para aquel fin de semana. La idea de conocer a sus padres hacía que deseara ponerse enferma; anticipar el momento en que le pusieran la vista encima la aterraba más que su primera actuación sobre el escenario de La Scala. Pero tenía que intentarlo: se lo debía a Felix y a sí misma.

Desplazó el peso del cuerpo de un pie al otro delante de su edificio, sin saber bien por qué había decidido esperar fuera, pero sin molestarse tampoco en subir la escalera para regresar a su apartamento. De un tiempo a esa parte, los días se estaban volviendo más cálidos, y en aquel momento el sol estaba en lo alto del cielo azul y la humedad se enroscaba en torno a su cuello y le humedecía la piel. O quizá fuera que estaba entrando en un estado de ansiedad y le había echado la culpa al clima cuando este era por completo inocente.

¡Mec, mec!

Estee dejó caer la bolsa y abrió la boca al ver el coche que se detenía ante ella. Aquel descapotable de color rojo borgoña brillante parecía nuevecito. Felix abrió la puerta y salió con una sonrisa en la cara, y ella tuvo la seguridad de que esta haría juego con la suya. Llevaba una camisa arremangada, con un botón desabrochado más de la cuenta, y se descubrió deseosa de desabrochar otro para revelar el vello ralo que él tenía en el pecho.

—Cuando me dijiste que los negocios te iban bien... —murmuró.

Su encogimiento de hombros no la engañó; sabía que aquel cabriolé solo se encontraba al alcance de las familias más pudientes de Milán, y eso le indicó que el experimento con las avellanas había sido un éxito mucho mayor de lo que él había reconocido.

—¿Preparada para el viaje? —le preguntó él.

Ella asintió con la cabeza, se olvidó por completo del coche cuando él se agachó para recoger sus maletas. Mientras Felix las metía en el vehículo, ella dio un paso vacilante al frente.

—Pareces nerviosa —dijo él.

Estee se rio, y a duras penas reconoció como propio aquel sonido.

—Eso se debe a que estoy nerviosa.

Su sonrisa la pilló desprevenida. Felix le pasó el brazo por la cintura mientras la miraba.

—Eres tan bonita que podrías llamar la atención de cualquier hombre, y eres una de las bailarinas más famosas de toda Italia. El mundo está a tus pies, Estee —murmuró—. Si mis padres no te adoran, el problema será de ellos, no tuyo.

Sus palabras la envolvieron, pero, por mucho valor que tuvieran para ella, seguía estando poco inclinada a creerlo. Por no mencionar el hecho de que, si su plan tenía éxito, Estee le arruinaría la vida a otra mujer. La prometida de Felix sin duda no se merecía quedar atrapada en medio de lo que sucediera entre él y Estee.

—Ojalá bastara con que tú me quisieras —le contestó en un susurro.

Felix le plantó un beso en la frente antes de abrirle la puerta del vehículo. Aunque por lo general se mostraba discreta acerca de su vida privada y no le gustaban las miradas indiscretas ni que se hablara de ella por algo que no fuera su baile, Estee no había ocultado precisamente el hecho de que se marchaba unos días con un hombre. Ya podía imaginarse los chismorreos que iban a desatarse entre las ancianas del barrio que la observaban desde sus ventanas. Pero, aquel día, decidió no darle ninguna importancia a la cuestión.

Tomó asiento y recorrió con los dedos el inmaculado interior de piel de color crema. Se trataba con facilidad del vehículo más hermoso al que hubiera tenido el privilegio de subirse.

Pero Estee no tardó en desviar la atención del coche. En cuanto Felix se sentó al volante, encendió el motor y salió hacia la calle en calma, él fue lo único que le importó. Felix puso una mano sobre la suya y el peso de sus dedos hizo que Estee se tranquilizara casi de inmediato.

Él le guiñó un ojo, lo que la hizo reír, y ella se acomodó cerca de su cuerpo, sosteniéndole la mano mientras miraba la carretera que tenía delante, deseando que el viaje durara mucho más que una hora.

Cuando llegaron al lago de Como, las mariposas en el estómago de Estee se pusieron a aletear de nuevo con fervor y ella miró por la ventana, agradecida por el aire que los azotaba al estar la capota bajada. Se miró en el espejo de vanidad y decidió que debería haberse puesto un pañuelo en la cabeza, porque el moño tirante ya no era perfecto, sino que tenía mechones sueltos por toda la cabeza.

—¿Tus padres ya están aquí? —le preguntó a Felix mientras giraban por una carretera que se alejaba del lago.

—De hecho, eso forma parte de la sorpresa —dijo él contemplándola—. No llegan hasta mañana.

—¿Mañana? —Sus nervios desaparecieron casi de inmediato.

Él sonrió, aunque en esa ocasión no apartó la vista de la carretera.

—Tenemos el resto del día y toda la noche para nosotros.

Estee se apoyó contra la ventanilla de su lado y sonrió, disfrutando de la idea de estar a solas con Felix.

—Tendremos que ir con cuidado —le advirtió—. No quiero que el personal del hotel vaya a contarle a tu madre que nos comportamos de manera indecente. Quiero que piense que soy una joven respetable.

Él detuvo el coche y se volvió hacia ella con el entrecejo fruncido, aunque no consiguió esconder una sonrisa.

—¿Me estás diciendo que no eres una joven respetable?

—Una joven respetable ¿habría pasado esa noche contigo en una habitación de hotel hace un mes? —replicó ella.

Felix se inclinó hacia delante y, pillándola desprevenida, puso los labios sobre los suyos. Estee se dispuso a devolverle el beso, pero en su lugar, al darse cuenta de que podrían verlos, lo apartó deprisa con un empujón.

—¿Qué acabo de decir sobre la respetabilidad? —preguntó manteniendo la mano entre ambos por si él intentaba besarla de nuevo.

Felix suspiró.

—Quizá debería haber reservado la primera noche en un hotel diferente.

En ese momento, Estee se volvió y vio dónde se encontraban, absorbió la imagen de aquel hotel impresionante. Supo por su exterior que era un lugar muy especial.

—Bienvenida al Villa d'Este —dijo Felix, que abrió la puerta y rodeó el coche para dirigirse a su lado—. Creo que te va a encantar.

Estee estaba casi convencida de que sería así. Mientras contemplaba los pintorescos alrededores del establecimiento, un hombre vestido de traje les dio la bienvenida y se ofreció a llevarse el coche. Les aseguró que él se encargaría de subir el equipaje, y, cuando Felix le ofreció el brazo, Estee lo aceptó feliz y subieron juntos por la escalinata para entrar en el hotel más elegante que ella hubiera visto nunca. Unas recargadas lámparas de araña colgaban del techo, absurdamente alto, y, al final de aquel opulento vestíbulo, una escalera de caracol los invitaba a que se acercaran.

Estee se sentó en un sillón afelpado de terciopelo mientras Felix los registraba y se encargaba de todos los detalles. Se puso en pie al ver que regresaba, y la mano de él se posó en la parte baja de su espalda para conducirla hacia la escalera.

—Tenemos habitaciones separadas —murmuró—, pero contiguas. Y me he asegurado de que mis padres estén en otro piso.

Ella sacudió la cabeza.

—Has pensado en todo, ¿verdad?

—Vamos a instalarnos y luego daremos una vuelta en barco por el lago antes de comer. Quiero que nunca olvides el día de hoy, Estee.

Ella no le dijo que, incluso sin todo aquel derroche, sería imposible que olvidara un día a su lado. Y por un instante se preguntó si no se habría equivocado al mostrarse tan pesimista. ¿Por qué no habría de gustarles a sus padres? Procedía de una familia respetable, aunque no pudiente, pero la admiraba gente de toda Italia y más allá por su talento como bailarina. Había trabajado duro a lo largo de toda su vida, había cuidado de sí misma y de su familia, y no tenía ningún escándalo que ocultar.

—¿Te sientes feliz? —le preguntó Felix, estudiándola con el ceño fruncido.

Ella levantó la mirada y le sonrió.

—Pues claro que me siento feliz. ¿Cómo podría no ser así?

En aquel instante, Estee vio su equipaje, y Felix la dejó un momento para ir a hablar con el portero. Entonces, él se agachó para abrir el cierre de una de sus maletas y Estee se quedó sin aliento al ver la caja de terciopelo —fue imposible pasarla por alto— cuando se la pasó entre el bolsillo de la chaqueta y la bolsa.

A Estee se le disparó el corazón y él se volvió hacia ella con una amplia sonrisa. «Este fin de semana no va solo de conocer a sus padres. Me va a pedir matrimonio.»

Se esforzó por transmitir calma a su expresión mientras él volvía hacia ella dando pasos largos, y debió de engañarlo, porque no le preguntó nada durante el resto del camino hacia sus habitaciones. Estee entró en la suya y dejó la puerta entreabierta para cuando le llevaran las maletas. Cruzó la estancia y fue a mirar por la ventana, donde admiró los árboles y las filas de viñas que se extendían a lo lejos.

«Quiere que me convierta en su esposa.» Le había dicho categóricamente que no sería su amante, pero ni en un millón de años habría esperado que le propusiera matrimonio, que le pidiera que fuera su mujer. ¿Había acabado ya con su compromiso? ¿Acaso era libre de pedir su mano si aún estaba prometido con otra?

En aquel momento, Estee deseó tener una madre a la que acudir en busca de consejo pese a que, por mucho que su madre hubiera seguido con vida, nunca le habría hablado de esas cosas.

Sonó un ligero golpe en la puerta y Estee se volvió, esperando a medias encontrarse con Felix, pero comprobó que se trataba tan solo del encargado de entregarle sus maletas. Se apresuró a darle una propina, cerró la puerta tras él y se volvió hacia sus cosas.

Miró el vestido que llevaba puesto y de inmediato decidió que era demasiado sencillo si iban a estar todo el día deambulando alrededor del lago de Como, por no mencionar que tenía que arreglarse el cabello. Así que, para apartar la mente de lo que pudiera pasar o dejar de pasar aquel día, colgó la ropa en el armario y escogió su vestido sin mangas favorito, que combinó con un lápiz de labios de color rosa intenso. A continuación, consciente de que a Felix le gustaba que llevara el pelo suelto, dejó que le cayera sobre los hombros y se lo peinó.

El problema era que no podía dejar de mirar aquella cama enorme y mullida, con sus almohadas ahuecadas, y preguntarse si pasaría la noche tumbada en ella sola o si Felix querría acompañarla.

23

No había ningún sabor comparable al de aquel *gelato* al lado de Felix. El chocolate estalló en la lengua de Estee mientras paseaban juntos, con el sol calentándoles los hombros, en la dirección del restaurante en el que habían comido. Primero habían tomado vino y degustado el mejor marisco que ella hubiera probado nunca, habían enrollado sus espaguetis mientras hablaban y se reían. Tenían que contarse tantas cosas para ponerse al día, había tanto en sus vidas que deseaban compartir con el otro... Era como si se lo hubieran estado reservando hasta aquel momento, por no creer que fueran a disfrutar de un futuro juntos. Pero el chispeo en los ojos de Felix, la manera en que le hablaba... Estee nunca había visto un optimismo tan real, y parecía estar contagiándose de él.

«El anillo.»

Se acordaba de él cada pocos minutos, se preguntaba dónde estaría, si lo llevaría consigo o lo tendría aún en la habitación. Y acto seguido volvía a ponerse nerviosa, se preguntaba cómo iba a ser posible que todo obrara en su favor.

Algo tan sencillo como su religión, o la ausencia de la misma, podía impedir que los padres de Felix le dieran su bendición. Pero, por enorme que pudiera ser el obstáculo de que ella no fuera católica, no sería nada comparado con el hecho de tener que pedirle a su familia que acabara con un compromiso que había sido acordado cuando él era un crío.

—Estás pensando en mañana, ¿verdad? —le preguntó Felix, que hizo chocar el hombro contra el suyo con suavidad—. ¿Por eso estás tan callada?

Ella lamió la cuchara y pensó en él, en la dulzura de sus ojos. Seguía habiendo algo diferente en Felix: la manera en que la miraba, la manera en que hacía que ella se sintiera reconocida. Al margen de Sophia, nadie había hecho que se sintiera así antes. Sophia, su amiga más cercana, la única confidente que había tenido además de Felix, había llenado los años que transcurrieron entre el momento en que salió del Piamonte y el bombardeo del teatro de La Scala. Pero era como si solo se le hubiera permitido tener a uno de ellos en la vida, y se la habían arrebatado antes de dejar que el otro regresara. ¡Lo que habría dado por tenerlos a los dos consigo!

—Es solo que... —le fallaron las palabras.

Felix se detuvo y le tocó el cabello con los dedos, se lo acarició con suavidad.

—Tienes que confiar en mí —dijo con ternura, haciendo que resultara casi imposible no creerlo—. He pensado mucho en esto. Cuento con una respuesta para cada duda que puedan tener.

El *gelato* comenzó a gotear entre sus dedos. Estee asintió con la cabeza, porque no sabía qué otra cosa podía hacer.

—Confía en mí —insistió Felix, que le guiñó el ojo y le cogió la mano para limpiarle con un beso el chocolate descarriado.

Estee se rio y apartó la mano, miró a su alrededor como si esperara que los padres de él hubieran estado observándolos, o quizá alguna otra persona que pudiera informarlos de sus travesuras. Pero, por supuesto, allí no había nadie más que turistas y vecinos inmersos en sus propias vidas, a quienes les importaba muy poco lo que hicieran o dejaran de hacer.

Echaron a caminar de nuevo, con mayor lentitud que antes, ansiosos los dos por alargar la jornada tanto como fuera posible. Pero pocos minutos después estaban en un taxi, dirigiéndose de vuelta al hotel, donde se quedaron parados a los pies de aquel edificio grandioso que esperaba para darles de nuevo la bienvenida a sus habitaciones.

—¿Y si caminamos un poco más? —propuso Felix, ofreciéndole el brazo.

Estee asintió con la cabeza.

—No había caminado tanto en toda mi vida, pero sí —contestó—. Vamos a caminar.

Los alrededores eran tan magníficos como el hotel mismo; la hierba era verde y amplia, y estaba recortada a la perfección, igual que el seto que adornaba el perímetro de la zona al aire libre del hotel. Más allá, comenzaban los árboles.

—Algún día quiero tener una propiedad como esta —dijo Felix—. No tan inmensa, pero con tierras que se extiendan hasta donde llegue la vista, cubiertas de avellanos. Quiero producir lo que necesito para hacer mi pasta sin tener que depender de otros cultivadores.

Quiero poder decir que la produzco yo mismo de principio a fin.

Estee levantó la vista hacia él. La había sorprendido que dijera aquello de «mi pasta».

—¿Estás pensando en separarte del negocio familiar? ¿O estás hablando en sentido figurado?

—La verdad, no sé lo que me digo —contestó él, mirando aquellas tierras mientras ella estudiaba su perfil—. Supongo que quiero estar preparado para lo que pueda suceder.

Ella tragó saliva, se le acercó y miró en la misma dirección, para ver lo que él veía. «Se está preparando para que su familia le diga que no. Ya está haciendo planes por si ocurre lo peor.»

—Me siento un poco cansada —dijo Estee, aunque su mente nunca se había encontrado tan alerta—. Creo que es el momento de irme a la cama.

Él le cogió la mano y regresaron caminando al hotel. El silencio entre ambos nunca había parecido tan pesado. Al llegar a su habitación, Estee se detuvo y se volvió hacia él, le acarició la cara mientras le daba un beso suave en los labios.

—Gracias por el día de hoy —dijo—. No lo olvidaré nunca.

Él llevó las manos a sus hombros y las deslizó con lentitud por sus brazos hasta llegar a las yemas de sus dedos.

—Te traeré aquí cada año —le susurró—. Puede ser nuestro lugar especial.

Estee abrió la boca para decir algo, casi esperando que le pidiera matrimonio allí mismo, pero en su lugar él le dio un beso en la frente y retrocedió un paso.

—Dulces sueños, preciosa —le deseó—. Nos vemos por la mañana. Estate preparada para un desayuno tardío.

Estee asintió con la cabeza y abrió la puerta, le sonrió una última vez antes de cerrarla. Pegó la espalda a la madera, cerró los ojos y se fue hundiendo lentamente hasta sentarse en el suelo. Dejó caer el bolso a su lado. «¿Qué estoy haciendo aquí?» Iba a acabar con el corazón roto, las fantasías que compartía con Felix quedarían aplastadas en el momento en que él le contara sus sueños a su familia.

«Y, sin embargo, aquí estoy, siguiendo un plan que está condenado al fracaso.»

Se obligó a ponerse en pie, empujándose contra el suelo, y se quitó los zapatos de sendas patadas. Respiró hondo, enderezando la espalda mientras levantaba los brazos, y apretó los músculos del vientre como si se estuviera preparando para un ensayo. Agradeció que la habitación fuera grande, porque solo a través del baile pudo distraerse del desastre latente que tendría lugar el día después.

De pronto, habría dado cualquier cosa por volver a estar en Milán, sobre el escenario, el único sitio del mundo al que pertenecía.

El único sitio del mundo en el que debía estar.

Al día siguiente llamaron con suavidad a la puerta de Estee y ella se levantó, adormilada. Había acabado por hacerse un ovillo sobre la cama, abrazando la almohada contra el pecho, convencida de que no podría conciliar el sueño, pero al final lo había logrado, y tan solo desearía poder descansar un rato más.

Se miró el reloj de pulsera y vio que eran más de la nueve, así que corrió hacia la puerta rogando porque Felix no hubiera pasado ya a buscarla. Pero en su lugar se encontró una bandeja de plata y abrió la puerta de un empujón para poder cogerla. Supuso que él habría hecho que le subieran el desayuno y, tras entrar la bandeja a la habitación, dejarla con cuidado sobre la cama y levantarle la tapa, descubrió un panecillo recién hecho, mermelada y una pasta de aspecto delicioso. Sonrió al imaginárselo mirando con detenimiento el menú del desayuno antes de decidir lo que iba a elegir para ella, y cogió el sobre que habían depositado bajo el plato.

Deslizó una uña por debajo del sello y extrajo una hoja blanca de papel.

Estee:

Disfruta del desayuno y reúnete abajo conmigo al mediodía para comer.

Besos

Volvió a dejar la nota sobre la bandeja y cogió la pasta, incapaz de resistirse. Por lo general habría tenido más presente todo lo que estaba comiendo, decidida como estaba a no ganar ni medio kilo de peso, pero le pareció que la reunión con los padres de Felix bien se merecía un dulce. Miró el panecillo, que aún estaba caliente, y suspiró. Esperaba que la pasta la saciara, porque de otro modo también le resultaría imposible resistirse al pan.

Tras un baño sin prisas con el que a duras penas logró apaciguar los nervios y un ansioso ir y venir por la habitación intentando decidir qué ponerse, al fin estuvo lista para bajar. Había optado por un bonito vestido de color lavanda entallado en la cintura y se había puesto algunas horquillas para quitarse el pelo de la cara, aunque aquel peinado poco y nada tenía que ver con el estilo riguroso con el que se subía al escenario. Quería parecer elegante pero sencilla. Se había pintado los labios de un color rosa más cálido que su favorito, el rojo, y se echó un último vistazo al espejo antes de dirigirse una sonrisa fugaz. «Puedo hacerlo. Me van a adorar.»

En el momento en que cogía el bolso para guardar el lápiz de labios y los polvos en su interior, llamaron con suavidad a la puerta. Estee se rio para sí, atravesó la habitación y cogió la manija de la puerta. Se podía confiar en Felix: era evidente que había decidido que no podía esperar a verla, y a ella le encantó que hubiera ido a buscarla. Sería mucho más agradable bajar cogida de su brazo que sola, sobre todo dado lo nerviosa que estaba.

Abrió la puerta de golpe mientras decía con una sonrisa:

—No podías mantenerte lejos, ¿verdad...?

—Estee, ¿no?

Las palabras se le hundieron en la garganta. «Pues no es Felix.» Intentó evitar que la sorpresa la dejara boquiabierta y, pese a los años de experiencia, le costó armarse de aplomo.

—Te preguntaría si es la habitación correcta, pero tendría que fingir que no sé exactamente quién eres.

—Señora Barbieri... —dijo Estee con una voz que apenas sonó por encima del susurro—. No esperaba que nos conociéramos de esta manera.

—He pensado que podríamos presentarnos mientras bajábamos a comer —repuso con tanta frialdad que Estee sintió un escalofrío.

—Por supuesto —asintió ella, tratando de no tartamudear—. Solo, ah, déjeme que coja la llave de la habitación.

Estee se volvió y no oyó que la puerta se cerrara a su espalda, así que se preguntó si la madre de Felix habría metido el pie en el umbral para mantenerla abierta. Cogió la llave de un manotazo, la dejó caer y la recuperó con rapidez para guardársela en el bolso. Le temblaban las manos y se apresuró a cerrar los puños, no quería que nadie reparara en lo agitada que se sentía. La costumbre infantil de clavarse las uñas en las palmas regresó a ella de repente.

Miró a la madre de Felix, que la esperaba con una sonrisa, pero no había ninguna calidez ni bondad en su expresión. En su lugar, vio algo mucho más frío y calculador.

—Estee, hay alguien a quien quiero presentarte —dijo la mujer, enarcando aún más las cejas mientras sus labios se curvaban para formar una sonrisa.

Estee salió al pasillo y se le cayó el alma a los pies. «No, no puede ser.» No la había visto nunca, pero por algún motivo supo a la perfección quién era aquella joven, y se ruborizó por la vergüenza.

—Esta es Emilie. Estoy segura de que mi hijo te habrá mencionado a su prometida...

Estee movió la boca, pero no le salieron las palabras. Era incapaz de articular un solo sonido.

Emilie, la mujer a la que había imaginado un centenar de veces desde que supo que Felix estaba comprometido con otra, o quizá la mujer en la que había intentado no pensar con todas sus fuerzas, parecía estar tan avergonzada como ella.

—Por supuesto, es... es un placer conocerte, Emilie —dijo Estee, recobrando la compostura, transformándose de manera milagrosa en la mujer que era sobre el escenario, la bailarina de la que el público se enamoraba cada noche a lo largo de la temporada. «La artista consumada.»

Se aclaró la garganta y miró a la señora Barbieri a los ojos mientras enderezaba la espalda y levantaba el mentón, negándose a sentirse pequeña delante de ella.

—Por encantador que sea este momento, creo que voy a volver a mi habitación —indicó Estee mientras la otra joven parecía desear que la tierra se abriera y se la tragara.

—Tonterías —repuso la madre de Felix—. ¿Y estropear esta pequeña sorpresa que tengo para mi hijo? —Cogió a Estee del brazo y le clavó las uñas dolorosamente en la piel—. Ya es hora de que mi hijo aprenda las consecuencias de sus actos, aunque admito que resulta poco habitual que la futura esposa conozca a la amante.

«¿La amante?» El calor de las lágrimas quemó los ojos de Estee. ¿A eso se había visto reducida? ¿Al papel de amante? Era justo aquello que siempre se había negado a ser.

Debería haberse mantenido firme, debería haberse negado y afearle el uso de esa palabra, pero estaba conmocionada; sus esperanzas y sus expectativas se habían frustrado en el momento en que había abierto la puerta para encontrarse con la madre de Felix. Al parecer, no tenía sentido luchar. Y, además, bien podían acabar con todo aquello. Le debía a Felix una oportunidad, la de ver la manera en que trataba su madre a la mujer a la que amaba.

Una vocecita que susurraba dentro de su cabeza la llevó a mirar a la otra mujer de la vida de Felix, la prometida, que no estaba recibiendo un trato mucho mejor que ella. «¿La ama también? ¿Me ha estado engañando durante todo este tiempo con sus palabras de amor? ¿Le habrá estado susurrando lo mismo a esta chica? ¿O todo es tan solo un truco cruel por parte de su madre?»

Bajaron la escalera y ella buscó frenética a Felix. Pero, al verlo, se le rompió el corazón. Estaba de pie, hablando con otro hombre, riéndose, con una amplia sonrisa en la cara, y esa sonrisa se mantuvo allí cuando se miraron a los ojos durante un segundo exacto, hasta que su rostro perdió todo el color. Estee lo vio excusarse y avanzar algunos pasos con lentitud; la angustia de su expresión lo decía todo. Apenas miró a su madre y a su prometida; en cambio, mantuvo la vista clavada en Estee.

—Felix —anunció la madre, soltándole al fin el brazo para hacerle señas con la mano—. Por favor, ven y preséntame como es debido a tu amiga. ¿O debería decir a tu amante?

Él se acercó con rapidez y se situó al lado de Estee con gesto protector.

—Emilie, es un placer verte, como siempre —saludó con rapidez a su prometida, dirigiéndole una breve sonrisa. Ella asintió con la cabeza a modo de respuesta y Estee percibió la profunda incomodidad que sentía, aunque por suerte parecía más avergonzada que afligida—. Madre, ¿me permites unas palabras en privado?

La mujer estudió a su hijo con una frialdad que llevó a Estee a preguntarse cómo era posible que hubiera criado a un hombre tan amable y bondadoso. Pero quizá no hubiera sido siempre de aquella manera; Estee había visto de primera mano la forma en que un giro en su fortuna podía hacer cambiar también a las personas.

Antes de que alguien pudiera decir algo más apareció el señor Barbieri, que iba acompañado de un joven que debía de ser el hermano de Felix. Estee solo reconoció al padre porque lo había visto el día que se conocieron, a los doce años, después de su recital de ballet, y de nuevo aquella vez frente a la pastelería.

—Creo que podemos salir a dar un paseo. Este no es lugar para tratar asuntos familiares —sugirió el padre, tocando el brazo de su esposa.

Pareció funcionar, porque ella asintió con la cabeza de inmediato y todos se volvieron para salir al exterior, a la brillante luz del sol.

—Lo siento mucho —le dijo Felix en un susurro a Estee, intentando cogerle la mano, pero ella la apartó y en su lugar cruzó los brazos. No es que estuviera enojada con él, pero tampoco veía de qué manera podría ayudar a la situación que se cogieran de la mano.

También le daba pena esa otra chica que había quedado atrapada en medio de su relación, y no tenía el menor interés en faltarle al respeto.

—Vete con tu prometida —murmuró—. Esto no es justo para ella, se merece algo mejor.

Felix le dirigió una mirada prolongada, pero acabó por pasar tras ella y fue hacia Emilie. Estee observó la manera en que le hablaba, la mano con que rozaba la parte baja de la espalda de Emilie, tal y como a menudo hacía con ella, y la recorrió una oleada de celos.

—Hijo, tienes que darnos algunas explicaciones —dijo el señor Barbieri cuando acabaron por detenerse, lo bastante lejos del hotel como para que nadie pudiera oírlos.

Felix se adelantó y Estee se quedó mirándolo, memorizando su imagen; deseó haberse marchado la noche anterior, para que los recuerdos del tiempo que habían pasado juntos se mantuvieran frescos y hermosos, sin que la madre de él llegara a mancharlos.

—Es mi madre la que tiene que explicarse —dijo Felix, dándole la espalda a la mujer mientras hablaba—. Se suponía que este fin de semana era para nosotros, para la familia, de modo que yo pudiera...

—Emilie forma parte de esta familia —lo interrumpió su madre—. ¿No es así, querida? Has sido familia para nosotros desde que eras una niña.

—*Papà*, le pedí a Estee que viniera este fin de semana para poder presentárosla debidamente —prosiguió Felix, y la madre, al verse ignorada por su hijo, pareció al borde de un ataque al corazón—. Emilie y yo llevamos mucho tiempo prometidos, es cierto, pero yo llevo años enamorado de Estee y no puedo alejarme de ella solo porque *mamma* y tú hicierais una promesa en mi nombre cuando era un crío. Una promesa en la que no tuve ni voz ni voto, y por la que desde luego no me siento obligado.

—Hijo, te estás adentrando en un camino peligroso —advirtió el padre mientras se pasaba los dedos por la barba, que llevaba muy recortada—. Nuestras familias están unidas por sus negocios. Esto es algo más que un matrimonio entre dos personas; es una cuestión de familia y honor.

—He tomado una decisión, *papà* —aclaró Felix antes de volverse hacia Emilie—. Lo siento mucho, jamás deberían haberte manipulado de esta manera. Los dos sabemos que la nuestra nunca fue una unión por amor, y siempre he sido sincero contigo acerca de mis sentimientos.

—¿Quieres romper tu compromiso con Emilie por una bailarina de nada? ¿Un adorno a la que has cogido como amante tras verla sobre el escenario? ¿Es católica, siquiera?

Felix negó con la cabeza.

—No, *mamma*, no es católica. Pero Estee es una de las bailarinas con más talento de toda Italia. Sería un honor que se convirtiera en mi esposa.

—¿Te he dicho que la familia de Emilie está aquí? ¿Sabes lo que eso provocará en nuestra relación con ellos? —continuó la madre—. ¿Las repercusiones que tendrá? ¡Hemos venido a comprar su vestido de boda, no a cancelar la ceremonia!

—Me acuerdo de ti —le dijo el señor Barbieri de repente a Estee, mientras cruzaba los brazos sobre su barriga prominente—. Eres del Piamonte, ¿verdad? Te fuiste de allí para bailar en La Scala...

Estee asintió con la cabeza.

—Sí, esa soy yo.

—¿Y llevas enamorado de ella desde entonces? ¿Desde el Piamonte, cuando eras un niño?

—Así es —contestó Felix a su padre.

—Lo siento, hijo, pero por mucho que me gustaría entenderlo no puedes renunciar a tu compromiso con Emilie. Afectaría a toda nuestra familia. No obstante, si tu prometida y tú podéis llegar a un acuerdo dentro de vuestro matrimonio, como sucede tan a menudo...

—No pienso ser la amante de nadie, señor Barbieri

—lo cortó Estee, llevada por la rabia, incapaz de permanecer más tiempo callada.

—Se suponía que hoy debíais conocer a Estee, para que os explicara cómo...

Felix se vio interrumpido de manera abrupta.

—Para nosotros, nada va a alterar la situación, hijo —dijo el señor Barbieri—. Tienes que decidir si continúas con esta... con esta *relación*, o si quieres seguir formando parte de esta familia.

Felix se quedó paralizado. Reaccionó al ultimátum de su padre con una expresión que a Estee le dolió ver. Ella había anticipado que pasaría algo así, pero costaba soportar el peso de aquellas palabras. Si la elegía a ella, iba a renunciar a muchas cosas.

—Si vas a darme un ultimátum, no tengo otra elección —reconoció Felix—. Abandonaré el negocio familiar y lo dejaré todo atrás. Voy a casarme con Estee, no hay discusión posible sobre ese particular.

—¿Y si te damos un poco de tiempo para que reflexiones sobre tu decisión? —preguntó el padre negando con la cabeza, como si al fin se estuviera dando cuenta de que podía perder a su hijo, de que al arrinconarlo no iba a conseguir asustarlo para que se sometiera—. No hay necesidad de precipitar las cosas. Simplemente podemos decirles a los padres de Emilie que no te encuentras bien. Estas cosas hay que discutirlas. Tienes que reflexionar sobre todo aquello a lo que estarás renunciando si decides romper este compromiso.

—¿De verdad me repudiarías, me pedirías que abandone la familia? —preguntó Felix—. ¿Después de todo lo que he hecho por el negocio?

—Felix... —intervino la madre—. ¿Le darías la espalda a tu propia familia? ¿Lo estás considerando de verdad? ¿Por esta bailarina? ¿Por esta *puttana*?

Estee decidió plantarse ante la manera en que pronunció aquella palabra; giró sobre sus talones porque no tenía ninguna necesidad de formar parte del vitriolo que se estaba vertiendo ante ella. Había tenido suficiente y no era justo que Felix la tuviera allí plantada, que fuera consciente de que ella tenía que oír el odio que brotaba de la boca de su madre.

—¿Te gustaría acompañarme? —le preguntó a Emilie con voz dulce pese a que se estaba dirigiendo a la mujer a la que debería despreciar, si bien no dejaba de verla como una víctima. En cierto sentido, se sentía culpable por el hecho de que ella formara parte de lo que se estaba desarrollando ante sus ojos.

La chica negó con la cabeza y Estee asintió, comprensiva, aunque la decepcionó que Emilie pensara que no podía alejarse de aquello con ella.

—Lamento cualquier dolor que te haya provocado —le dijo en voz baja, para que solo ella pudiera oírla.

Acto seguido, Estee dejó atrás a Felix, esperando de corazón que él la siguiera.

Pensó que iba a llorar, pero las lágrimas no llegaron a aparecer. La madre de Felix podía pensar que Emilie era mejor que ella, en virtud de la percepción de su estatus y de su religión, pero Estee sabía que podía mantener la cabeza bien alta. Había trabajado para conseguir todo lo que tenía en la vida; trataba con amabilidad a todas las personas con que se encontraba y, pese a lo cruel que había sido su propia madre con ella, albergaba mucho amor en su corazón. La madre de Felix no podía decir nada que la llevara a sentir que no era lo bastante buena.

Después de dejar a Felix y su familia, en vez de regresar a su habitación, Estee decidió salir a comer para pasar el rato. Hasta una hora después no acabó por subir la escalera del hotel con la llave colgando del dedo.

Recorrió el pasillo camino de la habitación y, al levantar la mirada, vio que había un hombre sentado con la espalda apoyada contra la pared contigua a su puerta. Tenía la cabeza echada hacia atrás y los ojos cerrados, las rodillas ligeramente recogidas para no bloquearle el paso a nadie que pasara por allí.

«Felix.»

Ralentizó el paso, absorbiendo su imagen, hasta que acabó por detenerse frente a él, que no abrió los ojos. Con cuidado, Estee se deslizó por la pared hasta sentarse a su lado, aunque sin acabar de tocarse. Estee buscó su mano, sus dedos se entrelazaron.

—Pensé que te habías ido —le dijo.

—Nunca te abandonaría —contestó ella, sin atreverse a mirarlo.

—Lamento mucho lo que han dicho, lo que mi madre...

—No tienes por qué disculparte por ellos —repuso Estee, que al fin se volvió hacia él para mirarlo a los ojos, y que se derritió en el momento en que él le devolvió la mirada.

El dolor era palpable en él, y detestaba la posibilidad de que ella misma hubiera contribuido a su aflicción. Levantó la mano y le acarició la mejilla, para bajar hacia la mandíbula.

—Emilie se merecía algo mejor que eso. Odio que haya quedado atrapada en medio de la situación —comentó Felix, inclinando la cabeza hacia su mano—. Es una chica maravillosa, y quería contárselo a mi manera, en privado. En cambio, mi madre me ha arrebatado esa posibilidad. No me puedo creer que supiera lo tuyo, que estabas aquí. Menuda sorpresa la mía.

No había nada que Estee pudiera decir. Tanto daba la manera en que se hubiera enterado; lo único importante era que lo había hecho.

—No me da miedo marcharme, Estee —susurró él—. Renunciaría, renunciaré a todo por ti.

—Nunca te pediría que abandonaras a tu familia, Felix —dijo ella—. Necesito que sepas que te amaré siempre, pero no tienes que hacer esto por mí.

Él se llevó la mano al interior de la chaqueta y ella se quedó sin aliento.

—Estee, compré este anillo el día después de verte sobre el escenario de La Scala, hace muchos años —explicó Felix con la cajita de terciopelo en la mano—. Entonces ya sabía que no podría casarme con Emilie. Eres la única mujer a la que he amado.

Ella se moría de ganas de verlo, quería empaparse de la imagen del diamante que él había escogido para ella; llevaba pensando en ello desde el día anterior. Pero, en su lugar, estiró la mano e hizo que la de Felix se cerrara sobre la caja.

—No —susurró—. No es el momento adecuado. Quiero que me pidas matrimonio cuando tengas la libertad de hacerlo, cuando hayas reflexionado bien sobre tu decisión.

Felix la miró y un destello de rabia, o quizá de decepción, atravesó sus ojos. Al cabo de unos segundos, no obstante, se estaba guardando la caja en la chaqueta.

—¿Puedo preguntarte algo?

Ella asintió con la cabeza.

—Por supuesto.

—Si te lo hubiera propuesto, ¿me habrías dicho que sí?

Sus ojos se llenaron de repente con las lágrimas que no habían aparecido antes.

—Sí, Felix. Mil veces sí. Eres el único hombre al que he querido nunca.

Él se inclinó y reclamó su boca; la besó con una pasión y una urgencia mayores de las que había parecido poseer antes.

—Para —dijo ella, deslizando una mano entre ambos para empujarlo ligeramente hacia atrás—. Aquí no.

Felix se puso en pie y le ofreció el brazo; tiró de ella para hacer que se levantara mientras Estee se peleaba con la llave y la hacía girar en la cerradura. Esperó un instante, tomó un aliento largo y tembloroso y empujó la puerta para que se abriera. El cuerpo de él la rozaba por detrás, dándole seguridad.

Se volvió, levantó la vista hacia sus ojos. Iba a preguntarle si estaba seguro de que deseaba aquello, si de verdad quería dar aquel paso, pero su mirada le dijo todo lo que necesitaba saber.

Quedaron encarados, sin moverse, hasta que al fin Felix dio un paso hacia delante, acortando la distancia que los separaba, y la rodeó con los brazos para atraerla hacia sí. Ella avanzó de buen grado, olvidando todo lo que había sucedido aquel día, rindiéndose a la presencia de los labios de Felix sobre los suyos mientras las manos de él cubrían su piel.

—Estee... —dijo Felix, pero ella no lo dejó continuar. Se colgó de su cuello para mantenerlo cerca, para impedir que se alejara.

Felix hizo que avanzara de espaldas y de repente cayeron sobre la cama, se convirtieron en una maraña de extremidades sobre la suavidad de la colcha mientras ella le desabrochaba los botones de la camisa.

—¿Estás segura de esto, Estee? —le preguntó él con un susurro.

Ella ahuecó la mano sobre su nuca y lo miró a los ojos antes de asentir con la cabeza.

—Sí.

Al parecer, Felix no necesitó que se lo dijera dos veces.

24

En la actualidad

La noche había sido sencillamente perfecta. Lily le había contado a Matthew y a su familia todo acerca de su padre y del amor que compartían por la viticultura, pero comenzaba a sentir que al fin había llegado el momento de que ella misma hiciera algunas preguntas. Ya les había contado muchas cosas, pero necesitaba respuestas para una vida entera de interrogantes.

—Mi bisabuela, ¿siguió bailando? —preguntó mientras Matthew se inclinaba para llenar las copas de vino de todos—. Después de dar a luz a mi abuela...

Tenía muchas dudas, incluyendo la de cómo se las habían arreglado sus bisabuelos para estar juntos pese a los obstáculos que habían encontrado en su camino. ¿Había cumplido Felix la amenaza de abandonar a su familia?

—Sí, pero esa es una historia para otro momento —respondió Matthew—. Esta noche quiero hablarte más sobre nuestra familia y lo que esa receta significa para nosotros. El motivo por el que mi padre no la compartió con nadie más, hasta que tuvo a su propia familia.

—Y la razón por la que me he alterado tanto al verla hoy —añadió Sienna, que había llegado a tiempo de cenar con ellos, declarando que sentía demasiada curiosidad como para permanecer alejada—. Porque yo fui una de las personas a las que se la confiaron y que se la aprendieron de memoria para que nadie pudiera robárnosla nunca.

Lily quedó a la espera, mirando la receta que descansaba sobre la mesa. Nunca habría imaginado que un trozo de papel con una receta antigua pudiera significar tanto, pero estaba claro que para aquella gente era así.

—Nuestra familia quedó dividida hace muchos años por lo que sucedió con mi padre, tu bisabuelo —explicó Matthew—. Su familia creó uno de los negocios más exitosos del mundo, pero, por mucho que lo intentaron, nunca consiguieron reproducir la receta de mi padre, la que los había hecho famosos aquí, en el Piamonte.

Lily lo miró con los ojos desorbitados.

—¿Así que de veras tengo uno de los pocos registros que hay?

—Tienes el único registro escrito, Lily —aclaró Sienna—. La receta se ha transmitido de generación en generación por vía oral, para asegurarnos de que no cayera en las manos equivocadas. Por eso me he sorprendido tanto al verla escrita de esa manera.

—Y hemos generado nuestra propia fortuna a partir de ella —dijo Matthew—. No se trata de un imperio que pueda rivalizar con el de los demás Barbieri, pero sí es lo suficientemente grande como para convertirnos en una molestia para ellos, y para que nuestra familia haya podido vivir bien.

Entonces, al fin y al cabo, Felix debió de renunciar a su familia. ¿O pasó algo más que llevó a que se separaran?

—Te la puedes quedar —le dijo Lily a Sienna, empujando el papel sobre la mesa, ya que de repente tenía la sensación de que no le correspondía a ella guardarla—. Tampoco tengo ninguna intención de hacer algo con ella, ni...

—Gracias —dijo Sienna—. No tenemos ningún derecho a pedírtela, pero...

—Lo único que quería era encontrar la conexión —la interrumpió Lily, empujando la receta de nuevo para acercársela más a la chica—. Es tuya. Por favor. No ha sido más que una pista para conducirme hasta vosotros, estoy segura.

—Entonces, la receta —profirió Antonio, inclinándose sobre el asiento—, ¿cómo se convirtió en un secreto? O, aún más importante, ¿por qué?

—Nunca se buscó que fuera un secreto —contestó Matthew—. Mi padre creó algo fantástico, algo que costaba mucho reproducir, y se negó a compartirlo con su padre ni con su hermano tras lo que pasó entre ellos.

—¿Y esta fue su creación? ¿Esta receta de aquí? —preguntó Lily.

—Exacto. Y su pasta de avellana tenía la cantidad suficiente de chocolate para endulzarla, sobre todo por la manera en que la cocinábamos en la masa hojaldrada. Fue un fenómeno en su momento, y sigue disfrutando de una popularidad increíble a día de hoy en Italia.

—Cuando abandonó el negocio familiar, convirtió su pasta de chocolate y avellana en algo más, algo que la gente podía guardar en casa dentro de un frasco, tal y como había soñado —dijo Sienna—. Esos fueron los cimientos de nuestro imperio familiar. Durante muchos años, esa pasta pudo encontrarse en las alacenas de todas las familias de Italia, y fue lo único en lo que su padre y él no estuvieron de acuerdo en términos de negocios.

Lily casi podía ver a Felix y su familia en la cabeza mientras oía hablar a Matthew.

—Mi familia es uno de los mayores consumidores de avellanas del mundo, pero la otra rama de la familia las usa aún más —dijo Matthew—. Ellos hacen unos bombones muy famosos, con una avellana entera en el centro.

»En un momento dado intentaron evitar que mi padre consiguiera el producto que necesitaba, ¿y qué hizo él? —Matthew efectuó un gesto hacia la ventana y Lily miró por ella—. Se puso a cultivar sus propios avellanos, aquí, en esta propiedad, y poco a poco fue comprando más y más terrenos para modificarlos y así garantizarse al menos la mayoría de sus suministros. Cuando se proponía algo, no había manera de detenerlo. Y también creó un entorno perfecto para las trufas.

—¿También era un apasionado de las trufas? —preguntó Lily.

—Ah, no, las trufas son cosa mía —contestó Matthew—. Mi pasión es la trufa blanca, producirla para restaurantes de toda Italia y de parte del extranjero, lo que significa que puedo honrar a mi padre a la vez que hago lo que más me gusta.

Lily se quedó asimilando esas palabras. Matthew podría haber estado refiriéndose a ella, aunque él había dado con la manera de honrar a su padre y a la vez hacer realidad sus propios sueños, crear su propio destino. Se le llenaron los ojos de lágrimas mientras se preguntaba si era allí donde se había equivocado. «Pero amo la industria del vino, ¿verdad? ¿O es que me he obsesionado demasiado con el deseo de seguir los pasos de mi padre?»

Se apresuró a parpadear para librarse de las lágrimas antes de que alguien las viera.

—Lily, ¿por qué no vuelves mañana para que podamos hablar más? —sugirió Rafaella—. Ha sido una noche muy larga para todos, pero quizá podríamos invitar al resto de la familia para que te conozca.

—Eso sería increíble, muchas gracias. —Los fue mirando uno tras otro—. Por todo. Ha sido una velada muy especial.

Antonio encontró su mano por debajo de la mesa, para reconfortarla.

—Hasta mañana por la noche, pues —dijo Rafaella.

—Antes de que te vayas, quiero darte algo —dijo Matthew, que salió durante unos minutos de la sala mientras Antonio y Lily se preparaban para marcharse.

Lily se estaba despidiendo de Rafaella y Sienna con un abrazo cuando Matthew regresó con un álbum de algún tipo bajo el brazo.

—Tráelo de vuelta mañana —dijo—. Creo que disfrutarás hojeándolo.

Lily lo aceptó y le dio un beso en cada mejilla.

—Gracias, significa mucho para mí que hayáis sido tan hospitalarios.

Unos instantes después se habían acomodado ya en el coche de Antonio y se alejaban de la casa de Matthew. De repente, Lily no pudo contener las lágrimas, que comenzaron a deslizarse por sus mejillas. Intentó permanecer en silencio, pues no quería que Antonio la viera, pero al cabo de unos segundos él estaba aparcando a un lado de la carretera, poniéndole los dedos bajo la barbilla para levantarle la cara. Y, cuando vio sus lágrimas, abrió los brazos y la sostuvo mientras lloraba.

—Es mucho para una sola noche, Lily —la consoló acariciándole el pelo mientras la abrazaba—. No pasa nada.

Deseó decirle que era por su padre, porque lo único que quería era tenerlo con ella, sentado a aquella mesa al lado de Matthew, y que sus miradas se encontraran mientras descubrían juntos el pasado. Pero en su lugar dejó que Antonio la abrazara hasta que tomó un aliento hondo y tembloroso y logró dejar de llorar.

Cuando la soltó al fin, él le rozó los nudillos con un beso y volvió a poner el coche en marcha para conducir de vuelta al hotel.

Al día siguiente, Lily y Antonio estaban paseando de la mano por el pintoresco sendero de adoquines. Alba era bella como solo Italia podía serlo: el pueblo estaba rodeado de casas antiguas con tejados de terracota y ventanas con persianas, que yacían junto a edificios que albergaban bares y negocios y que parecían llevar siglos allí. De los niveles superiores de muchos de esos edificios sobresalían balcones de hierro forjado, quizá se tratara de apartamentos que había sobre los cafés, y las calles estaban repletas de mesas y sillas bonitas, cubiertas a medias por toldos.

—¿Buscamos un lugar donde comer algo? —preguntó Antonio.

—Sí, por favor —contestó ella, dirigiéndole una sonrisa.

Él la miró como si no supiera con seguridad qué decir, pero la llevó de la mano hacia la izquierda, para echar un vistazo a las cartas expuestas en la calle.

—¿Café o vino? —le preguntó.

Ella miró el reloj y se sorprendió al ver que ya eran las once. ¿Cómo podía haberse hecho tan tarde?

—Café —contestó—. Creo que lo necesito.

Siguieron avanzando y de repente se detuvieron.

—Este servirá.

Se sentaron y ella miró el menú, pero, por muchas veces que lo recorriera con la vista, no parecía registrar nada. Las palabras eran un borrón, su mente estaba demasiado ensimismada.

—Déjame a mí —se ofreció Antonio, que estiró el brazo y le cogió la carta de las manos.

—Gracias.

—¿Una *frittata* o algo más suave? —le preguntó.

—Una *frittata* —contestó ella, que llevaba horas sin comer y estaba famélica.

Cuando llegó el camarero, Antonio pidió *ristretto* y *frittata* para los dos, y a continuación se recostó contra la silla y estudió su rostro.

—¿Cómo te sientes hoy?

—Estoy bien.

Se avergonzó al ver la expresión de su rostro, que fue de incredulidad.

—¿Cómo te sientes en serio?

—Estoy conmocionada —admitió ella—. Ni en mis sueños más alocados pensé que fuera a sacar algo de esas pistas. Y no dejo de pensar que ojalá mi padre estuviera aquí, o que ojalá mi abuela hubiera podido conocer a sus hermanos biológicos.

—Pero tú sí que estás aquí —le dijo él con dulzura—. Esa cajita podría haber sido destruida, su contenido podría no haberse descubierto nunca. Pero no fue así. A veces hay que creer en el destino.

—¿Crees que mi destino era venir y descubrir todo esto? —inquirió.

Antonio se encogió de hombros.

—Es posible. La cuestión es que no has de darle más vueltas, sino disfrutar del hecho de que hayas venido —dijo él—. Permítete disfrutar de este momento que estás pasando aquí, en Italia, sentada en un hermoso restaurante.

Ella sonrió.

—Se te ha olvidado decir «al lado de un hombre atractivo» —bromeó.

Él se rio con ella. Parecía tan a gusto en su propia piel, tan relajado, sentado allí, dándole sus consejos de hombre cosmopolita.

—Bueno, ¿qué vamos a hacer hoy? —planteó ella—. Tengo que distraerme de la reunión de esta tarde.

Les sirvieron los cafés y ella inspiró el aroma fuerte a cafeína mientras levantaba la taza, ansiosa por tomar un primer sorbo.

—Comeremos, visitaremos el pueblo, volveremos al hotel para hacer el amor y descansaremos —propuso él, y sonrió al ver el rubor en sus mejillas mientras estiraba la mano hacia ella—. Vamos a vivir el día de hoy sin preocuparnos por el día de mañana.

—¿Cómo logras tomarte la vida con tanto relax? —preguntó ella.

—No lo hago —contestó él—. Ya me has visto dando vueltas entre las viñas durante la vendimia. Pero aquí no hay nada que se encuentre bajo nuestro control. Aquí, tenemos que vivir el momento y disfrutarlo.

El móvil de Lily vibró en el interior de su bolso, pero no lo cogió. Fuera quien fuese, ya lo llamaría más tarde. Antonio tenía razón: necesitaba vivir el momento y disfrutar de las personas a las que iba conociendo, de las diferentes maneras en que se estaba reescribiendo su historia familiar.

Se recostó en la silla mientras le ponían la comida delante, y cogió ansiosa el tenedor y el cuchillo. Hasta aquel instante había disfrutado muchísimo con los desayunos dulces de los italianos, pero comerse aquella *frittata* estuvo a punto de compensarla por todas las mañanas desde su llegada al país en las que se había visto privada de su plato favorito de huevos revueltos con champiñones.

Una hora después, mientras Antonio charlaba con un viejo amigo al que se había encontrado por la calle y ella se paseaba por delante de las tiendas, Lily sacó el teléfono y vio que la llamada que había dejado de atender era de su madre. Se la devolvió de inmediato, consciente de que ella ya habría regresado a Londres, porque necesitaba oír su voz. Sintió que había transcurrido una eternidad desde el día en que se sentaron a comer en Como, y de repente la echaba de menos.

—¡Lily! —contestó su madre.

Nada más oír su voz, se le llenaron los ojos de lágrimas.

—Hola, mamá —logró decir, intentando disimular la emoción que la embargaba—. ¿Cómo estás?

—Cariño, ¿qué sucede?

—Es solo que... —Respiró hondo. Había querido llamarla la noche anterior, nada más encontrarse con Matthew, pero por algún motivo no había sido capaz de hacerlo.

—¿Qué ha pasado? Cuéntamelo todo. ¿Ha habido suerte con las pistas?

Se imaginó a su madre en casa, sentada en el sofá, con las piernas recogidas bajo el cuerpo. Sintió una nostalgia a la que no estaba acostumbrada, tras haber pasado tanto tiempo viviendo en el extranjero.

—Ni siquiera sé por dónde empezar —confesó—. Aún no me lo puedo creer ni yo misma.

—Has descubierto algo, ¿verdad? O a alguien... —dijo su madre.

—Aquí tenemos a una familia entera de la que nunca habíamos oído hablar —explicó Lily al fin, tras aclararse la garganta y tragarse sus emociones—. Durante todo este tiempo supieron que la abuela estaba ahí fuera, en algún lugar, pero ignoraban dónde encontrarla. Es tan surrealista... Ojalá...

Su voz se fue apagando. Se le hizo imposible decirle aquellas palabras en voz alta a la única persona que comprendería cómo se sentía.

—Ojalá tu padre estuviera allí contigo —dijo su madre por ella—. Ahora que los has encontrado, te gustaría que tu padre también estuviera allí.

Lily asintió con la cabeza, aunque era consciente de que su madre no podía verla.

—Yo también lo echo de menos, cariño. Cada vez que sucede algo importante, cada vez que haces algo de lo que me siento orgullosa, él es la primera persona a la que quiero contárselo. Y no creo que esa sensación vaya a desaparecer nunca.

—Pero ahora tienes a Alan, has pasado página —susurró Lily mientras se le quebraba la voz.

—Tu padre fue el amor de mi vida, Lily —afirmó su madre—. Siempre será el amor de mi vida. Tan solo he intentado que el hecho de perderlo no me impidiera seguir viviendo. Pero no se debe a que haya dejado de amarlo.

Lily soltó un aliento tembloroso y audible, se pegó el teléfono a la oreja y se obligó a seguir caminando, pues no deseaba quedarse quieta.

—Necesitaba oír eso —dijo—. Creo que necesitaba oírlo desde hace mucho tiempo, mamá.

—Y ojalá yo te lo hubiera dicho antes, para que comprendieras mis sentimientos. —Su madre guardó silencio durante un momento—. Ahora cuéntamelo todo. No quiero que te dejes nada en el tintero.

Lily sonrió.

—Bueno, en realidad hay un hombre.

—¿Un hombre? —Casi pudo ver la sonrisa de su madre.

—Sí, un hombre. Muy atractivo y encantador —confesó—. No sé si podría ser algo más que una aventura, pero es...

—¿Delicioso? —preguntó su madre.

Lily dio media vuelta para regresar por donde había venido y vio que Antonio se dirigía hacia ella. Sus zancadas eran inconfundibles, lo mismo que la confianza de su porte, pese al gesto despreocupado de llevar una mano en el bolsillo.

—Sí, delicioso —coincidió ella—. De hecho, si no fuera por él, nunca habría acabado aquí. —Lily hizo una pausa, saludó a Antonio con la mano—. ¿Te puedes creer que la abuela aún tiene hermanos vivos? Y sobrinos, parientes de sangre de papá y míos. Es casi imposible asimilar que aquí tenemos esta familia entera de la que no sabíamos nada. Antonio me ayudó a encontrar un sentido para las pistas, y fuimos a parar a la pastelería adecuada, y entonces encajó todo.

—Entonces, ¿qué piensas hacer? ¿Te quedarás un tiempo en Italia? ¿Quieres que vaya y me quede contigo?

Habría sido muy sencillo contestar que sí, pedirle a su madre que comprara un billete de avión, pero sabía que tenía que hacer aquello por su cuenta.

—Sí, creo que me voy a quedar, pero ya te informaré —dijo—. Te echo mucho de menos, mamá, pero tengo la sensación de que esto necesito hacerlo yo sola. ¿Te importa?

—Lo entiendo a la perfección —contestó su madre—. Pero prométeme una cosa, ¿quieres?

Lily sonrió al recordar la vez anterior que su madre le había pedido que le prometiera algo.

—¿De qué se trata?

—Si te enamoras de ese hombre, prométeme que me dejarás conocerlo —dijo—. Algo me dice que es diferente de los demás.

—Lo es —repitió ella en el momento en que él se le unía. Le echó un vistazo, estudiándolo, absorbiéndolo—. O quizá sea yo la que ha cambiado esta vez. La verdad es que no lo sé, todo ha pasado con mucha rapidez. Pero creo que es muy complicado que vaya a ser algo más.

—Ahora que estoy en casa, asegúrate de llamarme cada día —exigió su madre—. Quiero una actualización diaria de todos los parientes a los que conozcas, ¿de acuerdo? Y que algo sea complicado no quiere decir que deje de suceder, recuérdalo.

—Te prometo que te mantendré informada.

—Ah, Lily...

Ella mantuvo el móvil pegado con fuerza a la oreja.

—Tu padre estaría muy orgulloso de la mujer en la que te has convertido. A veces, a oscuras, le cuento en susurros que eres una joven hermosa y triunfadora. Le encantaría saber que estás allí, aunque estoy convencida de que te observa desde arriba cada día, para cuidar de ti.

—Eso espero —dijo Lily.

—Bueno, yo lo sé. Adiós, cariño.

Lily colgó y se guardó el móvil en el bolsillo, se volvió hacia Antonio y sonrió al pensar en la posibilidad de que su padre estuviera allí con ella, en espíritu. Su madre tenía razón: le habría encantado saber que ella estaba en Italia, descubriendo su herencia, y tenía que dejar de sentirse culpable por estar allí en vez de él. No podía hacer nada por traerlo de vuelta, pero sí podía conocer a su familia lejana; aquello era lo único que podía controlar.

—¿Te apetece un *gelato*? —le preguntó Antonio, metiéndose su mano en el pliegue del codo.

—Creo que solo hay una respuesta posible para esa pregunta —contestó ella.

—Me alegro, porque acabo de descubrir que a la vuelta de la esquina hay un pequeño local en el que hacen el mejor *gelato* que hayas probado nunca.

Lily apoyó la cabeza sobre el hombro de Antonio y volvió a oír las palabras de su madre mientras caminaban: «Tu padre fue el amor de mi vida, Lily. Siempre será el amor de mi vida». Por alguna razón, oírla decir esas palabras, comprender que no era la única que seguía llorando al hombre que habían perdido, había provocado un cambio en su interior. Detestaba que su madre siguiera sintiendo aquello —el dolor de la pérdida, que a veces, cuando menos lo esperaba, le llegaba a lo más profundo—, pero también la llevó a sentirse más unida a ella otra vez. Quizá la distancia que había percibido entre ambas se debiera tan solo a que durante todos esos años no la había comprendido de verdad.

—¿Chocolate, caramelo salado o pistacho?

Estaba en un trance tal, perdida en sus propios pensamientos, que ni siquiera se había dado cuenta de que estaban parados delante del vendedor de helados.

—Caramelo salado —contestó.

Antonio conversó jovial con el hombre mientras este les servía el *gelato* en unas tacitas, y entonces se volvió hacia ella.

—Has de prometerme que lo compartirás —dijo levantando una ceja y haciéndola sonreír—. He tenido que pedir el de chocolate, pero ese caramelo salado...

Lily hundió la cucharilla en el helado, lo probó, se extasió y volvió a hundirla para ofrecérsela a Antonio y que él lo probara también.

Antonio lamió la cuchara y le ofreció un poco del suyo.

—¿Qué te parece? —le preguntó.

—Que tu amigo tenía razón: es el mejor *gelato* que haya probado jamás.

Lo que no le dijo fue que tenía la corazonada de que su madre había acertado en otra cuestión. «Este hombre es diferente, mamá.» Pero Lily aún no sabía lo que eso significaría para ella, ni si los sentimientos de Antonio podrían transformarse en algo más permanente.

25

El número de coches aparcados frente a la casa de Matthew le provocó un fogonazo de ansiedad. ¿Estaba de veras preparada para conocer a tanta gente? A aquel montón de personas desconocidas, pero que de algún modo sentían una fuerte conexión hacia ella por la hermana que habían anhelado durante todo ese tiempo...

—Si me pides que dé media vuelta, lo haré —bromeó Antonio—. Pareces una conejilla asustada.

—¡Me siento como una conejilla asustada!

Antonio detuvo el coche y le dirigió una mirada prolongada y tranquilizadora.

—Todo irá bien. Y si en cualquier momento quieres marcharte, dímelo y nos iremos. Haré como que me duele el estómago o algo así.

—¿De verdad harías eso? —preguntó ella, y le resultó imposible no reírse de él cuando la miró con ojos de cachorro y le puso una mano en la cintura.

—De verdad haría eso, por ti —contestó él—. Vamos. Están desesperados por conocerte.

—¿Cómo lo sabes? —se burló ella.

Antonio señaló hacia la casa.

—Diría que ese es el motivo por el que hay tantas narices pegadas a las ventanas.

Lily siguió la dirección de su dedo y un remolino de temor la engulló al constatar que, en efecto, tenía razón. Él la cogió por el codo y la obligó a levantar el brazo, y ella les devolvió el saludo sin energía.

—Venga. Te van a adorar.

Lily esperaba que tuviera razón.

Resultó que Antonio tenía razón. Lily percibió una cierta vacilación en un par de miembros de la familia, pero el resto la recibieron con los brazos abiertos y, a los pocos minutos de llegar, ya se sentía como si hubiera formado parte de aquel grupo desde siempre.

Hubo algo reconocible en aquella comida prolongada, algo que le recordó a la familia de Antonio y a la forma con que la habían aceptado. Lily le dirigió una sonrisa, agradecida de tenerlo allí. Antonio se había relacionado fácilmente con los demás; al parecer era capaz de hablar con todo el mundo, y estuvo encantado de comentar cualquier tema entre el vino y las trufas, e incluso la producción de avellanas.

—Así que cuéntanos, Lily, ¿qué te ha traído a Italia? —quiso saber Matthew.

Lily se tomó un momento para tragar, reparó en la expresión de curiosidad de los demás miembros de la familia, que la miraban expectantes. Rafaella y Matthew estaban sentados frente a ella; Carla, la hermana del segundo, ocupaba el sitio a su izquierda, y Magda, la otra hermana, estaba un poco más allá. Estas le habían parecido algo menos habladoras, aunque no sabía con seguridad si se debía tan solo a su incapacidad para conversar de manera fluida en inglés o a que desconfiaban de ella. El hermano de Matthew, en cambio, se parecía más a él, era de sonrisa fácil, igual que su esposa.

—Mi padre falleció siendo aún joven, pero he seguido sus pasos como viticultora —les explicó, paseando la mirada entre un rostro y el siguiente, y se dio cuenta de que la mesa se había quedado casi en un silencio completo. Solo los niños, en la mesa contigua, de menor tamaño, seguían hablando, ajenos a los adultos y a lo que estos trataban—. Teníamos planes para crear nuestra propia marca de vino algún día y, antes de su muerte, nos pasamos horas planeando mi futuro, nuestro futuro, y los lugares en los que debía formarme antes de fundar la marca. Me insistió mucho en que viniera a Italia.

—Así que fue una coincidencia que vinieras hasta aquí... —dijo Rafaella.

—Bueno, sí y no, supongo —contestó Lily—. El plan fue en todo momento venir a Italia a hacer vino, a aprender todo lo posible sobre la producción del franciacorta, pero fue una casualidad que las pistas también me condujeran hasta aquí. Supongo que las habría seguido tarde o temprano, incluso sin mi trabajo.

Si lo pensaba, todo lo relacionado con aquellas pistas había sido fruto de la coincidencia. El hecho de que estuviera en Londres cuando se celebró la reunión, que ella misma hubiera abierto la carta... Pese a que se mostraba reacia a admitirlo, era como si el destino le hubiera echado una mano.

—Cuando me hablaste de tu madre, no pude creer en todas esas coincidencias —prosiguió Lily—. El hecho de que yo hubiera visitado el mismo hotel de Como, el mismo vestíbulo en el que ella estuvo con Felix es, bueno... —Suspiró—. Fue fortuito en muchos sentidos. Incluso al comerme un *gelato* y pasear por estas calles con Antonio he tenido la sensación de que las cosas debían ser así, supongo.

Antonio le sonrió y ella se las arregló para no contestarle sonrojándose. Pero cada vez que sus miradas se encontraban se le encogía el estómago y se le aceleraba el corazón.

—¿Y dices que había otras mujeres buscando a sus abuelas? —inquirió Carla—. ¿Todo eso no te pareció..., cómo se dice, extraño?

Lily notó la desconfianza en el tono de la mujer; cogió la copa de vino y bebió un trago antes de contestar. Entendía que le hubiera preguntado aquello, no era irracional, pero aun así hizo que se sintiera incómoda.

—Quiero que sepáis que no deseo nada de vosotros —replicó Lily, intentando no alterar la voz—. Solo estoy aquí para honrar el recuerdo de mi abuela.

—Pues claro que sí —la interrumpió Matthew, que dirigió una mirada severa a su hermana—. Y deseamos que sepas que siempre serás bienvenida en esta casa.

—Gracias —dijo ella—. Pero tienes razón, todo lo relacionado con el hecho de que haya llegado hasta vosotros ha sido extraordinario. Estuve a punto de no acudir aquel día al despacho del abogado, pero me alegro mucho de que me pudiera la curiosidad.

Las conversaciones se reanudaron con lentitud a su alrededor, y Sienna le rozó la mano mientras se inclinaba hacia ella con una sonrisa cálida.

—Ya cambiarán de parecer. Solo necesitan algo de

tiempo para procesarlo todo —le dijo—. Hay mucho por asimilar.

—Lo sé —repuso Lily, que cogió el tenedor y se puso a jugar con la ensalada del plato—. Ojalá hubiera alguna manera de demostrarles que no he venido con ningún plan oculto.

—La ruptura que mi padre provocó en la familia se convirtió en una disputa amarga que ha proseguido durante décadas, y que sigue existiendo en la actualidad —le explicó Sienna—. El litigio se mantuvo hasta después de las muertes de Felix y de su hermano, y nuestras familias alcanzaron una especie de tregua. Pero, dadas las enormes sumas de dinero que hay involucradas en un lado y otro, supongo que todos los descendientes se han vuelto cautos. Es precisamente este el motivo por el que me quedé tan desconcertada cuando me abordaste con la receta.

Lily asintió con la cabeza.

—Te entiendo, claro que sí.

—Nuestra familia no dispone de la riqueza exorbitante que heredó el hermano de Felix, pero es lo bastante cuantiosa como para que queramos protegerla.

Lily se metió en la boca un bocado de ensalada y asimiló las palabras de Sienna junto con la comida. Comprendía que ganarse su confianza era cuestión de tiempo, pero a la vez confiaba en que no tardaran mucho en ver que había tenido éxito por derecho propio, y que no esperaba ni quería obtener nada material de su parte.

La conversación derivó en otros temas y Lily agradeció que Antonio le pasara el brazo por detrás de la silla. Se inclinó hacia él indolente, disfrutando del sol de media tarde. El vino había entrado bien, pero le estaba dando sueño y no le habría costado nada cerrar los ojos y recostarse sobre Antonio. Sin duda, podría acostumbrarse al estilo de vida italiano, disfrutar de aquella comida y vino excelentes al mediodía, y a continuación echar una siesta durante las horas más calurosas.

—¿Nos quedamos aquí a disfrutar del resto de la tarde o va siendo hora de que me lleve las manos al vientre? —murmuró Antonio inclinándose hacia ella.

Lily se acurrucó contra él, suspiró sobre su cuello.

—Gracias, pero no. Me parece que nos quedaremos un rato.

—Me alegro, porque creo que tenía razón en lo de que te iban a adorar.

Ella echó la cabeza hacia atrás, miró el cielo azul y despejado sobre sus cabezas, mientras él la besaba en la mejilla. Iba a pasar algún tiempo antes de que todos ellos la aceptaran, pero si algo le sobraba era tiempo. Y si aceptaba la oferta de Roberto para quedarse como asistente de enólogo, dispondría de meses e incluso de años para conocer a la familia y que esta la fuera reconociendo poco a poco como uno de los suyos.

—Todos esos años buscando a su hija y, por algún motivo, ha sido su bisnieta la que ha acabado viniendo hasta nosotros desde Londres —dijo Matthew mientras rodeaba la mesa, hasta acabar poniéndole las manos sobre los hombros—. Es casi imposible de creer, ¿verdad? Y, sin embargo, aquí estás.

—No me puedo creer que todos supierais de mi abuela, cuando tantas familias hubieran mantenido algo así en secreto —comentó Lily mientras Matthew sacaba una silla para sentarse a su lado—. ¿De verdad seguisteis buscándola? ¿A lo largo de todas vuestras vidas?

La mesa volvió a quedarse en silencio y fue Rafaella la que se inclinó hacia delante, con la mirada puesta en su marido.

—Cuéntaselo —lo urgió—. Cuéntales lo que hacíais cada año. Tiene que saber lo mucho que esto significa para todos vosotros, lo importante que es que esta búsqueda haya llegado a su fin.

26

Matthew se secó los ojos, se recostó sobre la silla y, con una copa de vino en la mano, dejó escapar un aliento tembloroso.

—Cada año, cuando comenzaba la temporada de Navidad, encendíamos una vela por nuestra hermana perdida —acabó diciendo—. Nuestros padres rezaban porque llegara el día en que pudieran reunirse, y cada año le pedían perdón. A medida que fuimos creciendo nos unimos a sus oraciones, nos turnábamos para encender la vela. Formaban una bonita pareja, estaban muy enamorados pese a las dificultades a las que habían tenido que hacer frente, y fueron unos padres devotos para todos, pero, durante esos primeros días de Navidad, siempre hubo una tristeza que mi madre nunca fue capaz de ocultar. Y todos sentíamos la pérdida de su primogénita, de la hermana ausente a la que nunca íbamos a conocer.

Lily escuchó sus palabras con pesadumbre. No podía ni imaginar la tortura que debía de haber representado para ellos entregar a una niña que de manera tan evidente había sido concebida por amor, para acabar juntándose de nuevo por algún motivo. ¿Pensaron que en cierto modo se los estaba castigando? ¿Cómo sucedió? Por lo que le habían contado, Felix estaba dispuesto a renunciar a todo por su amante.

Se volvió para ver jugar a los niños, que se habían levantado de la mesa hacía rato y corrían por el césped en lo que parecía ser una elaborada versión del pilla-pilla. Sus risas hacían que resultara imposible no sentirse feliz. Había muchas cosas que asimilar: de repente tenía unos parientes lejanos de los que nadie en su vida había recibido noticias; una familia enorme e inquieta que no podría haber sido más diferente de la de su propia infancia. Vio que Antonio se ponía en pie y se unía a los niños y a algunos de sus padres. «El tipo de familia que siempre deseé.»

—Lo más extraño de todo es que crecisteis sabiendo de la existencia de mi abuela, pero lo más probable es que mi abuela ignorara que había sido adoptada. De veras creo que, de haberlo sabido, se lo habría contado a mi padre.

—Durante toda mi vida, a esta familia le ha faltado una pieza, y creo que eso rompió a mi padre por dentro, más aún que a mi madre —afirmó Matthew—. Creo que se culpó a sí mismo por no haber abandonado antes a su familia, por no haber ido tras mi madre con mayor rapidez. De haberlo hecho, quizá no le habría provocado todo ese dolor, ni la habría llevado a tomar una decisión tan desesperada.

—¿Te molesta si te pregunto cómo volvieron a estar juntos? —dijo Lily—. ¿Qué pasó?

—Creo que, igual que el hecho de que nos hayas encontrado, fue cosa del destino —observó Matthew—. Se suponía que no debía suceder y, sin embargo, de algún modo, sucedió.

Lily paseó la mirada alrededor de la mesa, sobre Matthew y Rafaella y los hermanos del primero, Carla, Magda y Silvio, impresionada aún por el hecho de que fueran sus parientes, mientras reflexionaba sobre lo que iba a decir. Matthew era de lejos el más joven, pero los demás habían tenido sus propias proles y nietos, que se hallaban esparcidos por la zona al aire libre y el césped. «Y con todos ellos tengo lazos de sangre.» Pero fue Antonio quien captó su atención; estaba plantado al lado de un árbol, tapándose los ojos con las manos y contando en voz alta, mientras una niña pequeña con las manos en jarras lo observaba como si esperara pillarlo en una trampa. A Lily, la niña le cayó bien de inmediato; sus primas conformaban un mar de color rosa, pero ella vestía un tutú negro y unas botas macizas del mismo color.

—¿Cuánto tiempo lleváis Antonio y tú juntos? —le preguntó Rafaella mientras se sentaba entre ella y Matthew—. Parece encantador.

—No es tanto que estemos juntos como que... —Sus palabras se extraviaron—. Me he pasado los últimos meses trabajando con él, como ayudante de enólogo en el viñedo de su familia, y nos hemos vuelto íntimos con mucha rapidez. —No había contestado exactamente a la pregunta, pero esperaba haber satisfecho su curiosidad.

—Siempre me ha interesado el negocio del vino —intervino Matthew—. Pero entonces encontramos esta propiedad y pude dar salida a mi amor por las trufas. Los avellanos les proporcionan los nutrientes y los hongos necesarios, así que hemos tenido bastante éxito, sobre todo con las trufas blancas.

Guardaron silencio durante un momento, mientras Antonio salía de un salto de su escondrijo y comenzaba a buscar a los niños. El juego había pasado con rapidez del pilla-pilla al escondite.

—Lily, ¿qué sabías sobre nuestro negocio familiar? —le preguntó Carla, la hermana de Matthew—. ¿De verdad fue una sorpresa para ti o eras consciente de quiénes éramos? ¿Del motivo por el que tu bisabuelo se hizo famoso?

Lily pensó en el consejo de Sienna antes de contestar.

—No sabía nada hasta que llegué y conocí a tu hermano.

—¡Ya es suficiente! —dijo Matthew a la vez que daba una palmada sobre la mesa—. ¿Qué diría la *mamma*? ¿Qué pensaría de que le preguntes algo así a Lily, ahora que al fin la hemos encontrado? Se acabó.

Carla, que era mucho mayor que Matthew, quizá se llevaran unos quince años, se puso en pie y se alejó murmurando algo para sí en vez de contestar a la pregunta.

—Lo siento —dijo Rafaella, que cogió la mano de Lily y se la apretó—. Disculpa su comportamiento. Creo que todo esto la ha dejado bastante conmocionada.

—Yo también lo estoy —reconoció Lily—. Cuando perdí a mi padre, me quedé sola con mi madre, no teníamos a nadie más. Pero descubrir que tengo una familia, y en Italia... —Sacudió la cabeza—. No tenía ni idea de que recibir la caja ese día, de que seguir las pistas podría acabar significando tanto para mí.

Antonio, que se dirigía de vuelta hacia donde estaban, le ofreció una amplia sonrisa cuando sus miradas se encontraron.

—Nuestra familia es tu familia, Lily —dijo Matthew con gesto solemne—. Siempre serás bienvenida aquí, en nuestra casa, durante todo el tiempo que quieras quedarte. Me encantaría oír más sobre mi hermana mayor y mi sobrino.

Antonio se unió a ellos y Lily le sirvió un vaso de agua; divertida vio que se lo bebía de un trago.

—Esos críos son muy exigentes —murmuró—. Creo que voy a tener que encontrar un lugar en el que esconderme durante el resto de la tarde.

Dejó el vaso vacío sobre la mesa y Lily le sirvió más agua; le puso la mano en la cadera cuando él ocupó la silla vacía que tenía a su izquierda. Era agradable tenerlo allí; no se imaginaba haciendo aquello ella sola. El comentario de Carla la había dejado agitada, pero comprendía sus dudas; había aparecido de la nada, sin que supieran lo más mínimo sobre ella. Lily también se habría mostrado suspicaz, pues claro que sí.

—Vamos a abrir otra botella de vino —dijo Matthew, que se puso en pie y le hizo gestos con la mano a uno de los niños antes de gritar algo en italiano—. Así podré teneros aquí una hora más y me lo contarás todo sobre tu abuela y tu padre. Quiero saberlo todo.

Antonio parecía relajado; se recostó sobre la silla y cruzó las piernas por los tobillos. Matthew le dirigió una mirada atenta y se inclinó hacia delante, expectante. Así que Lily se puso a hablar sobre su abuela, consciente de que si comenzaba por su padre no podría parar nunca más. Y, con el paso de las horas, al fin logró que Matthew se sincerara más sobre Estee y la manera exacta en la que acabó dando a su abuela en adopción.

27

Lago de Como, 1946

Estee se despertó con el sol que entraba por la ventana de la habitación del hotel y el olor a café recién hecho la llevó a levantar la cabeza de la almohada. Se incorporó, sujetándose la sábana contra el pecho. No estaba acostumbrada a la sensación del algodón contra la piel desnuda, siempre se acostaba con su ropa de dormir de seda. Los recuerdos de la noche anterior regresaron a ella, llenaron su cabeza, y se alegró al disponer de un momento para ordenar sus pensamientos mientras observaba a Felix, que le daba la espalda, sentado al pequeño escritorio de la habitación.

—Buenos días —dijo él, sin levantar la cabeza de inmediato.

—Buenos días —contestó ella, deseando que el café no se encontrara tan lejos. No sabía lo que él estaba haciendo, así que se quedó allí sentada, estirando el cuello.

Felix se puso en pie al fin y se dirigió hacia ella con un papel doblado en la mano.

—¿Por qué te has levantado tan temprano? —le preguntó Estee.

Él se sentó sobre la cama, a su lado; la cogió con un brazo, tiró de ella hacia sí y le dio un beso en el cabello.

—Quiero que tengas esto.

—¿Qué es? —Estee cogió el papel, lo abrió y estudió las palabras que él había escrito con meticulosidad.

—Es la receta de mi pasta de chocolate y avellanas —respondió—. He estado trabajando para obtener la receta perfecta, y soy el único que la conoce. Hasta ahora, solo existía dentro de mi cabeza, pero ahora quiero compartirla contigo.

Estee volvió a doblar el papel.

—¿Qué quieres que haga con ella?

—Es una promesa —dijo él antes de cogerle la mano y sostenerla en la suya—. Te he confiado esta receta porque es la manera en que podré triunfar por mi cuenta. Mi padre puede seguir haciendo pasteles y bombones, pero nunca conocerá la receta de la pasta. Eres la única persona con quien la voy a compartir. También he anotado la receta de mi versión del *saccottino al cioccolato* relleno con la pasta de avellanas.

Estee asintió con la cabeza. Comprendía la enormidad de lo que Felix estaba haciendo por ella.

—Así que ¿de verdad vas a renunciar a tu familia? ¿A tu compromiso?

Él le levantó la mano y la pegó a sus labios.

—Sí, te dije que renunciaría a todo por ti, y lo dije en serio —contestó Felix—. Solo necesitaré un poco de tiempo para poner mis asuntos en orden, así que te pido que seas paciente y que me esperes.

Estee se quedó sin palabras. Después de lo sucedido con su familia y de pasar la noche juntos, aquello era casi imposible de digerir.

—¿Tu familia no te estará buscando esta mañana? —le preguntó—. La familia de Emilie, ¿no querrá verte?

Felix se inclinó y la besó en los labios.

—Deja que sea yo el que se preocupe de quién me busca —dijo—. Solo prométeme que mantendrás esa receta a salvo. Serás la única persona, además de mí, que la tenga, así que no se la des a nadie si me pasa algo.

—Te lo prometo, claro —contestó ella.

—¿Me esperarás? —le preguntó él—. Podría tardar un par de meses en liberarme del compromiso y del negocio de mi familia, pero te prometo que vendré a buscarte a Milán.

—Tengo los ensayos y el resto de la temporada —dijo Estee—. Son un montón de cosas con las que mantenerme ocupada mientras estemos separados.

—¿Puedo pedirte algo más?

Ella asintió con la cabeza.

—Pues claro. Lo que quieras.

—¿Me dejarías que te pusiera este anillo en el dedo?

La sonrisa que se extendió por su rostro mientras sacaba el anillo hizo que Estee se riera. Le ofreció el dedo y dejó que él le colocara el anillo; admiró el brillo de aquel diamante solitario bajo la luz.

—No puedo lucirlo así, no mientras no tengas la libertad de pedirme matrimonio. Bastante le hemos faltado ya al respeto a la pobre Emilie —repuso Estee, que suspiró mientras se quitaba el anillo con cuidado—. Pero lo llevaré colgado del cuello hasta que vuelvas a por mí, como la promesa que nos hemos hecho el uno al otro.

—Lo comprendo. Y, para tu información, detesto haberle hecho daño a Emilie. Nunca debería haber formado parte de esto. Tendría que haber roto con ella hace mucho tiempo.

Felix cogió el anillo y desabrochó el cierre del collar que ella llevaba puesto; pasó el anillo por él y volvió a abrocharlo con cuidado. Entonces, le apartó el pelo del cuello y posó un beso suave sobre su piel. Ella se lo permitió, estiró el cuello hacia un lado mientras sus besos seguían descendiendo.

—Deberías irte —le susurró.

—Lo sé, pero apenas he tocado el café y estoy seguro de que no importará que no me encuentren durante una hora más.

Estee odiaba pensar en lo que decían de ella, en lo que su familia pensaría si iban a buscarlo o si lo veían salir de su habitación a aquella hora vestido con la misma ropa del día anterior. Pero, cuanto más la besaba él, resiguiendo la piel a lo largo de su escote con dulzura, más le costaba resistirse.

—Cuando todo esto haya acabado, nos casaremos en privado —murmuró él—. Tú serás una bailarina célebre y yo seré un pastelero famoso. Nos conocerán en todo Milán, quizá incluso en toda Italia.

—Me gusta cómo suena eso —susurró ella mientras se echaba hacia atrás y tiraba de él para rodar juntos sobre las sábanas—. El pastelero y la bailarina.

—Prométeme que me esperarás —pidió él—. No importa lo que tarde en ponerlo todo en orden, que vendré a por ti. Te lo prometo.

—Yo también te lo prometo —le contestó ella en un susurro.

El papel en el que Felix había volcado con tanta minuciosidad su receta tocó la cadera desnuda de Estee, que trató de cogerlo. Pero falló, y el papel cayó revoloteando al suelo.

«No lo olvides antes de irte.» Intentó pensar en el papel, pero los besos de Felix eran implacables y, a pesar de sus buenas intenciones, nunca llegó a colocarlo sobre la mesilla de noche.

Estee se despidió de Felix con un beso prolongado y la promesa de que lo esperaría. Y, cuando él salió de la habitación del hotel, notó una ligereza que llevaba mucho tiempo sin sentir. Pasar la noche con él había hecho que todo cambiara, igual que el anillo que colgaba de su cuello. Se llevó la mano a él de manera instintiva y su peso la reconfortó, le recordó las promesas que él le había hecho.

A veces se preguntaba si siempre habían estado destinados a encontrarse, si sus vidas habían seguido una trayectoria de colisión. Tras tantos años ansiando estar con él, le parecía casi imposible que de algún modo hubieran acabado por rencontrarse.

Tardó más de una hora en llegar a su apartamento en Milán, y se pasó la mayor parte del viaje con la cabeza pegada a la ventanilla, viendo pasar el mundo. Durante el trayecto, los viñedos ocuparon gran parte del paisaje. Al lado de la carretera, los granjeros vendían cestos enormes de melocotones que le hicieron la boca agua.

Pero no tardaron en dejar atrás aquel paisaje exuberante y llegar a Milán, donde, nada más bajarse del taxi y darle las gracias al conductor, se sintió como en casa. La calle adoquinada bajo sus pies, el olor a ciudad y el ruido de la gente que seguía con sus vidas..., todo ello llevaba mucho tiempo siendo su vida. Desde que la aceptaron en la academia de La Scala no había regresado al Piamonte, ni siquiera de vacaciones. Se había alojado con su tía y se había mudado por su cuenta con Sophia en cuanto pudo permitírselo.

Subió a su apartamento, abrió la puerta y miró a su alrededor. Todo le resultaba familiar, pero nada había sido lo mismo desde la muerte de Sophia. Estee se había limitado a cerrar la puerta del dormitorio de su amiga, pues no quiso tener que lidiar con sus objetos personales, oler su perfume ni ver la cama en la que tan a menudo se habían tumbado juntas a compartir sus sueños y sus planes de futuro. Sophia había perdido a su familia durante la guerra, así que Estee tuvo que ocuparse de todo tras su fallecimiento.

Desde que Felix había regresado a su vida, apenas había pensado en Sophia, y se reprendió a sí misma por haber apartado a su amiga de su mente. Durante muchos años, Sophia lo fue todo para ella, pero a veces resultaba más sencillo no recordar, no seguir regresando al dolor.

«Ojalá pudiera hablarte de Felix. ¡Ojalá pudiera enseñarte el anillo!»

Estee abrió la puerta de la habitación de Sophia de un empujón. El olor persistente del perfume de su amiga le llenó la nariz mientras se sentaba sobre la cama y se quitaba el anillo del cuello para ponérselo con cuidado en el dedo, y así poder mirarlo.

—Quiere que me case con él, Sophia —dijo en un susurro, y suspiró sin dejar de mirar el diamante—. Quiere que sea su esposa.

Por mucho que hubieran pasado aquel fin de semana

juntos, la situación seguía pareciéndole irreal, y, tras permanecer un rato allí sentada, se puso en pie y se dirigió a su habitación, donde abrió el cajón de la mesilla y sacó la pequeña carpeta en la que guardaba sus documentos importantes. Allí tenía su pasaporte, junto con la carta de admisión original de la academia de La Scala y el programa de la reapertura del teatro. Estee metió la receta que le había dado Felix en la carpeta y cerró el cajón para volver a mirarse el anillo. Estaba decidida a colgárselo de nuevo en el cuello, pero, puesto que nadie la vería mientras estuviera en su apartamento, no encontró nada malo en dejárselo en el dedo durante la noche.

Mientras se ponía una ropa más cómoda, se preguntó qué estaría haciendo Felix, y decidió estirar el cuerpo antes de prepararse algo para cenar. Al día siguiente volvería al estudio, y, tras un par de días fuera, lo último que quería era sentirse rígida y tensa.

Estee se puso una mano en el vientre, lamentando las cantidades abundantes de comida que había ingerido con Felix..., aunque en realidad no se arrepentía en absoluto.

28

Ocho semanas más tarde

Estee abandonó el escenario y salió corriendo pese a que estaban coreando su nombre. Se las había arreglado para aguantar durante la representación, negándose a ser otra cosa que una profesional consumada, pero en aquel momento solo podía pensar en llegar a su camerino.

No lo consiguió.

Dobló el cuerpo mientras se aferraba a la papelera que había junto a la puerta de otro vestidor y, mareada, vació todo lo que contenía su estómago. Se quedó quieta un instante, doblada aún por la mitad, intentando recuperarse de manera desesperada. Acabó por enderezar la espalda y se llevó la papelera consigo, logró entrar en su camerino antes de vomitar de nuevo; la bilis ascendió en su interior mientras se notaba acalorada y con la piel húmeda y pegajosa. Nunca se había sentido tan mal y la cosa empeoraba día tras día. Llevaba toda la semana saliendo disparada del escenario cada noche, y la semana anterior no había sido mucho mejor. Al parecer, no importaba lo que hiciera, porque no lograba retener ni el agua.

—Estee, ¿te encuentras bien? —Llamaron con suavidad a la puerta, y una de las bailarinas asomó la cabeza.

—Estoy bien, solo necesito un momento —contestó ella.

—¿Estás segura de que no es algo serio? —le preguntó la otra chica—. Llevas enferma varios...

—Estoy bien —repuso Estee de manera abrupta, sin volverse, aferrándose a la papelera con los nudillos blancos hasta que la puerta terminó por cerrarse.

Volvió a doblar el cuerpo y sufrió una arcada tras otra. Cuando acabó al fin, convencida de que no le quedaba nada en el estómago, depositó la papelera en el suelo y se dirigió con paso tambaleante hacia su silla, cogió el vaso de agua que había dejado allí antes. Le temblaba la mano, y bebió con lentitud un poco antes de sentarse en la silla.

Se miró en el espejo y apenas reconoció el rostro que le devolvía la mirada. El mero hecho de aguantar la compostura cuando se sentía tan mal la había dejado agotada, con ojeras y sin el encanto que la caracterizaba. Aquellas últimas semanas se había obligado a trabajar con más intensidad que nunca, se había entregado a la danza en un esfuerzo por no pensar en Felix y el tiempo que tardaría en regresar, pero sabía que aquel no era el motivo por el que estaba enferma.

Volvieron a llamar a la puerta, un golpe aún más suave, y Estee levantó la mirada para ver entrar a su maquilladora. Durante años se había maquillado sola, pero, en aquel momento, tanto ella como otras bailarinas experimentadas disfrutaban del lujo de tener a alguien que las ayudara, y Estee sentía un aprecio especial hacia Marta.

—¿Vuelves a estar mareada? —preguntó Marta, que cogió la papelera y la sacó al pasillo antes de dirigirse hacia ella. Le puso las manos sobre los hombros y la miró a los ojos a través del espejo.

Estee asintió con la cabeza.

—Ahora estoy bien, solo necesito que vuelvas a dejarme lista y...

—Las demás chicas están hablando —dijo Marta—. Ya sabes que a veces pueden ser como buitres.

Estee enderezó la espalda en un desafío a su cuerpo, ya que comenzaba a revolvérsele el estómago de nuevo.

—Nadie va a ocupar mi lugar —afirmó—. Me pondré bien, siempre me pongo bien.

Marta asintió con la cabeza y la rodeó para quedar frente a ella, le empolvó la cara y le aplicó un lápiz de labios de color rojo intenso, además de dedicarse a la zona de debajo de los ojos para disimularle las ojeras. Estee se quedó allí sentada, recta como un palo, preparándose mentalmente para la hora siguiente sobre el escenario.

—Estee, ¿has pensado que quizá podrías estar... —Marta retrocedió un paso y bajó la mirada hacia el vientre de la bailarina— embarazada?

—¿Embarazada? —repitió ella con un grito ahogado, y siguió la mirada de Marta.

Dejó caer una mano sobre su vientre, horrorizada. ¿Era aquel el motivo por el que seguía ganando peso pese a lo enferma que había estado? ¿El motivo por el que la modista había murmurado entre dientes que tendría que dejarle algo más suelto? Ella pensaba que tenía algún tipo de enfermedad, que había comido algo en mal estado, quizá.

—Mi hermana se mareaba como tú cuando tuvo a sus niños, así que solo me preguntaba...

Estee cerró los ojos, se aferró a los laterales de la silla.

—No, no puede ser —dijo—. No hay, a ver, no puede...

Marta se inclinó hacia ella y le secó los ojos con suavidad.

—Sin llorar. Nada te va a apartar del escenario, ¿recuerdas? Sobre todo en tu última semana.

Estee asintió con la cabeza, tragó saliva, intentó obligarse a olvidar la sensación abrumadora que la sugerencia de Marta le había provocado. ¿Cómo podía haber sido tan ingenua? ¿Cómo podía no haberse dado cuenta de lo que estaba pasando con su propio cuerpo?

—Por favor, Marta, no digas nada... —le suplicó sujetándole la muñeca cuando acabó de maquillarle la cara—. Puedo confiar en ti, ¿verdad?

—Puedes confiar en mí para todo, Estee. Nunca revelaré tus secretos; están a salvo conmigo.

Marta le dio un beso en la coronilla mientras un grito severo resonaba por el pasillo, al otro lado de la puerta del camerino de Estee.

—Comienza el espectáculo, venga —dijo Marta—. Estás preciosa, como siempre.

Estee se incorporó y tuvo que agarrarse a la silla un instante, pues la habitación amenazaba con ponerse a girar a su alrededor, pero se recompuso y adoptó la máscara perfecta que había desarrollado para actuar.

«Estoy embarazada.» Las palabras se repetían como un eco en su cabeza mientras salía e ignoraba los susurros de las bailarinas junto a las que pasaba.

No contaba con mucho tiempo antes de que se descubriera su secreto, pero nada iba a impedirle que acabara la temporada. Aquel era su sueño, su destino, y ni siquiera un bebé que debía permanecer en secreto ante el mundo iba a cambiar las cosas. De momento.

Solo se lo contaría a Felix, pero lo haría en persona. Si alguien se enteraba, su carrera se habría terminado. Le escribiría una carta y le pediría que se encontraran, y los dos decidirían juntos lo que debían hacer.

El público estaba en calma, el murmullo se convirtió en un silencio perfecto mientras ella se preparaba para que el telón volviera a levantarse. Y, en el instante en que la orquesta comenzó a tocar, se convirtió en Estee, la bailarina, y en su mente no quedó más que la idea de sobrevivir hasta que el telón volviera a caer.

Estee no podía quedarse quieta. Se paseaba por el apartamento esperando a que apareciera Felix, que ya se retrasaba.

Le había escrito con una semana de anticipación para pedirle que se presentara antes del mediodía. Pero, al margen de la carta que recibió una semana después de su escapada, no había sabido nada de él. Aquel día, el de su última representación, Estee se encontraba en una encrucijada y no sabía qué hacer.

Se puso la palma de la mano sobre el vientre, notó la ligerísima curva que comenzaba a ser casi imposible de ocultar en su complexión menuda, pues ya estaba de dos meses y medio.

«¿Dónde se ha metido?»

Estee se sentó, miró la calle por la ventana, buscándolo en todos los hombres que pasaban por ella. Pero no había señal de Felix. El miedo había empezado a burbujear en su interior, aunque sabía que era infundado. Le había pedido que esperara, le había dicho que no sabía cuánto iba a tardar en liberarse de su familia y de su negocio, y ella no se habría preocupado de no ser por el bebé.

«El bebé.»

Se puso en pie y comenzó a pasearse de nuevo a la vez que miraba el reloj de gran tamaño que colgaba de la pared y que marcaba con un tictac lento el paso de la tarde. No tenía sentido. Felix no iba a venir. Sintió en lo más profundo que algo iba mal, que aquella tarde no vería su rostro atractivo, que no iba a ser testigo de la amplia sonrisa que lo iluminaría mientras envolvía su vientre con las manos, tras descubrir que esperaban un hijo.

Estee entró en la cocina y miró en la alacena, consciente de que debería prepararse algo para comer, pero no logró reunir la energía necesaria y, además, ya era un poco tarde para comer antes de subirse al escenario. Era la noche del cierre, lo cual implicaba que disponía de una tarde más antes de tener que decidir lo que iba a hacer. Se suponía que debía disfrutar de unas vacaciones cortas antes de regresar al teatro y planear la siguiente temporada, pero tendría que decirles algo para explicar su ausencia. Embarazada de tres o cuatro meses, de ninguna manera podría ocultar su estado a las demás bailarinas, que estaban acostumbradas a ver a diario los cuerpos de sus compañeras con muy poca ropa encima.

Estee acabó por ponerse un abrigo cálido y salir del apartamento. Recorrió el camino familiar hacia La Scala con la cabeza alta y el escozor de las lágrimas en los ojos. No había nada que hacer respecto a Felix. Quizá le había surgido algo, o quizá no fuera a volver nunca a por ella, aunque Estee no soportaba la idea de que pudiera ser así. Felix la amaba, ella lo sabía, pero era impropio de él que no se hubiera presentado aquella tarde, sobre todo después de que ella le remarcara lo importante que era que fuera a verla.

En el teatro, Estee fue directamente a su camerino privado, calentó y se dirigió a ensayar. La tarde transcurrió en un borrón familiar hasta que llegó el momento de que regresara al camerino, después de la representación. Daba gracias por que los mareos hubieran desaparecido casi por completo durante los días anteriores, pero se sentía agotada y necesitaba un minuto a solas antes de irse a celebrar el final de la temporada con las demás chicas. A veces tenía la sensación de que estas no hacían más que esperar a que se equivocara o se lesionara, desesperadas como estaban por subir de categoría y obtener un papel mejor dentro de la compañía de ballet. Pero, en instantes como aquel, las chicas conformaban su familia y necesitaba celebrarlo a su lado.

Su camerino estaba lleno de flores, en mayor cantidad de lo habitual, dado que se trataba de la última representación, pero le llamó la atención un ramo en particular de rosas blancas y tallos largos que venía acompañado de un sobre amplio. Estee cruzó la habitación y lo abrió, admiró las flores mientras sacaba la carta. Un fajo de billetes salió con el papel y cayó al suelo. Estee se agachó a recogerlo, perpleja ante el hecho de que alguien le hubiera mandado dinero.

Pero, al mirar el papel, se le cayó el alma a los pies y cerró los dedos en torno a los billetes mientras un sollozo crecía en su interior.

Querida Estee:

Te escribo con el corazón afligido. Pese a la promesa que te hice de poner fin a mi compromiso, me he dado cuenta de que debo honrar la palabra que le di a Emilie y a mi familia. Estee, ojalá las cosas pudieran ser diferentes, ojalá pudiera dejar atrás a mi familia y comenzar una nueva vida contigo, pero no puedo renunciar a todo lo que conozco. Por mucho que te ame, simplemente es imposible que estemos juntos.

Nunca te olvidaré, y atesoro el tiempo que pasamos juntos. Por favor, acepta el dinero que he incluido como demostración de lo mucho que lo siento.

Tuyo,

Felix

—¡No! —gritó Estee, que hizo una bola con la carta y la lanzó al otro extremo de la habitación.

Le fallaron las piernas, se dejó caer al suelo y se sujetó el vientre mientras el dinero que había soltado se esparcía a su alrededor.

Las lágrimas se desbordaron, la abrumaron mientras no dejaba de repetirse una y otra vez las palabras de la carta en la cabeza. ¿Cómo podía haberle hecho eso? ¿Cómo podía limitarse a darle la espalda? ¿Cómo podía romper la promesa que le había hecho a ella?

Oyó risas al otro lado de la puerta y se obligó a ponerse en pie. No quería que nadie la viera en su peor momento. Por el contrario, comprobó su aspecto en el espejo, se apresuró a secarse los ojos y se puso la bata, que se dejó un poco suelta en torno a la cintura para no atraer la atención sobre su figura.

«Felix no vendrá. Me ha dejado.»

Esa noche acudiría a la fiesta de clausura y celebraría

aquella temporada tan exitosa con las demás bailarinas. A continuación haría las maletas con todo lo que tenía en la vida y se marcharía de Milán. Renunciaría al apartamento y ofrecería alguna excusa para no seguir con el teatro durante los meses siguientes. Tendría que inventarse una oportunidad en algún otro lugar —quizá en Londres— para que dejar La Scala tuviera sentido, pero lo haría con la promesa de regresar a la temporada siguiente.

«Londres.»

Londres era perfecto. Estaba lo bastante lejos como para que pudiera desaparecer hasta decidir lo que iba a hacer. Contaba con sus propios ahorros, con el dinero del sobre, que debería aceptar a fin de poder sobrevivir por mucho que deseara devolvérselo a Felix de inmediato, y con el anillo que colgaba de su cuello.

Llevó los dedos hasta él, siguiendo el mismo camino de cada día desde que Felix se lo había dado, pero en aquel momento no encontró el menor consuelo. En aquel momento deseó arrancárselo del cuello y tirarlo al otro extremo de la habitación, algo que no iba a hacer porque no sabía cuánto dinero necesitaría para mantenerse a flote. También tendría que fingir que estaba casada para evitar preguntas, y para eso tendría que ponerse el anillo que él le había dado.

Felix nunca sabría de la existencia de su hijo, nadie en Milán se enteraría. Estee se aseguraría de ello.

«Felix se ha ido y nunca volverá a por mí.»

29

En la actualidad

—Aún no me lo puedo creer.

Lily estaba en la cama, acurrucada contra el pliegue del brazo de Antonio, repasando una y otra vez los sucesos de aquella noche. «Tengo una familia de la que nunca había oído hablar.» Había intentado llamar a su madre, pero no había logrado dar con ella, y no veía el momento de hablarle de aquella extensa familia que había conocido. Pero, por excitada que estuviera, para su madre sería diferente. No se trataba de su pasado; era algo que conectaba a Lily con la familia de su padre, no con la de su madre. Y, pese a que había sido una esposa devota, pese a que había mantenido vivo el recuerdo de su padre tras la muerte de este, aquella conexión con el pasado le pertenecía solo a Lily.

Debió de dejar escapar un suspiro, porque Antonio le rozó el cabello con los labios.

—¿Qué sucede?

—Nada —contestó ella—. En realidad, todo.

Él se rio entre dientes.

—Me lo imagino. Ahora mismo debes de tener la cabeza llena de cosas.

Se acurrucó aún más contra él, consciente de que no podría conciliar el sueño por mucho que permanecieran tumbados en la oscuridad. Antonio había dejado encendida la lámpara de al lado de la cama, y Lily se quedó mirando las sombras que proyectaba sobre el techo.

—No puedo dejar de pensar en la madre de Matthew, mi bisabuela —dijo—. Imagina pasarte toda la vida preguntándote qué habrá sido de tu hija. Pensando que tomaste la decisión equivocada al darla en adopción. Por momentos debió de destrozarla.

—Estoy seguro de que así fue —asintió Antonio—. Siento curiosidad por saber más. Es toda una historia.

—Yo también.

Lily suspiró y se contoneó con la esperanza de ponerse cómoda, de intentar relajarse y aclarar las ideas.

—Sabes que mañana se supone que hemos de volver a casa, ¿no? —preguntó Antonio—. ¿O quizá preferirías quedarte?

Ella se incorporó un poco para poder mirarlo a la cara. Era como si le hubiera leído la mente.

—¿Qué te hace pensar eso?

—No me digas que no te lo habías planteado —contestó él con suavidad mientras le acariciaba el hombro—. Tienes una familia a la que no has conocido hasta hoy, una familia que no se cansa de ti. —Antonio lucía una sonrisa dulce—. Y es un vínculo con tu padre. Eso debe de significar mucho para ti.

Lily respiró hondo, retuvo el aire antes de dejarlo escapar poco a poco.

—Es muy extraña la conexión que siento con ellos

—comentó—. Sé que son una gente encantadora y que con toda probabilidad me habrían caído bien sin importar las circunstancias en que los conociera, pero cuando estoy con ellos siento algo especial. No dejo de preguntarme si no estaré imaginándomelo, o si se debe a que, de algún modo, hasta cierto punto me recuerdan a mi padre. Matthew, sobre todo.

—Entonces creo que ahí tienes la respuesta —dijo Antonio, que la atrajo hacia sí para que se acurrucara de nuevo contra su cuerpo—. Mi padre lo entenderá, si eso es lo que te preocupa. Saben lo que has venido a buscar, y te prometo que no hay nada más importante para los Martinelli que la familia.

«Pero tengo que darle una respuesta a su padre sobre el empleo.»

Antonio estiró el brazo y apagó la lámpara, la tomó entre sus brazos en cuanto la habitación quedó a oscuras y le dio un beso rápido en los labios.

—Duérmete —le susurró—. Por la mañana tendrás tiempo de sobra para pensarlo.

Ella le devolvió el beso, agradecida por su abrazo, por tener a alguien a su lado mientras descubría aquel pasado que ignoraba haber estado buscando.

Antonio tardó pocos minutos en comenzar a respirar con pesadez, un ligero ronquido le indicó que se había quedado dormido, y Lily se deshizo con cuidado de su abrazo y se bajó de la cama. Se dirigió descalza hacia el escritorio que había en la esquina de la habitación. La luz que penetraba a través de las cortinas fue suficiente para que no se golpeara con nada y, una vez allí, encendió la lamparita. Miró por encima del hombro y comprobó, satisfecha, que no había despertado a Antonio.

A continuación se sentó y cogió el elegante bloc de papel y un bolígrafo.

Deseaba quedarse —Antonio le había leído el pensamiento—, pero también quería escribirle una carta a Roberto. Se la daría a su hijo antes de que se fuera y le pediría que no la abriera, que se limitara a entregarla al llegar a casa.

Sus sentimientos hacia Antonio eran complicados. No estaba acostumbrada a aquella cercanía, a experimentar algo tan profundo por otro ser humano que podía verse a su lado en el futuro. Pero si tenía algo claro, eso era su carrera. Siempre había sido así, y eso significaba que debía ofrecerles a los Martinelli una respuesta formal a su oferta de trabajo.

Un escalofrío recorrió su piel, allí sentada, descalza y en pijama, con el cuerpo inclinado hacia delante y un bolígrafo en la mano, mientras Antonio dormía.

—Buenos días, preciosa.

—¿Qué hora es? —preguntó ella.

Lily era madrugadora por naturaleza, y su trabajo no había hecho más que exacerbar esa tendencia a levantarse temprano cada mañana, así que era aún más sorprendente que hubiera dormido hasta tarde.

—Casi las diez —contestó él a la vez que le pasaba una taza de café—. He pensado que lo necesitarías.

Ella gimió y la aceptó agradecida; se incorporó en la cama y tomó un sorbo.

—Gracias. Me quedé despierta hasta tarde.

Al final había tardado bastante rato en encontrar las palabras correctas.

Antonio hizo un gesto hacia el escritorio y el sobre cerrado con el nombre de su padre.

—Entiendo que quieres que se lo entregue.

Ella tomó otro sorbo de café antes de mirarlo a los ojos.

—Sí. Tenías razón. Necesito quedarme. Es que...

—Sientes que es la decisión correcta.

Ella asintió con la cabeza mientras la recorrían sentimientos encontrados. Por una parte, deseaba desesperadamente irse con Antonio y permanecer a su lado, empaparse en las emociones que él le provocaba; pero por la otra parte, quería averiguar más cosas sobre aquella familia nueva, establecer un vínculo con ella. ¿Acaso no le debía a su abuela que hubiera creado una serie de recuerdos con aquellas personas que se habían pasado toda la vida esperando conocerla? Y tampoco sabía si Antonio querría pasar más tiempo con ella cuando el viaje llegara a su fin.

—Tienes que escuchar a tu corazón, Lily —dijo Antonio, que se sentó a su lado en la cama y ahuecó la palma de la mano contra su mejilla—. Si quieres verme de nuevo, ya sabes dónde encontrarme.

Odió que se le llenaran los ojos de lágrimas, también que estuvieran despidiéndose. El tiempo que habían pasado juntos había significado mucho para ella, más que cualquier otra relación que hubiera tenido con otros hombres.

—Antonio... —comenzó a decir.

Él le sonrió, mirándola a los ojos.

—Creo que, desde que murió mi padre, he dedicado cada minuto de mi vida a intentar que se sintiera orgulloso de mí, a vivir por él. —Se aclaró la garganta, pues las emociones empezaban a burbujear en su interior—. Creo que nunca me he preguntado de verdad lo que yo quería hacer porque tenía demasiado miedo a no conseguir todo aquello de lo que hablamos antes de su muerte. Pero en aquel momento yo no era más que una adolescente. No sabía lo que quería de verdad. ¿Cómo iba a saberlo?

—No tienes por qué justificarte ante mí —dijo Antonio—. No me debes nada, Lily.

Pero sí se lo debía: le debía una explicación.

—Es solo que creo que me irá bien quedarme aquí. Quizá reconectar con sus parientes biológicos me permita incluso hallar un consuelo para la muerte de mi padre. Pero quiero que sepas que te estaré agradecida siempre por lo que has hecho por mí. Yo sola no lo habría conseguido.

—Creo que te infravaloras —murmuró él, apartando la mano de su piel—. Te habría ido igual de bien si hubieras estado sola.

—Pero me alegro de no haber estado sola —insistió Lily en un susurro, mientras una nueva oleada de lágrimas amenazaba con estallar—. Nunca me había sentido así, y por eso me cuesta tanto tomar esta decisión.

Antonio asintió con la cabeza y, si Lily no se equivocaba, sus ojos rebosaban también de lágrimas no vertidas.

—Saldré después de comer, pero no tienes que dejar el hotel hasta mañana por la mañana —dijo él, dirigiendo un vistazo rápido a sus manos entrelazadas antes de mirarla de nuevo a los ojos—. Por si te sirve de algo, te echaré de menos, Lily.

—Yo también te echaré de menos.

Se besaron. Fue un beso dulce y cálido, que la llevó a desear más.

—¿De verdad ha sido solo un romance de vacaciones? —preguntó ella—. ¿O estaba en nuestro destino que pudiéramos ser algo más?

—Si hubiera sabido que existía la posibilidad de que te quedaras más tiempo en Italia, nunca me habría ido contigo a la cama —admitió él—. ¿Responde eso a tu pregunta?

Así que le había dicho una mentira cuando ella se lo preguntó tras la primera noche que pasaron juntos... No es que lo culpara por ello; lo había puesto en un aprieto al planteárselo y era evidente que él no había querido herir sus sentimientos.

—¿Y qué piensas ahora? —quiso saber Lily—. Tras el tiempo que hemos pasado juntos...

—¿Y si de momento nos limitamos a despedirnos? —propuso él—. Te mentiría de nuevo si te dijera que no me gustaría pasar más tiempo contigo.

—Entonces, despidámonos de momento —aceptó ella—. Si nuestros caminos están destinados a cruzarse de nuevo, lo harán.

Antonio se puso en pie y tiró de ella para que lo acompañara, la sostuvo entre sus brazos de modo que la mejilla de Lily quedara pegada a su pecho. Ella inspiró su aroma, sintió la fuerza de los brazos que la rodeaban y fue consciente de lo sencillo que sería volver con él a su casa. Pero necesitaba hacer aquello por su propio bien, necesitaba descubrir quién era antes de decidir si él podría ser algo más para ella.

«Me he enamorado de él.» Lily lo sabía, y se preguntó si Antonio lo sabría también.

—Hace unos años tomé una mala decisión —murmuró él contra su cabello, sin dejar de abrazarla—. Le pedí a una mujer que se casara conmigo porque creí amarla. Pero, de haber sido fiel a mí mismo, habría sabido que aquello no era lo correcto. Éramos personas distintas que querían cosas distintas de la vida, y si me hubiera dado cuenta antes de casarme nos habría ahorrado a los dos un montón de dolor. Y ahora no estaría roto.

Ella no contestó, no le hizo falta. El tiempo que había pasado junto a Antonio había hecho que todo cambiara para ella, y no tenía ni idea de lo que podría pasar entre ambos, o si tan solo habían compartido un instante en el tiempo. Pero sí sabía dónde encontrarlo, y por una vez no pensaba dejar que el miedo le impidiera sentir, le impidiera enamorarse de alguien, ya fuera por un momento o para toda la vida.

Lily se recostó contra sus brazos cuando sus bocas se encontraron con más pasión que antes, con una urgencia que no había existido hasta aquel momento. Y se preguntó si de veras era posible enamorarse loca, irremediablemente en el plazo de unas pocas semanas.

30

Londres, 1947

Estee se dirigió con lentitud hacia la puerta principal de la casa, elegante pero discreta. Ya había pasado varias veces por delante del lugar, intentando reunir el valor para entrar, pero, estando embarazada de ocho meses, sabía que había llegado el momento.

Los cuatro meses anteriores habían sido bastante tranquilos, por no decir solitarios, sobre todo para una persona acostumbrada a estar ocupada con sus ensayos diarios y a encontrarse rodeada de gente. Pero había diseñado una pequeña existencia para sí en Londres, y no todo había sido negativo. Con el vientre hinchado y la espalda frecuentemente dolorida, no obstante, sabía que era hora de tomar una decisión difícil, por mucho que deseara evitarla.

Como solía hacer tan a menudo en aquellos días, Estee se frotó con suavidad la barriga con la palma de la mano plana contra el costado del vestido. La idea de separarse de su hijo por nacer hacía que se sintiera vacía, pero durante su estancia en Londres había asumido la dificultad que tendría criar a un niño ella sola.

Así que cruzó la verja, dejó atrás un cartel sencillo que decía Hope's House y se dirigió hacia la puerta de entrada. Levantó la mano y alineó los nudillos para golpear la madera de color rojo brillante, pero algo la detuvo. El bebé se había movido en su interior, y aquel aleteo hizo que volviera a cuestionarse su decisión. Pero, por mucho que se imaginara con él en brazos, meciéndolo y susurrándole algo para hacerlo dormir, no podía dejar de pensar en una imagen alternativa. Londres era una ciudad bonita que la había tratado bien, y hasta podía plantearse desarrollar una vida en ella después de dar a luz, uniéndose a la compañía del Royal Ballet, quizá. Pero también había visto a mujeres pidiendo dinero por la calle, con niños harapientos que se escondían detrás de sus faldas mugrientas y esos pómulos hundidos que le indicaban a Estee lo dura que era la vida para ellas mientras levantaban una taza en busca de monedas. Por no hablar de las mujeres que salían de noche, preparadas para hacer cualquier cosa para entretener a un hombre a cambio de unas libras extras. Estee estaba convencida de que solo vendían su cuerpo para poder alimentar a sus familias.

Prefería morir antes de dejar que su hijo creciera con el estómago hambriento, o que viera a su madre reducida a ser una pordiosera o una prostituta.

La puerta se abrió antes de que tuviera la oportunidad de llamar, y una mujer de cabello moreno con canas apareció frente a Estee. Nada más verla, estuvo a punto de echarse a llorar; pese a su apariencia sin alardes, con el cabello recogido en un moño, el vestido de algodón y el delantal de color azul apagado, la bondad que irradiaba el rostro de la mujer era inconfundible.

—Me llamo Hope —dijo extendiendo la mano.

Ella hizo lo propio y Hope se la estrechó, puso la otra por encima y la calidez del gesto hizo que Estee se diera cuenta de que llevaba mucho tiempo sin que la tocara otra persona.

—Yo... yo... —comenzó a decir, de manera entrecortada.

—No tienes que explicarme nada —dijo Hope, que retrocedió un paso y le hizo un gesto para que entrara—. Sé por qué estás aquí, y sé por qué te has quedado plantada ahí fuera tanto rato antes de llamar a la puerta.

Estee logró componer una sonrisa.

—Es una decisión muy difícil.

Hope le devolvió la sonrisa.

—Lo sé, pero entrar en este hogar y echarle un vistazo no implica que estés obligada a nada. Aunque te quedes un mes o des a luz aquí, nadie te obligará a hacer nada que no quieras.

Estee estudió el rostro de la mujer y se sintió inclinada de inmediato a confiar en ella. Había pasado muchas veces por delante del lugar sin entrar, sobre todo porque aún no estaba segura de lo que quería hacer, pero si todavía no tenía que tomar una decisión...

—Ven, ¿qué te parece si nos tomamos una taza de té y me cuentas qué te ha traído hasta aquí? —sugirió Hope—. Cada chica que entra por esa puerta tiene una historia diferente, pero todas tienen en común que necesitan mi ayuda.

Estee la siguió por un pasillo decorado con cuadros hacia una cocina muy iluminada. En su centro había una mesa amplia, y de la pared más alejada colgaban ollas y sartenes. Había en ella una sencillez reconfortante. Era el tipo de casa en la que se imaginaba viviendo algún día, solo que en Italia y no en Inglaterra.

—Bueno, déjame que ponga la tetera a hervir, tú puedes acomodarte ahí —dijo Hope, sonriéndole mientras sacaba una silla para ella antes de dirigirse hacia los fogones—. En este momento tengo a algunas chicas aquí, y puedo presentártelas sin el menor problema si quieres. Tampoco me importa que me hagas preguntas, porque sé que tendrás muchas.

Estee se sentó y observó a Hope. En efecto, tenía muchas preguntas, pero por algún motivo no podía formular ninguna.

—Tienes un acento muy marcado. ¿De dónde eres? —quiso saber Hope—. Y creo que no me has dicho cómo te llamas.

—Estee —contestó ella, aclarándose la garganta—. Soy italiana, últimamente residía en Milán.

—Ah, Milán. Una ciudad preciosa para visitar.

Estee agradeció que no le preguntara por qué se había marchado de allí, pero con toda probabilidad resultaba obvio, dado su estado. Supuso que las mujeres que pasaban por el hogar de Hope eran solteras y necesitaban refugio, así que los porqués no debían de ser importantes para ella.

—¿Has visto a algún médico desde que llegaste a Londres? —inquirió Hope mientras llevaba dos tazas humeantes hasta la mesa.

Antes de acomodarse frente a Estee, fue en busca de la leche y el azúcar.

—Ah, no, no —contestó Estee, que cogió la taza y dejó que sus dedos entraran en calor contra su superficie. Nunca había bebido té antes de mudarse a Londres, acostumbrada como estaba al café, pero ya se había hecho a su sabor.

—Soy comadrona desde hace muchos años. He dedicado mi vida a traer niños al mundo y cuidar de sus madres, pero de todos modos convendría que te viera un médico —le aconsejó—. Puedo organizarlo por ti, hay uno que tiene la amabilidad de venir a visitar a mis chicas de vez en cuando. Y aquí tengo todo lo que una madre gestante pueda necesitar.

—¿Por qué? —planteó Estee, incapaz de contenerse—. ¿Por qué eres tan buena con todas estas mujeres?

Hope suspiró, como si le hubieran hecho esa pregunta muchísimas veces. Estee imaginó que probablemente ese sería el caso.

—Porque toda mujer se merece que alguien cuide de ella cuando va a tener un hijo, sin importar las circunstancias. Igual que ninguna mujer debería verse obligada a renunciar a su hijo a menos que así lo desee.

Estee asintió con la cabeza, bebió un sorbo de té e intentó tragarse sus emociones con el líquido.

Hope se inclinó sobre la mesa y le tocó la mano.

—Aquí estás a salvo, Estee. Tanto si pretendes quedarte a partir de esta noche o volver cuando el bebé se acerque, siempre te aceptaré. Bajo mi techo no se juzga a nadie, e incluso si das a luz aquí y no puedes proceder con la adopción, lo comprenderé. Nunca te obligaré a hacer algo que no desees. —Hope le dirigió una mirada firme y prolongada—. Quiero que sepas que puedes confiar en mí.

A Estee se le atravesaron las palabras en la garganta, le pareció casi imposible que pudiera decirlas, pero la mirada bondadosa de Hope la animó a ello:

—¿Tú te encargas de organizar la adopción?

—Sí —contestó ella—. La mayoría de las mujeres que veo por aquí acuden a mí porque este es un lugar diferente de los demás. Ellas eligen venir, mientras que en otros lugares es la familia la que las manda y les dice que no vuelvan a casa hasta que hayan renunciado a su hijo.

—No mucha gente se mostraría tan amable con mujeres embarazadas fuera del matrimonio.

—Todas tenemos nuestros motivos para hacer lo que hacemos —dijo Hope—. Digamos que siempre he sentido el deseo de ayudar a los demás y, cuando mi tío me dejó su herencia, decidí utilizar el dinero para hacer algo caritativo.

Estee captó que de momento no iba a averiguar nada más acerca de Hope, pero, incluso sin conocer su historia al completo, la mujer le caía bien. Y, si había sido sincera al decirle que ella tomaría la decisión, no veía ningún motivo para no volver.

—¿Te gustaría echar un vistazo a la casa? —preguntó Hope—. O si prefieres contarme cómo has acabado aquí, en tu estado, siempre estoy dispuesta a ser toda oídos. Sin juzgar a nadie, claro.

—Digamos tan solo que el hombre al que amaba escogió a su familia por delante de mí —explicó Estee, intentando que la amargura no tiñera su voz—. Supongo que tuve suerte, porque no corrí peligro de que me desahuciaran..., tengo dinero suficiente para salir del trance. Pero la idea de criar a un niño yo sola...

Se acarició la barriga con la mano, un gesto afectuoso que se descubría haciendo constantemente desde que la tenía tan abultada. En ese momento se fijó en el anillo que llevaba en el dedo, una alianza sencilla de oro que había comprado para ahorrarse las preguntas a la hora de alquilar el apartamento. Era más fácil que la gente pensara que era una viuda, o que quizá estaba esperando a que su marido regresara de algún sitio, y había descubierto que no podía soportar ponerse el anillo que Felix le había dado.

—Ven —dijo Hope, que se puso en pie y le ofreció la mano. Estee dejó que la ayudara a incorporarse mientras notaba una punzada de dolor en la parte baja de la espalda, cosa bastante frecuente durante las dos semanas anteriores—. Voy a mostrarte la casa, y entonces podrás decidir si quieres volver o no.

Caminando despacio, Hope la guio por la casa antes de salir al jardín, que con su muro de verdor protegía la parte trasera de la propiedad de las miradas ajenas. Por todas partes había jardineras llenas de flores, de modo que aquel parecía el lugar perfecto para pasar la tarde, sentada al sol con un libro, disfrutando del entorno.

Una muchacha mucho más joven que Estee las miró desde una de las ventanas del piso superior y las saludó con la mano. Estee le devolvió el saludo, pero Hope hizo rozar la mano sobre su brazo y, al reclamar su atención, impidió que buscara a otras madres gestantes en las demás ventanas.

—¿Qué te parece? —inquirió.

—Que quiero quedarme —contestó Estee sin pensarlo, sorprendiéndose a sí misma.

—Bueno, pues quédate —dijo Hope—. Puede ser así de simple.

—¿Puedo regresar dentro de unos días? —preguntó Estee—. Quizá suene ridículo, pero me gustaría pasar un poco más de tiempo sola, viendo la ciudad, pensando en lo que quiero hacer cuando nazca el niño.

—Vuelve cuando sea el momento adecuado para ti —respondió Hope—. Créeme cuando te digo que no me voy a ninguna parte, y que siempre tendré sitio para ti.

Estee sonrió, atraída por aquella mujer que una hora antes era una completa desconocida.

—Cuando vuelvas, lo organizaremos para que veas al médico y hables un poco más sobre la adopción —dijo Hope—. Y hay algo sobre lo que me gustaría que reflexionaras. Siempre lo saco a colación pronto, de modo que cada mujer pueda tomarse su tiempo para pensarlo.

Estee enarcó las cejas a modo de interrogación.

—¿De qué se trata?

—Si decides permitir que busque a una familia para tu bebé, puede estar bien que dejes algo atrás, algo con lo que el niño establezca una relación contigo.

—Creo que no sé a qué te refieres.

Hope entró en la casa y Estee la siguió, curiosa por averiguar de qué estaba hablando.

—He encargado que me hagan estas cajitas —explicó la mujer mientras cogía un objeto de la repisa de la chimenea, que le pasó a Estee—. Puedes elegir si metes algo dentro, quizá más de una cosa, por si tu hijo vuelve algún día a buscarte. Algunas familias mantienen la adopción en secreto, pero otras acaban contándoselo a su hijo o hija. Así que lo que te pido es que pienses si quieres dejar una pista, un vínculo con el pasado de tu hijo, porque... ¿quién sabe? Es posible que un día quiera encontrarte y, cuando yo ya no esté, quizá no quede nadie que pueda ayudarlo en su búsqueda. Le pongo una etiqueta a cada caja en cuanto se firma el certificado de nacimiento del bebé.

Estee le devolvió la caja, preguntándose ya qué podría dejarle a su hijo. Se tocó el anillo de diamantes del cuello. Lo había vuelto a meter en el colgante antes de salir de Italia, más por mantenerlo a salvo que por razones sentimentales, con la intención de venderlo al llegar a Londres. Pero, por algún motivo, no había sido capaz de hacerlo.

No era lo más adecuado para dejar en la cajita, pues no ofrecía ninguna pista, pero sí hizo que se preguntara qué podía dejar atrás para que su hijo pudiera llegar hasta ella algún día. Pensó en la receta que le había dado Felix —la había llevado a Londres sin querer, simplemente porque se encontraba en un sobre junto con otros documentos importantes—, pero no tenía la seguridad de que quisiera dejar algo que lo señalara a él, no después de lo que le había hecho.

—Tienes algunas semanas para decidirte, Estee —informó Hope—. Ve y disfruta de los próximos días, y cuando vuelvas tendrás una cama esperándote.

—Gracias —dijo ella, y le dio un abrazo espontáneo, agradecida por haber encontrado a aquella mujer tan bondadosa.

Se quedaron allí paradas un instante. A Hope le brillaron los ojos por las lágrimas, y Estee tuvo que parpadear para deshacerse de las suyas. Era consciente de la suerte que había tenido al conocer a Hope, una mujer preparada para acogerla de cara al parto de su hijo, pero aquello no facilitaba en nada la decisión que tenía que tomar de manera inminente.

31

Seis semanas después

—Adiós, mi niña —susurró Estee, con varios mechones de pelo pegados a la frente y la piel aún húmeda de sudor por el esfuerzo del parto.

La cara del bebé estaba arrugada, su puñito sobresalía de la suave manta de color rosa en la que lo había envuelto, y Estee se inclinó hacia él para besarle los dedos diminutos, para empaparse de su visión, para inspirar su aroma. Días antes había decidido que no lloraría, no hasta más tarde. Aprovecharía al máximo el tiempo precioso que tuviera con su hija, le proporcionaría un inicio a la vida feliz y positivo, para que no se encontrara con su madre llorándole encima antes incluso de que se fuera.

En aquel momento, el bebé abrió los ojos y Estee estuvo a punto de rendirse, un sollozo se le atravesó en la garganta mientras su hija levantaba la vista hacia ella, pero lo reprimió de manera estoica.

—Mi niña hermosa —dijo con dulzura—. Mírate. Mira lo fuerte que eres.

El bebé se movió, estiró las extremidades, comenzó a llorar como si tuviera hipo, y Estee supo por instinto lo que tenía que hacer. Hope había salido con la promesa de regresar antes de una hora, dándole así algo de tiempo para despedirse, según lo que habían acordado. La matrona le había dicho que algunas mujeres preferían no ver al bebé en absoluto; otras querían tener la oportunidad de mecerlo en sus brazos, y unas terceras no soportaban la idea de separarse y decidían en su lugar quedarse con el niño. Pero Estee era consciente de lo que tenía que hacer. Hope había encontrado una familia cariñosa para su hija y Estee sabía que se trataba de la mejor decisión que podía tomar, pero no por ello dejaba de ser su madre en aquel momento, cuando la niña la necesitaba. «Cuando sigo teniéndola entre mis brazos.»

Se bajó el camisón por un hombro y puso al bebé en posición. Y, aunque le costó, su hija pareció saber lo que estaba haciendo. La acurrucó contra sí mientras el bebé encontraba el camino hacia su pecho, pero necesitó varios intentos antes de comenzar a chupar.

Llamaron con suavidad y Estee levantó la mirada para ver entrar a Hope, que cerró la puerta a su espalda. A la matrona se le descompuso el rostro un instante, quizá al ver que la niña estaba comiendo, pero se apresuró a componer una sonrisa.

—Se te ve como pez en el agua haciendo de madre —dijo, y se plantó a su lado para corregir la manera en la que sostenía al bebé—. ¿Te duele?

—Un poco —confesó Estee.

—Bueno, te dolerá aún más cuando comience a salirte la leche como es debido —explicó Hope—. Te habría dicho que no lo alimentaras, pero tengo la sensación de que no me habrías hecho caso.

Estee bajó la vista hacia la cabecita de su hija.

—Es tan bonita que no puedo dejar de mirarla.

Hope suspiró y se sentó a su lado, buscó con los ojos la mirada de Estee.

—Sé que te lo he preguntado muchas veces, pero al verte así... —Hizo una pausa.

—Ya he tomado una decisión —afirmó Estee con firmeza, antes de que Hope pudiera preguntárselo de nuevo—. Solo quiero un momento. Solo quiero que mi hija sepa que la han querido desde el instante mismo en que llegó a este mundo.

Hope asintió con la cabeza.

—¿Les pido a sus padres que vuelvan luego?

—¿Ya están aquí? —preguntó Estee.

—Sí, pero no les hará ningún daño esperar unas pocas horas más, o incluso un día —dijo Hope encogiéndose de hombros—. Deja que yo me encargue de ellos.

—Unas horas más —se descubrió diciendo Estee—. Solo quiero sostenerla un poco más y darle de comer.

Hope se puso en pie, acarició el pelo de Estee durante un instante y salió de la habitación sin decir nada. Estee se puso a cantar en voz baja. Cantó para su bebé mientras este peleaba por su primera comida, aquella niñita hambrienta que era tan perfecta que a su madre casi se le partió el corazón. Por lo que podría haber sido, por todo lo que había perdido.

Sus lágrimas comenzaron a caer sobre la manta del bebé, y ya no pudo detenerlas. Pero siguió cantando, siguió obligándose a sonreír mientras miraba a su hija, queriéndola más a cada segundo que pasaba.

Felix le había dado el regalo más precioso de su vida, pero por su culpa tenía que renunciar a él.

Apartó de su mente el recuerdo de Felix; seguía exhausta por el parto y continuaba meciendo al bebé, pero se negaba a cerrar los ojos. Disponía de unas pocas horas para absorber cada pequeño detalle de su hija, y no iba a perder un solo segundo.

Cuatro horas después, Estee oyó que volvía a abrirse la puerta. Siguió mirando al bebé, pero supo por la suavidad de los pasos que Hope había regresado.

Al levantar la vista vio, que la matrona tenía lágrimas en los ojos, pero ninguna de las dos dijo nada mientras Estee le daba un último beso al bebé en la cabeza y Hope la cogía de sus brazos.

—Te quiero —susurró Estee, y Hope hizo una pausa y la miró a los ojos hasta que ella encontró el valor para asentir con la cabeza, para a continuación girarla.

Estee hundió la cara en la almohada, sollozó mientras se llevaban a su hija, mientras la puerta se cerraba con un golpecito suave y el eco de los pasos de Hope se alejaba de ella. Deseó desesperadamente correr tras la mujer, gritar y arrancarle a la niña para tenerla de nuevo entre los brazos, chillar que no quería seguir adelante con aquel plan, pero en su lugar cogió el anillo que llevaba al cuello, lo arrancó de la cadenita y lo arrojó al otro extremo de la habitación.

—*Bastardo!* —gritó, recuperando su lengua materna, sollozando, aferrándose a las sábanas húmedas por debajo de su cuerpo—. *Fottuto bastardo!*

«Tú me has hecho esto, Felix. Y no te lo perdonaré nunca. Nunca.»

Estee se hizo un ovillo. Con el cuerpo dolorido, se aferró a la almohada y lloró. Por la niña a la que no volvería a tener entre sus brazos, por el hombre al que en su momento amó con todo su corazón y por los sueños que habían desaparecido para siempre.

Primero había perdido a Sophia, su amiga, muerta durante la guerra; luego a Felix, y en aquel momento a su hija. Pensó que perder a Sophia la destrozaría, pero más tarde lo de Felix... Aquello le había desgarrado un trozo de corazón que iba a permanecer roto para siempre. En cambio, perder a su hija era algo completamente diferente. Con ella se había ido un pedazo de su alma para el que no existía olvido posible. Ni perdón.

Lloraría su pérdida para siempre.

32

En la actualidad

Sin Antonio, Lily se descubrió sintiendo una soledad que no había experimentado en mucho tiempo. Hasta hacía poco se había sentido muy cómoda en su propia compañía, estaba acostumbrada a estar sola; era la típica hija única que había crecido para ser independiente y sentirse feliz por su cuenta. Pero aquello había sido antes de conocer a Antonio, que había llenado un espacio a su lado que ella ni siquiera había reconocido como vacío. De algún modo, al llegar a Italia, los muros que había levantado a su alrededor estaban cayendo de manera accidental.

Se quedó plantada en medio de la casita, una especie de cabaña en la vasta propiedad de Matthew, consciente de pronto de lo silenciosa que era. Se sentía sola pese a que no había estado tan acompañada desde la muerte de su padre, y tenía que recordárselo a sí misma una y otra vez. Allí contaba con una cantidad de tíos, primos y primos segundos que desafiaba los sueños más salvajes que hubiera podido tener una niña solitaria de Londres con un solo progenitor. Era surrealista, como si estuviera viviendo una existencia ajena. Pero no era así.

Se dirigió hacia la ventana y contempló el paisaje. Estaba acostumbrada a mudarse a lugares diferentes por su trabajo, y a mirar las viñas, pero allí no había más que avellanos hasta donde alcanzaba la vista. Se puso los zapatos y salió al exterior para dar un paseo entre ellos. El perro de Matthew apareció de la nada y ella se puso en cuclillas para acariciarlo. Era una especie de spaniel, no sabía con seguridad cuál; lo único que sabía era que su compañía resultaba agradable. Llevaba nueve años sin tener perro —su terrier había muerto cuando estaba en la universidad—, pero, al hundir la cara en el suave pelaje del can para abrazarlo, se dio cuenta de lo mucho que echaba de menos el contacto con los animales.

—Eh, tú —dijo mientras el perro reclamaba su atención a lengüetazos e intentaba lamerle la cara—. ¿Qué estás haciendo aquí? ¿Te han dejado salir por tu cuenta a vivir una aventura?

El perro meneó la cola y se alejó al trote, quedó claro que con la misión de encontrar algo, y Lily lo siguió feliz por la compañía y por tener algo en lo que concentrarse. Al cabo de unos minutos oyó un silbido y se detuvo, aunque el perro optó por no darse por aludido, ni siquiera cuando el silbido dio paso a un grito.

—¡Está aquí! —exclamó Lily.

Tras un intercambio de nuevos gritos, Matthew apareció entre los árboles.

—Me paso media vida buscando a este maldito perro —gruñó, hablando como si se dirigiera tanto al animal como a ella, pero una vez más Lily fue la única que se molestó en escucharlo, ya que el perro no sentía el menor interés por su amo.

—¿Está buscando trufas? —preguntó ella divertida ante la irritación de su tío abuelo.

—Hoy no, no estamos en temporada, pero tiene un hocico excelente y suele encontrar casi todas las trufas de la propiedad —contestó Matthew—. Y eso quiere decir que está muy malcriado y que se cree el dueño del lugar.

Lily se rio mientras el perro pasaba trotando por su lado, ajeno al hecho de que su amo hubiera estado buscándolo. O quizá simplemente no le importara.

—Le damos un trocito de solomillo cada vez que encuentra una y, a lo largo de la temporada, todos los restauradores vienen a ver nuestra cosecha —prosiguió él—. ¡Arman mucho alboroto con su inteligencia, y eso hace que se sienta de lo más importante!

Los dos se rieron y comenzaron a caminar con lentitud detrás del perro. De repente, Lily se dio cuenta de que tenía la cabeza llena de preguntas, preguntas que no había querido plantear delante de todo el mundo durante la reunión anterior.

—¿Antonio se marchó ayer? —inquirió Matthew.

—Sí. Jamás pensé que volvería al viñedo sin mí, eso está claro.

Matthew pareció reflexionar sobre algo y ella se quedó esperando a que hablara. Para su sorpresa, le resultaba muy fácil estar en su compañía. Deseaba pensar que se debía a que le recordaba a su padre, pero, aunque sabía que era una exageración, sí creía que entre ellos había un vínculo que solo la familia podía proporcionar. No se conocían, pero compartían sangre y ascendencia, y eso significaba algo.

—Me alegra que te hayas quedado —dijo él—. Tenemos toda una vida sobre la que ponernos al día, y hay muchísimas cosas que quiero saber sobre ti y tu familia.

Avanzaron cerca el uno del otro, pero sin tocarse, hablando sobre los padres de Lily, sobre los hijos de Matthew, sobre los terrenos por los que él sentía una pasión tan grande. Pero Lily conectaba sobre todo con su amor por la tierra, por lo que hacía.

—Hablas sobre las trufas como yo hablo sobre el vino —comentó ella mientras él la guiaba con una amplia sonrisa entre los avellanos—. Siempre he dicho que el vino es mi gran amor, pero no solo el producto acabado, sino todo, desde la uva y la vendimia hasta la gente con la que trabajo codo con codo.

—Tienes razón —dijo él, cada vez más cerca de su casa—. Yo soy igual. Me encanta ocuparme de la tierra durante todo el año, el periodo previo al inicio de la cosecha, todo lo relacionado con ello. Ha sido mi pasión desde hace muchos años, pero sigo sintiendo el mismo amor por ella que cuando comencé a plantar estos árboles. —Matthew suspiró y volvió la vista hacia la plantación de avellanos mientras salían a la luz del sol—. Fue un trabajo hecho con amor entonces, y ahora mucho más.

—Desde que llegué aquí he comenzado a cuestionármelo todo —confesó Lily, que llevaba años sin sincerarse de aquella manera ni con su propia madre—. A veces me pregunto si no estaré esforzándome demasiado por seguir los pasos de mi padre, por mantener viva su memoria y hacer todo aquello de lo que hablamos, lo que le prometí que haría... —Sacudió la cabeza, no estaba acostumbrada a sentir aquella incertidumbre—. Soy la chica que salió de la escuela sabiendo a la perfección lo que quería ser. Tenía la vida entera planeada y me dediqué a ir tachando puntos de la lista de cosas que tenía que conseguir.

—¿Sigues conservando la pasión por la viticultura? —preguntó él—. ¿Aún notas que te late el corazón de amor hacia lo que haces?

—Sí. —La palabra brotó de ella con la sencillez de un aliento—. Sí, así es.

—Puedes perseguir tus propios sueños sin dejar de honrar a tu padre, Lily —dijo Matthew con una mirada de interés cargada de preocupación—. Y si algo cambia, si la vida te lleva en otra dirección, tendrás que confiar en tu instinto. Hasta donde yo sé, de momento has tomado siempre decisiones excelentes.

El perro regresó meneando la cola y, cuando Lily se agachó para acariciarlo, levantó la vista hacia ella con una gran sonrisa.

—Cuéntame qué estás pensando, qué elección quieres hacer que te impedirá seguir tachando puntos en esa lista tuya —dijo Matthew, que se puso en cuclillas a su lado para darle unos golpecitos cariñosos al perro.

—Quiero quedarme en Italia —declaró, y las palabras salieron de su boca con tanta velocidad que le costó creer que hubiera llegado a decirlas—. Aquí me siento como en casa, siento una atracción hacia la tierra que no había experimentado nunca, y quiero quedarme.

«Ya está, lo has dicho en voz alta. Lo has admitido al fin.»

—Entonces quédate —dijo Matthew—. Confía en tu instinto. Eres una mujer dotada e inteligente, Lily. Si deseas quedarte en Italia, quédate.

—Se suponía que tenía que quedarme solo una temporada para aprender todo lo posible antes de volver a casa, a Inglaterra. Todo lo que he aprendido, los años que pasé en Nueva Zelanda, formaba parte del plan de cultivar nuestra propia uva y hacer nuestro propio espumoso en casa.

Matthew le puso la mano en el brazo, el tacto de su palma era suave, amable.

—Tu padre ya no está, Lily —indicó con dulzura—. Compartisteis esos sueños, pero tu padre jamás te obligaría a cumplirlos, sobre todo porque no está aquí, contigo. Él querría que tuvieras tus propios sueños. Quizá haya llegado el momento de tener en cuenta lo que tú deseas de verdad.

Lily comenzó a llorar y él le cogió las manos, se las sostuvo mientras ella dejaba escapar algo que llevaba conteniendo demasiados años.

«Papá ya no está. No importa lo que haga, por mucho que me aferre a esos sueños nada me lo va a devolver.»

—Lily, sé que acabamos de conocernos, que somos poco más que desconocidos, pero sé lo que significa ser padre. Sé lo que significa querer que mis hijos sean felices, que vivan a su manera, y sentirme orgulloso de cada uno de sus logros —afirmó Matthew en voz baja, ahogándose en su propia emoción—. Tienes que darte permiso para cometer errores, para enamorarte, para dejar que tu vida cambie a veces de dirección y que eso te parezca bien. Y para saber que, si estuviera aquí, tu padre aceptaría todo lo que decidieras.

Ella asintió con la cabeza, retiró una mano para poder secarse las mejillas.

—Y deja que te diga que mi aventura amorosa con las

trufas... pues no sería nada sin mi Rafaella. Podemos conseguir muchas cosas, pero lo único que nos proporciona la felicidad verdadera es el amor y la compañía de otra persona. El éxito sirve durante un tiempo, quizá incluso unos años, pero siempre acabamos necesitando a alguien en nuestras vidas.

Lily lo miró a los ojos, sus palabras la habían cogido por sorpresa. Y supo, por la manera en que él la miraba, que había percibido lo que sentía hacia Antonio, por mucho que ella no hubiera admitido aún esos sentimientos ante sí misma. Ni la influencia que Antonio había tenido en las decisiones que ella quería tomar.

—Me he pasado toda la vida intentando ser fiel a mi padre y los sueños que compartimos, pero también intentando que mis sentimientos hacia otras personas no me distrajeran —admitió—. No quería que nada ni nadie me estropearan la vida.

—Mi padre estuvo a punto de perder al amor de su vida para siempre, Lily, pero encontró la manera de combinar lo que amaba con la persona a la que amaba. No hay motivo para que tú no puedas hacer lo mismo. —Le dio unos golpecitos paternales en el hombro—. Pero imagina lo que habría sido su vida si no hubiera luchado por ella... Si no hubiera hecho caso a su corazón...

—Pero ¿y si esto no es amor? ¿Y si no funciona?

Cerró los ojos. «¿Y si Antonio no me quiere como yo lo quiero a él?»

Matthew esbozó una sonrisa bondadosa.

—A veces hay que correr riesgos. ¿Qué es lo peor que podría pasar?

Ella se descubrió conteniendo el aliento.

—Que te rompa el corazón. Pero nunca perderás el talento para la viticultura, Lily. Eso no te lo puede arrebatar nadie —le dijo con suavidad—. ¿Y qué sentido tiene el éxito en la vida si no hay un compañero a tu lado para que lo disfrutes con él?

—Algunas personas dirían que eso está pasado de moda.

—¿Pasado de moda? Bueno, es posible —aceptó Matthew, encogiéndose de hombros—. Pero yo creo que el amor y el compañerismo no pasarán nunca de moda.

La miró durante un rato largo, hasta que ella acabó por asentir y reconocer que tenía razón. «Pues claro que tiene razón.» Sus bisabuelos tuvieron que luchar contra todo, tuvieron que renunciar a todo para poder estar juntos. Y allí estaba ella, demasiado asustada como para renunciar a nada.

—¿Crees que tus padres se arrepintieron en algún momento de lo que habían hecho? —inquirió—. ¿Te has preguntado si tu padre deseó alguna vez haberse quedado con su familia?

Lily seguía sin saber cómo habían acabado volviendo juntos tras todo lo que los había separado.

—No creo que se lo planteara siquiera —contestó Matthew sin vacilar—. Creó una vida junto a mi madre, su propia familia, y siempre dijo que renunciaría a todo, a todos sus éxitos, por su esposa y su familia. Decía que para él no había nada más valioso.

En aquel momento, el perro regresó corriendo y saltó sobre ella, la cubrió con sus pezuñas mugrientas, pero Lily no tuvo arrestos siquiera para regañarlo: necesitaba ese abrazo.

—Quédate aquí con nosotros, Lily —dijo Matthew—.

Relájate un poco, tómate un tiempo para pensar lo que tú quieres de verdad. Quizá lo único que necesitas son unas semanas escondida del mundo.

«En Italia. Empapándome en su sol, disfrutando de las comidas con Matthew y su familia, aprendiendo cosas sobre las trufas y probando los platos de Rafaella.

»Podría estar haciendo cosas peores.»

—Lo haré, te lo prometo —dijo—. Me voy a dar un mes. Si sigo sintiendo lo mismo que ahora, tomaré una decisión. Y seré valiente.

—Ven. Es la hora de comer y Rafaella tiene ganas de verte. Ahora que nuestra hija está fuera, eres lo mejor que podría haberle pasado.

33

VENECIA, ITALIA, 1948

Estee realizó su rutina sobre el escenario, pero ya no amaba lo que hacía. Nadie parecía haberse dado cuenta; cada interpretación acababa con un aplauso entusiasta, aunque el número de espectadores no se parecía en nada al de La Scala. Y, a continuación, a duras penas toleraba ver su imagen en el espejo; utilizaba el camerino más para cambiarse que para trabajar en su aspecto. Su mirada era demasiado triste como para buscarla, sus ojos estaban demasiado afligidos como para que deseara mirar en su interior.

Pasó junto a las demás chicas sin agradecerles que se abrieran para hacerle un pasillo. Todas hablaban y reían, el baile las había llenado de energía en la misma medida que a ella se la había secado.

—¡Estee! —se atrevió a llamarla una chica del grupo.

Ella se detuvo, volvió la cabeza ligeramente para escuchar, pero sin llegar a mirarla.

—Esta noche vamos a salir a tomar unas copas. ¿Quieres venir con nosotras?

—Esta noche no —contestó ella, aclarándose la garganta—. Quizá la próxima vez.

Pero la vez siguiente no sería distinta; siempre rechazaba sus invitaciones. Sabía lo que pensaban: que de algún modo las consideraba inferiores y que no quería socializar con ellas, pero aquello no podría haber estado más lejos de la verdad.

Estee acabó abandonando Hope's House; se despidió de su dueña y volvió a alquilar el mismo apartamento. Poco a poco fue estirando y bailando, devolviéndole la forma a su cuerpo. No tardó en encontrar un nuevo hogar en el Royal Ballet, pero al cabo de una temporada con ellos decidió regresar a Italia y se estableció en Venecia. Esta estaba lo bastante cerca de Milán como para que de algún modo se sintiera como en casa, pero no fue capaz de volver a La Scala, que albergaba recuerdos que no quería agitar. Además, tenía miedo de ver a la familia de Felix si algún día iban al teatro.

Estee entró en su camerino y cerró la puerta, pegó la espalda a la madera durante un buen rato mientras recuperaba el aliento. A veces se descubría conteniéndolo sin darse cuenta siquiera de que lo hacía, y tenía que jadear para llenarse los pulmones cuando al fin se quedaba sola.

Aquella noche se desvistió, colgó el vestido de baile y se puso la ropa. No se atrevió a mirarse el cuerpo, pues odiaba la facilidad con que había recuperado su estado anterior después de dar a luz a su hija. Había trabajado duro para ponerse en forma y recobrar la fuerza, para volver a tener una figura esbelta y poder darse de nuevo al ballet, pero al hacerlo había perdido todas las curvas blandas que relataban la historia de su hija, de lo que su cuerpo había tenido que vivir.

No pasó mucho rato sola en el camerino, pero sí esperó a que los ruidos del exterior fueran disminuyendo, consciente de que la mayoría de las chicas ya se habrían metido en los vestidores que compartían. Salió al fin, con la cabeza baja, la bolsa al hombro, caminando deprisa. Levantó la cabeza para sonreír a un par de bailarinas que aparecieron en su camino, deseando tener la energía o el deseo de pararse a charlar, de hablar de cosas triviales y aceptar beber y fumar cigarrillos con ellas hasta bien entrada la noche. Una parte de ella se preguntaba si aquello podría de hecho ayudarla, si salir hasta tarde y beber cada noche no le serviría para olvidar, pero la mayor parte del tiempo se sentía como si tuviera una nube de tormenta permanentemente sobre la cabeza, de cuya sombra no podía escapar.

—¿Estee? —preguntó una voz mientras un hombre aparecía entre las sombras—. Estee, ¿eres tú?

Dio un salto hacia atrás y sujetó el bolso contra un costado del cuerpo. Había vuelto a acostumbrarse a que los hombres le mandaran flores, a que sus admiradores quisieran una cita con ella, pero que la llamaran por la calle era algo diferente por completo.

No. Desde luego que no.

«¿Felix?»

Sacudió la cabeza. No podía tratarse de Felix, su mente volvía a engañarla, como hacía cuando la llevaba a ver el rostro de su hija en los bebés con los que se cruzaba por la calle, cuando se quedaba mirando los cochecitos mientras se le rompía el corazón.

—Déjeme en paz —dijo con firmeza—. Esta entrada es solo para artistas.

—Estee —repitió la voz, acercándose.

—¿Te está molestando alguien, Estee? —Mario, el protagonista masculino de la obra, apareció a su espalda y ella dio un paso hacia atrás agradecida, dejando que la cogiera del brazo.

No podía mirar al extraño, no podía dejar que su mente la engañara de aquella manera. Sería algún tipo que se había encaprichado de ella y había visto su nombre en el programa, nada más.

—Te acompañaré a casa —dijo Mario, y Estee se pegó a él, intentando escabullirse, aún demasiado asustada para mirar.

—¡Estee! —gritó el hombre, persiguiéndolos, y los golpes sordos de sus pisadas hicieron que sujetara con más fuerza la mano de Mario. Aceleraron el paso, alejándose con rapidez—. Estee, soy yo. ¡Felix! ¡Por favor, para!

Estee resbaló sobre un adoquín y Mario redujo la marcha un instante para tirar de ella y que no se cayera. Cerró los ojos; en sus oídos sonaba un rugido estruendoso como el océano, pero lo más probable era que se tratara del martilleo de su propio pulso.

Se volvió, dándole la espalda a Mario, para encarar al hombre. Miró sus ojeras oscuras, la barba descuidada, el dolor de su expresión. Era él.

—¿Felix? —susurró, sin creer lo que veía.

—Estee —murmuró él, acercándose a ella con los brazos extendidos para caer de rodillas, los ojos llenos de lágrimas, bajo su mirada—. Llevo meses buscándote, todo este año pasado he...

—¿Conoces a este hombre? —le preguntó Mario, que seguía parado con gesto protector a su lado.

Estee asintió con la cabeza, exhaló mientras cerraba

los ojos e intentaba aceptar el hecho de que el hombre que le había roto el corazón estaba de rodillas ante ella.

—Sí. Pensaba que no, pero sí, es una persona de mi pasado. Puedes irte.

«Es el hombre que me dio una hija y que me arruinó la vida, todo a la vez.»

—¿Estás segura de que no quieres que me quede? —preguntó Mario.

Ella negó con la cabeza y se volvió hacia él, capaz al fin de arrancar la mirada de Felix.

—Gracias —le dijo—, pero estoy bien. No corro ningún peligro.

«Aunque Felix quizá sí. Podría matarlo con mis propias manos por lo que me ha hecho.»

Mario se alejó con el ceño fruncido para hacerle saber que no se sentía cómodo dejándola allí. Era el otro único bailarín que rara vez salía de fiesta con los demás, que prefería irse a casa en cuanto terminaba el espectáculo, y quizá aquel fuera el motivo por el que se llevaban tan bien.

—Levántate —dijo Estee, volviéndose hacia Felix, que seguía de rodillas.

Felix se puso en pie y, cuando intentó cogerle las manos, ella las apartó.

—Estee, yo...

—No tengo nada que decirte —dijo cruzando los brazos sobre el pecho, negándose a reconocer el dolor que palpitaba a través de su cuerpo al verlo—. ¿Qué haces aquí? Ya no hay nada entre nosotros.

—Si tan solo me dejaras explicarme...

—No sé lo que has venido a decir, pero no quiero oírlo —sostuvo ella mientras comenzaban a temblarle las manos con violencia y la voz se le atascaba en la garganta—. Lo mejor será que te vayas, Felix, y que no vuelvas nunca.

—Estee, por favor...

—No vuelvas a acercarte a mí. ¿Me oyes, Felix? ¡No quiero volver a verte en lo que me quede de vida!

Giró sobre sus talones, se abrazó el cuerpo con fuerza para no temblar y se alejó del hombre que le había destrozado la vida y que la había obsesionado durante demasiados años.

Toc, toc, toc.

Estee tenía el cojín pegado al pecho, el cuerpo hecho un ovillo a su alrededor, sobre el sofá. El llanto hacía que le escocieran los ojos y se odiaba por ello; no quería derramar una sola lágrima más por Felix Barbieri, y desde luego no pensaba abrirle la puerta.

—Estee, por favor —suplicó él, llamando de nuevo.

Siguió un momento de silencio y ella pensó que quizá se había ido al fin, pero él volvió a llamar. En aquella ocasión le siguió el grito de uno de sus vecinos, que de manera evidente no estaba demasiado feliz al oír tanto ruido a una hora tan tardía, y aquel fue el único motivo por el que ella se arrastró desde el sofá para abrir la puerta de golpe.

—Ya te lo he dicho, no quiero saber nada de lo que tengas que decirme —le dijo entre dientes—. Tienes que irte.

A Felix se le descompuso el rostro, pero, obstinado, interpuso el zapato cuando ella intentó cerrar la puerta.

—¡Felix, déjame! —gritó Estee.

—No —dijo él—. No me iré hasta que oigas lo que tengo que decirte.

Ella lo fulminó con la mirada.

—¿Dónde está tu esposa? ¿O es que no sabe que estás aquí?

Felix sacudió la cabeza, sacó el zapato de la puerta mientras la miraba a los ojos.

—Estee, no estoy casado. Y antes de que me pegues un portazo en las narices, tienes que saber que yo no te mandé aquella carta —aclaró hablando con rapidez, como si esperara que ella volviera a hacerlo callar—. Desde entonces, he dedicado cada día, cada semana, cada mes a buscarte, pero fue como si te hubieras desvanecido sin dejar rastro.

El corazón le dio un salto. «¿Que no hizo qué?»

—Pero me dijiste, la carta decía...

—Fue mi madre quien te la mandó, Estee —explicó Felix, pasándose los dedos por el cabello mientras la miraba, y dio un paso más hacia ella—. Fui a buscarte y ya no estabas, y fue entonces cuando descubrí su doblez. Ella esperaba que yo volviera y me casara con Emilie, que aceptara que habías desaparecido, pero, cuando seguí negándome, la fea verdad acabó saliendo a la luz.

Estee se quedó mirándolo, digiriendo sus palabras, sintiendo que empalidecía mientras la asaltaba un frío mortal y en su interior crecía una rabia tan furiosa que a duras penas pudo mantenerse en pie.

Todos aquellos largos meses..., ¿y la carta no la había escrito Felix? ¿Qué clase de idiota era para no haberse preguntado si de verdad sería suya o no? ¿Cómo podía haber aceptado a ciegas que él la había escrito de su puño y letra?

—¿Viniste... viniste a buscarme? —logró preguntar, aunque apenas en un susurro.

—Pues claro que sí, Estee. ¿Cómo pudiste creer que no lo haría? —Se le llenaron los ojos de lágrimas—. Renuncié a todo por ti, tal y como te prometí, pero cuando vine tú ya te habías ido.

Estee se dobló, el dolor que sentía en su interior era insoportable, la pérdida le estaba arrancando una parte de su ser que jamás podría recuperar. Lloró con sollozos que eran más animales que humanos, su cuerpo ocupaba la mitad de su tamaño habitual.

—Estee, lo siento mucho, yo... —Felix la abrazó y ella permitió que lo hiciera, dejó que la consolara mientras su cuerpo parecía partirse en dos—. Ya estoy aquí, y te prometo que no te dejaré nunca. Nunca, nunca te dejaré de nuevo —susurró contra su cabello, tocándolo con los labios, sosteniéndola con los brazos.

—Pero es demasiado tarde —dijo ella.

—No lo es —contestó él con seguridad mientras la mecía.

Ella comenzó a temblar, se apartó de él con una sacudida y lo miró mientras en su interior todo volvía a romperse de nuevo.

—No te has casado, ¿verdad? —preguntó él, y su mirada cayó sobre su mano—. Por favor, dime que...

—Me quedé embarazada, Felix —confesó ella con un sollozo, mirándolo, sintiendo un dolor de estómago tan violento que pensó que iba a devolver—. Tuve a nuestro bebé, a nuestra hija. Estaba sola, no me quedó otra opción y...

—¿Tenemos una hija? —inquirió él con los ojos desorbitados, y en su rostro se abrió una sonrisa tan amplia que Estee sintió que un cuchillo se retorcía en su corazón.

«¿Por qué me está pasando esto?»

—Lo siento mucho, Felix —dijo—. Lo siento mucho, mucho. De haberlo sabido, si lo hubiera...

—Estee —musitó, tomando su rostro entre las manos—. No hay nada por lo que disculparse. ¿Por qué lloras? Es una noticia maravillosa. ¿Por qué...?

—Porque ella ya no está —susurró Estee, inclinándose hacia la palma de su mano mientras levantaba con lentitud la vista—. No tuve elección. No pude hacer otra cosa.

Felix se quedó quieto, como si al fin hubiera comenzado a entender lo que ella le estaba diciendo. Estee quiso pegar la mejilla de nuevo contra su mano, pero él la dejó caer mientras la contemplaba con expresión desencajada.

—Nuestra hija —dijo Felix poco a poco—. ¿Dónde está, Estee?

—Necesito que sepas que no tuve elección —susurró ella—. Era una niñita perfecta, pero yo estaba sola y...

Apartó la vista de él y lo miró de nuevo, allí plantado, firme, estudiándola con ojos inquisitivos.

—Di a luz en un hogar para madres solteras —añadió Estee, luchando por explicarse—. Ellos organizaron la adopción por mí, aunque me rompió el corazón.

En aquel momento, como un árbol robusto al que hubieran talado, Felix se dejó caer de rodillas y ella lo miró doblarse, vio que se le rompía el corazón tal y como el suyo se había roto muchos meses atrás. Pero solo pudo ser testigo de su sufrimiento durante un rato; el dolor en su interior comenzó a volverse insoportable y se descubrió estirando los brazos hacia él. Había culpado a Felix de muchas cosas, lo había culpado de todo, pero al verlo en aquel instante supo que él estaba tan roto como ella.

—Felix —dijo tomándole las manos y animándolo a ponerse en pie—. Ven, por favor.

Él se levantó poco a poco y ella le soltó una mano para volverse. ¿Cuánto tiempo llevaba sin tocar a nadie de aquella manera, sin encontrarse tan cerca de alguien, más allá del escenario? «Desde que Hope me abrazó mientras lloraba. Desde que ella alivió mi dolor como haría una madre con su hija en los días que siguieron al parto. Desde que lloré la pérdida de mi hija.»

—Estee —dijo Felix al fin, volviéndose hacia ella, parados los dos en el centro del apartamento—. Si quieres que me vaya, si no quieres verme de nuevo...

—No quiero que te vayas —susurró ella, encontrando algo de fuerza, consciente de que le tocaba a él llorar tras revelarle lo que habían perdido.

Lo abrazó con fuerza antes de hacerle un gesto para que se sentara en el sofá. Pensó en hacer café, pero cambió de idea, fue en busca de la botella de vino que guardaba para alguna ocasión especial y decidió servir dos copas de aquel pinot tinto de color oscuro y aterciopelado.

Estee respiró hondo, encaró al fin a Felix y le pasó su copa. Hicieron chocar sus bebidas con suavidad y se sentaron el uno frente al otro. Estee recogió las piernas entre la silla y su cuerpo y bebió nerviosa un trago de vino.

—¿Sabes? He pensado muchas veces en lo que te diría si te veía de nuevo —confesó ella—. Pero ahora que estás aquí, descubro que me faltan las palabras. Durante todo este tiempo te he echado la culpa y ni siquiera sabía la verdad.

—¿Podrás perdonarme algún día? —preguntó Felix y, puesto que estaban tan cerca, a la luz del apartamento, Estee vio que tenía los ojos inyectados en sangre, reparó en lo largo que llevaba el pelo y en las arrugas que brotaban de sus ojos, cosas que no había llegado a ver cuando estaban juntos.

—Al parecer, los dos hemos sido víctimas de este asunto —dijo, y tomó otro sorbo de vino—. Tus padres nunca pensaban aceptarme. Deberíamos haber sabido desde aquel día en Como que no iba a funcionar. Que no importaba lo que hiciéramos, porque estábamos condenados al fracaso. Que tu madre haría todo lo posible por hundirnos.

Felix se llevó la mano al interior de la chaqueta y sacó de ella una pequeña caja de terciopelo. A Estee, el corazón le dio un vuelco, y recordó la vez anterior que había visto una caja así.

—He llevado esto en el bolsillo desde el día que vine a buscarte —dijo él, entregándosela sin abrirla—. Al salir del Piamonte lo tenía todo planeado. Iba a pedirte como es debido que te casaras conmigo en Milán. Iba a decirte que no me importaba nada mientras pudiéramos estar juntos.

Las lágrimas se desbordaron en los ojos de Estee mientras abría la caja y miraba las dos sencillas alianzas de oro, una fina y destinada de manera evidente a su dedo, y la otra más gruesa, robusta. Levantó la vista y miró a Felix.

—Te busqué por toda Italia, Estee. Me puse en contacto con todas las academias de ballet, con todos los teatros, era como si hubieras desaparecido. Pero nunca me rendí. No podía hacerlo.

—Cuando recibí la carta supe que tenía que marcharme. No pude soportar el dolor de saber que podía verte con Emilie, con tus hijos, y de saber lo que pensaba tu familia. Y era consciente de que, si quería salvar mi carrera, no podía dejar que nadie me viera embarazada —le contó.

Se miraron a los ojos mientras ella seguía sosteniendo los anillos en la palma de la mano, la copa de vino en la otra.

—¿Me perdonarás algún día? —preguntó Felix—. ¿Podrás perdonarme, después de todo esto? Por el dolor que mi familia te ha provocado...

Estee no supo qué responder, pero sí sabía que Felix estaba sufriendo tanto como ella. Dejó la copa, se puso en pie y bajó la mirada hacia él antes de acomodarse en su regazo y enroscarse sobre su cuerpo, con los brazos alrededor de su cuello y la mejilla pegada a su pecho. Felix la abrazó y ella se quedó así, escuchando el latido regular de su corazón, sintiendo la calidez de sus brazos tras aquella prolongada separación.

—Mi familia ya no forma parte de mi vida, Estee —informó Felix en un susurro—. Me marché y me llevé la receta conmigo, la misma receta que te confié aquel día. Podemos construir una vida juntos, podemos... —Vaciló, como si no supiera bien si debía continuar—. Podemos formar una familia.

Ella soltó un aliento tembloroso, pero no pudo levantar la vista hacia él; sabía que, si lo miraba a los ojos, la emoción la abrumaría. «Una familia que siempre echará en falta a su hija primogénita.»

—Si me aceptas, podemos casarnos aquí, en Venecia. Si logras dar con la manera de perdonarme por todo lo que has tenido que pasar...

Estee se descubrió asintiendo con la cabeza contra su cuerpo.

—Sí —contestó en un susurro.

—¿Te casarás conmigo?

Ella se obligó a alzar la cabeza.

—Estoy rota, Felix. Algo murió en mi interior cuando entregué a nuestra hija, y tú tienes que comprender que no soy la misma mujer de la que te separaste en Como. Nunca volveré a ser la misma. Haber renunciado a ella es algo que me perseguirá durante el resto de mi vida.

—La encontraremos, Estee. Te lo prometo —repuso Felix, y sus ojos se convirtieron en un sendero hacia su alma mientras murmuraba—: Te prometo que la encontraremos. Nunca, nunca me perdonaré por esto. Soy el culpable de lo que ha sucedido, de la situación en la que has acabado. Tú no has hecho nada mal. Mi familia te hizo esto, y voy a luchar por ti, por nuestra hija, hasta el último aliento. Te lo prometo.

Entonces, Estee le dio un beso; sus labios se encontraron de manera inesperada mientras él la sostenía.

—Incluso cuando te echaba la culpa de todo, nunca dejé de amarte.

Estuvieron mirándose a los ojos durante largo rato, hasta que Felix posó los labios sobre su frente y ella se hundió aún más entre sus brazos. Era la verdad: incluso cuando lo maldecía y lloraba, culpándolo de todo, en algún lugar de las profundidades de su ser seguía amándolo. Seguía deseando que formara parte de su vida.

—Háblame de ella —le pidió Felix, acariciándole la espalda con voz dulce—. Cuéntamelo todo.

—Era perfecta —dijo Estee, y se sorprendió por la facilidad con que le salieron las palabras—. Tenía el pelo moreno y los labios de una forma preciosa. Era todo lo que hay de bueno en el mundo, era purísima. Cuando la sostuve, el amor que sentí hacia ella..., nunca había experimentado nada parecido.

Se quedaron sentados así mucho rato, sin que a Felix le fallaran los brazos en ningún momento; rodeándola con ellos mientras hablaban en susurros sobre su hija y lloraban y en el exterior se levantaba la oscuridad y la mañana los recibía con una luminosidad cálida y brillante.

—La encontraremos, Estee —susurró él—. Te prometo que la encontraremos.

«Y, si no, quizá ella nos encuentre algún día.» Estee separó los labios, murmuró aquello mientras se le cerraban los ojos; el agotamiento se le había echado encima al fin y le fue imposible resistirse a la llegada del sueño. Ya le contaría a Felix por la mañana lo de la cajita que había dejado. Porque existía la posibilidad de que, un día, su hija fuera a Italia a buscarlos, con la receta y el programa de La Scala de 1946 que le había dejado, y se reunirían después de todo.

34

En la actualidad

—Has vuelto.

Lily se quedó parada, mirando a Antonio sin aliento. Él clavó los ojos oscuros en ella y por un instante Lily no supo interpretar su mirada, no supo lo que él pensaba ni se le ocurrió qué decir.

—¿Has vuelto por el trabajo o...?

No vaciló al reconocer la esperanza en sus ojos, la manera en que su voz se fue elevando. Lily recorrió la distancia que los separaba a la carrera y él abrió los brazos para recibirla, y mientras se abrazaban con fuerza le rozó el cabello con los labios.

—He vuelto por los dos motivos —le explicó, recostándose sobre sus brazos para levantar la mirada hacia él—. No tengo ni idea de si esto, de si nosotros vamos a funcionar, si es que hay un nosotros, si es que tú deseas algo más, pero nadie me había mirado nunca como tú. Y si esto no es más que un momento en el tiempo, pues que así sea —se rio—. Ni siquiera sé si estás interesado, si de hecho querías volver a verme.

Él se rio mientras la besaba y sus manos dibujaban círculos en su cintura.

—Estoy interesado —murmuró Antonio—. Te lo prometo, estoy muy interesado.

—Estas últimas semanas he tenido mucho tiempo para pensar —dijo Lily, mirándolo de nuevo—. Me he pasado la vida concentrada en el futuro, pero ya no quiero hacer eso. Solo quiero estar abierta a lo que la vida me tenga reservado.

Cuando volvió a hablar, Antonio tenía la voz ronca, y le acarició suavemente la mejilla con los dedos.

—Me alegro mucho de volver a verte, Lily.

Ella le sonrió, no se molestó en ocultar la felicidad profunda que sentía al verlo de nuevo.

—Yo también me alegro.

Se quedaron de ese modo durante un momento prolongado, hasta que Antonio ahuecó la mano contra su mejilla y le dio un beso en los labios; un beso que le dijo a Lily que había tomado la decisión correcta. Porque, cuando la miraba, Antonio parecía verla de verdad, y la manera en que la tocaba hacía que se sintiera más viva, más hermosa que nunca.

—No espero nada de ti, Antonio —añadió pasándole los dedos por los hombros anchos y haciéndolos bajar por sus brazos—. Pero creo que esto que hay entre nosotros, sea lo que sea, merece que le demos tiempo para ver si se trata de algo especial.

—Ah, Lily, pero eso es precisamente lo que se me da bien —bromeó él—. ¿Sabías que cultivo uvas? Tengo un don para alimentar cosas especiales poco a poco, en condiciones muy difíciles, hasta que crecen y se convierten en algo espectacular, pese a que al principio nunca tenga la seguridad de que la cosa vaya a funcionar.

Los dos se rieron y ella se pegó a su lado, rodeándole la cintura con un brazo, y levantó la mirada hacia la casa. Era tan hermosa como la recordaba; grande pero no austera, majestuosa pero discreta.

—Le debo a tu padre una conversación —dijo—. ¿Está en casa?

—Está aquí —contestó Antonio—. Tengo la sensación de que le gustará verte. Todo el mundo te ha echado de menos.

—Tu familia hizo que me resultara imposible renunciar a volver —indicó ella—. He trabajado por todo el mundo, pero la manera en que me acogieron...

—Un momento —dijo él riéndose, aunque se fingió horrorizado—. Pensaba que yo era el motivo por el que no habías podido decir que no.

Ella lo apartó de un empujón, pero él se apresuró a atraparla de nuevo entre sus brazos y atraerla hacia sí.

—Tu familia y tú sois como un conjunto para mí —dijo.

—Ojalá hubiera sido lo bastante listo como para comprender eso antes de casarme —observó Antonio con ironía.

Lily dejó caer la cabeza, la acurrucó en el hueco bajo su hombro, pero no pudo permanecer mucho rato allí. Al cabo de unos segundos, la madre de Antonio apareció en la puerta y abrió los brazos al verla. La sonrisa de su rostro, la dicha absoluta de su expresión, hicieron que a Lily se le llenaran los ojos de lágrimas, y esperó que su propia cara reflejara la felicidad que sentía por encontrarse de nuevo entre los Martinelli.

—¡Lily! —exclamó Francesca—. Me alegro mucho de tenerte en casa.

«En casa.» Lily se rio, pero las risas se volvieron lágrimas con rapidez y se las secó mientras Francesca se acercaba veloz para darle un abrazo lleno de calidez y amor. Se sentía de corazón como si estuviera en su propio hogar; era como si una parte de Italia estuviera en su interior, bajo su piel, y fuera imposible eliminarla. Durante muchos años había echado algo en falta en su vida, y no pudo evitar preguntarse si ese algo no habría sido aquella conexión con su herencia, con su padre.

«Siempre supiste que Italia era el lugar donde debía estar, papá. Siempre me dijiste que tenía que venir aquí, y nunca supimos el porqué.»

—¡Me alegro mucho de haber vuelto! —le dijo Lily a Francesca mientras esta la sujetaba con una mano y le secaba suavemente las lágrimas de las mejillas con la otra.

—Tu sitio está aquí, Lily, con nosotros —afirmó Francesca con sinceridad—. Lo supe cuando te vi pasear entre las viñas con mi marido, y lo supe de nuevo cuando te vi entre los brazos de mi hijo.

—Gracias —respondió Lily en un susurro, porque no confiaba en que su voz pudiera decir nada más. De algún modo había acabado teniendo dos familias nuevas en vez de solo una.

—Antonio, ve a decirle a tu padre que Lily ha regresado. —Francesca volvió la cabeza y frunció el ceño—. Porque te vas a quedar, ¿verdad?

—Sí —contestó ella—. Sí, me quedo. Pero Roberto ya lo sabe. En la carta le dije que aceptaría el trabajo, es solo que no sabía si sería... —Miró a Antonio y notó que se sonrojaba.

—Es solo que no sabías si además volverías a casa para estar con mi hijo —acabó Francesca la frase por ella.

—¿Lo ha sabido todo este tiempo? —preguntó Antonio, levantando las manos de golpe—. *Santa Maria*. Todas estas semanas..., ¿y me lo podría haber dicho? ¡Me he vuelto loco preguntándome si Lily iba a regresar!

—Gracias por no abrir la carta —dijo Lily.

—Ya es suficiente, vamos a celebrarlo —propuso Francesca mientras entrelazaba un brazo con el de Lily a un lado y con el de Antonio al otro—. Ant, creo que deberíamos abrir el franciacorta añejo. ¡Nuestra asistente de enólogo ha vuelto!

—He echado de menos esto —dijo Lily con un suspiro.

Poco a poco, todos se habían ido marchando: los amigos de la familia que habían ido a cenar; Roberto y Francesca, que se habían acostado ya, seguidos de la hermana de Antonio, que le dio un beso en la coronilla y le susurró unas palabras de ánimo que le humedecieron los ojos de nuevo.

Había recordatorios de lo que había sido la velada —velas que aún quemaban, sillas puestas de cualquier manera después de que sus ocupantes se marcharan y botellas de vino vacías y olvidadas sobre la mesa—, pero la noche estaba tranquila, el aire comenzaba a soplar algo más fresco a medida que se acercaba la medianoche y, lo más importante, solo quedaban Antonio y ella.

—Ven aquí —le dijo él, echando la silla hacia atrás y haciéndole señas con la mano.

Ella se puso en pie y fue hasta él para enroscarse en su regazo.

—Esto también lo he echado de menos.

Él acarició la cabeza de Lily, encajada bajo su barbilla, mientras esta escuchaba el ir y venir de su aliento.

—Este lugar te va a encantar, Lily —le susurró—. Cada temporada, cada año, este sitio...

Ella suspiró.

—Lo sé. No puedo ni imaginar la posibilidad de marcharme. No se me ocurre en qué otro lugar del mundo preferiría estar.

Se inclinó un poco hacia atrás para contemplar el cielo y admirar el manto negro de la medianoche puntuado por las estrellas. Antonio le dio un beso en la mejilla y ella se volvió hacia él, lo miró a los ojos con gesto solemne.

—He olvidado decirte algo.

Él soltó un gemido.

—Dime.

—Mi madre quiere conocerte. De hecho, vendrá a visitarme la semana que viene.

—No hay problema —repuso él riéndose—. Las madres me adoran.

Ella le dio un puñetazo suave en el brazo.

—¿«Las madres»? Exactamente, ¿cuántas madres ha habido?

Antonio abrió la boca para contestarle, pero ella se apresuró a interrumpirlo.

—¡No, no me lo digas!

Los dos se rieron, y ella se acurrucó con más fuerza contra su regazo.

—¿Qué le has contado? —preguntó Antonio—. Sobre mí...

Ella sonrió.

—No he tenido que contarle nada. Nada más decirle que había un hombre, ella compró el billete. Llevaba años esperando a que la llamara por teléfono y le dijera esas palabras.

—¿A la cama? —propuso Antonio con una sonrisa cómplice.

Lily se estiró como una gata sobre él.

—A la cama —aceptó poniéndose en pie.

Antonio le cogió la mano y se la llevó consigo, los dedos entrelazados, y, cuando se volvió a mirarla, las mariposas que Lily sentía en el estómago comenzaron a posarse.

«Ningún hombre me había mirado así antes.» Eran las palabras que se había dicho a sí misma mientras estuvieron separados, pero también había estado a punto de comenzar a preguntarse si no se habría imaginado la pasión y la intensidad con que la miraba a los ojos.

Italia le había transformado la vida, la había conducido hasta una familia cuya existencia desconocía y hasta un hombre que había cambiado sus ideas acerca del amor. Lo único que le faltaba era su padre, pero los Martinelli le habían ofrecido la manera de seguir cerca de él, y por ello les estaría agradecida para siempre.

—¿Lily? —dijo Antonio antes de levantarle la mano y besarle los nudillos para acabar de llamar su atención.

Ella le sonrió, apartó aquellas ideas de su mente y se dejó arrastrar.

—A la cama —asintió.

Antonio no necesitó que se lo repitiera; la alzó del suelo y, con ella en brazos, se dirigió hacia su habitación.

Epílogo

Londres, 1955

Estee llevaba a su hijo cogido de la mano a un lado, y a su marido en el otro, mientras paseaban por el zoo de Londres. El corazón le latía con fuerza y tenía el aliento entrecortado, pues se dirigían con rapidez a la zona de los monos. Apenas había reparado en los animales desde su entrada, pero aquello no tenía nada que ver con el zoo; de no haber estado tan ensimismada, sin duda habría disfrutado de las vistas.

Felix le sonrió, le apretó la mano mientras ella le pedía al niño que se apresurara, feliz al ver a su hija dando saltitos frente a ambos, ansiosa por ver los monos que le habían prometido.

«Ahí está.»

El corazón se le aceleró y pensó que iba a desmayarse.

Los recuerdos regresaron como una ola que la golpeó e hizo que le fallaran las piernas. Cuando tenía a su hija entre los brazos y le besaba la coronilla húmeda, y besaba aquellos labios de recién nacido que acababan de abrirse, y la abrazaba contra su pecho para que amamantara.

«Mientras le decía adiós con un susurro.»

Sin Felix no podría haberlo hecho. No habría tenido el valor para pensar que podían encontrarla en secreto, después de tanto tiempo. Pero él se mostró implacable en sus averiguaciones, contrató a un abogado y a un investigador privado en Londres que de algún modo se las arreglaron para acceder a los documentos de adopción de la niña y facilitarles la información que necesitaban.

Felix le sujetó la mano con fuerza mientras se acercaban; por suerte, sus hijos estaban cautivados por los juegos de los monos, que saltaban de una rama a la otra. Pero Estee no pudo siquiera leer el cartel para ver de qué tipo eran; estaba absorta en la niña sentada sobre los hombros de su padre.

La mujer, su madre, se reía, levantaba la mirada hacia la niña, que tenía el pelo moreno mientras que el suyo era rubio. Y en el momento en que Estee le puso la vista encima, ya no pudo apartarla y se dedicó a absorber sus zapatos lustrados, los bonitos calcetines de color rosa que le llegaban por los tobillos, el vestido bordado y cubierto de florecillas que debió de costar horas coser.

—Su hija parece estar disfrutando tanto de la visita como los nuestros —le dijo Felix, sonriendo, a la pareja que tenían al lado.

Estee, a la que no le pasaba la voz por la garganta, se quedó fascinada ante la facilidad y la calma con que su marido había encontrado aquellas palabras.

El hombre se volvió con las manos sobre las rodillas de la niña, para mantenerla en su sitio.

—Venimos una vez al mes —dijo—. Es el lugar del mundo favorito de Patricia.

La mujer sonrió a Estee y ella se esforzó en devolverle

la sonrisa, invocando sus modales, para no parecerles rarita. Lo último que deseaba era que la pareja se fuera de allí, pese a que el nombre de la niña se había quedado alojado en su garganta como un bocado demasiado grande para que pudiera tragárselo.

«Patricia.»

—Su hija es muy hermosa —logró decir, y parpadeó para apartar la humedad de los ojos a la vez que Felix le apretaba la mano con más intensidad, dándole la fuerza que necesitaba para mantener la compostura. «Sigue respirando, sigue sonriendo, mantén la calma.»

La mujer le dedicó una amplia sonrisa, era evidente que se sentía orgullosa de su hija. Estee estuvo cerca de atragantarse con aquella palabra dentro de su mente; pese a que era consciente de lo injusta que estaba siendo, pensar que su niñita pertenecía a otra mujer representaba ya una traición. Pero aquella madre no había hecho nada mal; en realidad, lo había hecho todo bien.

—Bueno, será mejor que nos marchemos —dijo Felix, soltando a Estee para ofrecer sus manos a los niños—. Nos quedan muchos animales por ver. Disfruten de la visita.

La pareja sonrió y la niña bajó la vista hacia Estee, la miró directamente a los ojos. «Fue casi como si de algún modo pudiera sentir la conexión.» Estee se llevó los dedos a los labios, le lanzó un beso y se volvió en el momento en que la niña se agachaba para preguntarle a su padre quiénes eran en un tono de voz lo bastante fuerte como para que la oyera.

—Sigue caminando —murmuró Felix, que le puso la palma de la mano en la parte baja de la espalda para obligarla a avanzar.

Estee se peleó con cada paso, se obligó a seguir adelante pese a la atracción desesperada que desde su interior le pedía que se volviera. Pero, cuando el detective les pasó su informe, se habían prometido el uno al otro, se habían jurado que, si la niña era feliz, ellos no intervendrían. Y todo acerca de la vida de aquella niña parecía perfecto, lo cual quería decir que, por mucho que le doliera, tenía que marcharse. «Ya no es mía, tiene su propia familia y la quieren.»

Cuando quedaron fuera de la vista de la otra pareja, mientras sus hijos estaban concentrados observando a otro animal, Estee soltó un grito ahogado y Felix la rodeó con los brazos, protector, y la sostuvo para que sollozara contra su hombro.

Notó la calidez de sus labios en la mejilla, las lágrimas de ambos se entremezclaron mientras sus frentes chocaban con suavidad durante un instante, como si estuvieran solos y no parados en medio del zoo.

—Es preciosa —dijo Felix en un susurro—. Nuestra niña es tan bella como su *mamma*. Me tiene medio sorprendido que no hayan visto el parecido.

Estee soltó una exhalación temblorosa y apretó los labios, manteniendo la cabeza alta mientras combatía una nueva oleada de lágrimas.

—No podemos verla nunca más —musitó—. Es demasiado doloroso.

—¿Me perdonarás de verdad algún día? —preguntó Felix—. Tras todos estos años, ahora que al fin la has visto...

Estee se puso de puntillas y le pasó los brazos alrededor del cuello, pegó sus mejillas mientras lo abrazaba para susurrarle al oído:

—Te perdono, Felix. Es a mí misma a la que nunca perdonaré.

Él le besó los labios con suavidad y Estee vio el dolor en sus ojos cuando se apartó de ella, en el mismo momento en que sus hijos chocaban contra sus piernas y les tiraban de la mano para ir a ver otra atracción, sin reparar en sus emociones.

Era consciente de que Felix se sentía culpable por el hecho de que hubiera tenido que renunciar al bebé. Tal y como ella iba a cargar por siempre más con el peso de su decisión, él notaba el peso de la traición de su familia y de la pérdida que, sin saberlo, tuvo que soportar en aquel momento.

—Nunca la olvidaremos, Estee —murmuró mientras caminaban y los niños chillaban de placer, imposibilitando que no les devolvieran una sonrisa—. Nunca.

—Ya lo sé —replicó ella apoyándose contra él, sus manos aún entrelazadas.

«Adiós, mi niña. Ojalá disfrutes de una vida llena de risas y felicidad. Te quiero.»

Estee se volvió mientras un escalofrío le recorría la espalda; la atracción era tan grande que le fue imposible no mirar por encima del hombro.

La chiquilla seguía sentada sobre los hombros de su padre, pero tenía la vista fija en Estee. Levantó la mano para saludarla mientras la brisa le agitaba con suavidad el cabello. Estee levantó la mano también, a modo de respuesta, y la niña le lanzó un beso de vuelta.

«Lo sabe.»

Quizá fuera solo su imaginación, pero Estee iba a preguntarse por siempre más si la niña había notado la energía que había entre ambas, si de algún modo albergaba el destello de algún recuerdo en su interior, aunque era consciente de que parecía imposible.

—*Mamma*, vámonos.

El tirón en la falda la devolvió a su familia; su hijo la miraba expectante, y de repente frunció el ceño.

—¿Por qué lloras, *mamma*? —le preguntó, dándose cuenta al fin de que algo iba mal.

—Porque soy muy feliz —contestó ella, y se apresuró a secarse las mejillas y a dirigirle una sonrisa—. ¿No te encanta el zoo?

Él la estudió por un instante, como si intentara decidir si debía creerla o no; se encogió de hombros y salió corriendo de nuevo con los brazos estirados, haciendo como que era un avión.

Y, en esa ocasión, cuando Felix le rodeó la cintura con el brazo, la tristeza la abandonó. Había tomado la decisión más difícil de su vida al renunciar a su primogénita pero, después de verla aquel día, fue como si la nube de dolor que la había seguido durante los últimos ocho años, la nube que había ensombrecido incluso los momentos más felices de su vida, se hubiera retirado.

Felix tenía razón: nunca la olvidarían, pero podían seguir con sus vidas sabiendo que ella era feliz y estaba bien cuidada, y jamás le contarían a nadie que la habían visto.

Estee se volvió una vez más, pese a saber de antemano que la niña ya no estaba allí. El espacio a su espalda se encontraba vacío, otras familias paseaban a lo lejos con carritos y palos de algodón de azúcar, pero no había ninguna niña subida a los hombros de su padre.

«Se ha ido.»

La mano de su marido le rozó el vientre y ella sonrió

mirando hacia abajo mientras él le acariciaba con suavidad la curva redondeada de la barriga.

Nunca más volvería a Londres; le costaba demasiado estar en la ciudad donde había pasado tanto dolor.

Había llegado el momento de regresar a Italia y no volver la vista atrás. Pero en esa fecha, cada año justo antes de Navidad, se permitiría recordar a aquella niña con el pelo de color azabache.

«Patricia.»

La hija que permanecería para siempre en su corazón.

Una carta de Soraya

Muchas gracias por haber leído *La hija italiana*. Si has disfrutado del libro y quieres estar al día de mis últimos lanzamientos (¡incluyendo el siguiente título de la serie!), suscríbete en el siguiente enlace. Nunca compartiremos con otros tu dirección de correo y puedes darte de baja en cualquier momento.

www.bookouture.com/soraya-lane

Espero que te lo hayas pasado tan bien leyendo *La hija italiana* como yo al escribirla. Y, en tal caso, te estaría muy agradecida si pudieras redactar una reseña. No veo el momento de oír tus opiniones sobre la historia, y puedes marcar la diferencia a la hora de ayudar a que nuevos lectores descubran alguno de mis libros por primera vez.

Esta es la primera entrega de la serie de «Las hijas perdidas», y me muero de ganas de compartir más libros contigo, muy pronto. El próximo será *La hija cubana*, y te llevará en un viaje de Londres a Cuba mientras va saltando entre la actualidad y los años cincuenta.

Una de las cosas que más me gustan es escuchar a mis lectores: puedes ponerte en contacto conmigo a través de mi página de Facebook o uniéndote al Soraya's Reader Group de Facebook, en Goodreads o a través de mi página web.

Muchísimas gracias,

SORAYA

Agradecimientos

Ante todo, tengo que dedicarle un agradecimiento enorme a Laura Deacon, la editora de la serie. Le propuse la idea de «Las hijas perdidas» una noche, por videollamada, y desde aquel momento supe que íbamos a trabajar juntas. Laura, gracias por creer en mi escritura y por compartir la visión que tengo de la serie; me ha encantado trabajar contigo y tu entusiasmo constante hacia mi obra.

Llevaba mucho tiempo pensando en esta serie, así que es maravilloso que el primer libro esté ahí fuera, en el mundo. Quería escribir una serie que transportara a mis lectores a lugares increíbles alrededor del globo, que se moviera entre el pasado y el presente, y puedo prometerte que, si te ha gustado esta historia, te entusiasmará leer las demás. El próximo libro, *La hija cubana*, transitará entre Londres y Cuba, y otros títulos te llevarán en el futuro a Grecia y a Francia.

Si ya habías leído alguno de mis libros antes sabrás que siempre le doy las gracias a un grupo de gente pequeño pero fantástico. ¡A mi agente, Laura Bradford, gracias por todo lo que haces! A mis maravillosas amigas escritoras —Yvonne Lindsay, Natalie Anderson y Nicola Marsh—, gracias por apoyarme y por estar ahí, al otro lado del teléfono o del correo electrónico, cada vez que os necesito. ¡Detestaría haberme embarcado en el trayecto de la escritura sin vosotras!

A las damas del Blue Sky Book Chat, gracias por dejarme formar parte del grupo y por vuestro apoyo constante. ¡Me encanta que seamos tan grandes defensoras de nuestros respectivos trabajos! También me gustaría dar las gracias a los maravillosos lectores que forman parte del Soraya's Reader Group de Facebook, un grupo privado al que pueden unirse todos mis lectores. No hay nada más gratificante para mí que tener ese vínculo con todos vosotros y hablar de libros y de escritura, y valoro mucho el apoyo que me dais a lo largo del año.

Y, finalmente, mi familia. Gracias a Hamish, mi marido, que tiene que oírme hablar constantemente sobre los personajes, mientras le hago preguntas enrevesadas (¡que nunca parecen sorprenderlo!), y por aguantar mi preocupación a vueltas con temas como la ilustración de cubierta, las ventas y la fecha de publicación. Gracias a Mac y Hunter, mis hijos, por ser unos chicos fantásticos y entenderme cada vez que me encierro en el despacho para alcanzar mi objetivo de palabras diario. Y, por último, si bien no menos importante, gracias a Maureen y a Craig, mis padres, que siempre reciben el primer ejemplar de cada uno de mis libros, antes que nadie. Gracias por vuestro apoyo constante a mi carrera.

Soraya

booket